U0580714

國家社科基金重大委托項目"《子海》整理與研究"成果

山東省社科規劃重大委托項目成果

子海精華編

主編 王承略 聶濟冬

朝野僉載輯校

〔唐〕張鷟 撰 郝潤華 莫瓊 輯校

山東人民出版社·濟南

國家一級出版社 全國百佳圖書出版單位

圖書在版編目（CIP）數據

朝野僉載輯校/（唐）張鷟撰；郝潤華，莫瓊輯
校.--濟南：山東人民出版社，2018.2（2020.1重印）
（子海精華編/王承略，聶濟冬主編）
ISBN 978-7-209-11172-0

Ⅰ.①朝…Ⅱ.①張…②郝…③莫…Ⅲ.①筆記小
說—小說集—中國—唐代Ⅳ.①I242.1

中國版本圖書館CIP數據核字（2017）第301559號

責任編輯：孫　姣　張艷艷
封面設計：武　斌

朝野僉載輯校
CHAOYE QIANZAI JIJIAO
［唐］張鷟 撰　郝潤華　莫瓊 輯校

主管單位　山東出版傳媒股份有限公司
出版發行　山東人民出版社
出 版 人　胡長青
社　　址　濟南市英雄山路165號
郵　　編　250002
電　　話　總編室（0531）82098914
　　　　　市場部（0531）82098027
網　　址　http：//www.sd-book.com.cn
印　　裝　陽谷毕昇印務有限公司
經　　銷　新華書店

規　　格　32開（148mm×210mm）
印　　張　7
字　　數　120千字
版　　次　2018年2月第1版
印　　次　2020年1月第2次
ISBN 978-7-209-11172-0
定　　價　45.00圓
　　　　　如有印裝質量問題，請與出版社總編室聯繫調換。

國家社科基金重大委托項目"《子海》整理與研究"成果之一

《子海精華編》

《子海精華編》出版説明

"子海"，即"子書淵海"的簡稱。"《子海》整理與研究"課題係國家社科基金重大委托項目、山東省社科規劃重大委托項目。該課題分《珍本編》《精華編》《研究編》《翻譯編》四個版塊，力圖把子部珍稀文獻、精華文獻進行深層次的整理、研究和譯介，挖掘子部文獻的價值，促進子學研究的發展。

山東大學向來以文史見長。古籍整理與子學研究，是其中的傳統研究方向。"《子海》整理與研究"，是在山東大學前輩學者高亨先生積三十年之力陸續做成的《先秦諸子研究文獻目録》的基础上，由已故著名古籍整理與研究專家董治安先生參與策劃、設計的大型綜合研究課題。課題立項後，得到了中宣部、教育部、財政部、山東省政府和山東大學的大力支持，學界同仁踴躍參與。《精華編》的整理研究團隊近兩百人，來自海内外四十八所高校和研究機構。在組織管理上，《精華編》努力探索傳統文化研究協同創新的新體制、新機制，現已呈現出活力和實效。

華夏文明是由多元文化構築而成的。中國古代子部典籍，以歷代士人個性化作品的形式，系統性地展示了華夏民族的世界觀和方法論，立體性地反映了中華民族對世界文明發展的貢獻。其中，無論是宏篇大論，還是叢殘小語，都激蕩着歷史的聲音，閃爍着智慧的光芒，構成中國古代思想、藝術、科技和生活方式的主體內容。《精華編》通過對子部最優秀的典籍的整理，一方面擷英取粹，爲華夏文明的傳播提供可靠的資源和文本；另一方面以古鑒今，爲當下社會的發展提供智力支持和精神支撑。并希望進而梳理中華傳統文化的多元結構，繼承中華優秀傳統文化的一貫文脈。

根據漢代以後子學發展和子部典籍的實際情況，參照官私目錄的分類與著録，《精華編》選取先秦諸子、儒學、兵家、法家、農家、醫家、曆算、術數、藝術、雜家、小説家、譜録、釋道、類書等十四個類目的要籍幾百種，編爲目録，作爲整理的依據，而在成果展現上則不出現具體的類目。爲統一體例，便於工作，《精華編》編有詳細的《整理細則》，并有簡明的《整理要則》，供整理者遵循使用。

《精華編》整理原則是，對每種子書的整理，突出學術性、資料性和創新性，力求吸納已有的整理成果，推出更具參考價值、更方便閱讀的整理文本。所采用的整理方式，大體有三種：一、部頭較大且前人未曾整理者，采用標點、校勘的方式整理；二、前人曾經標點、校勘者，或采用抽换更好或別具學術特色底本的方式整理，或采用集校、集注的方式整理，或采用校箋、疏證的方式整理,或綜合使用以上方式;三、前人已有較好的注本者,則采用集注、彙評、補正等方式整理。

《精華編》采用五次校審、遞進推動的管理程式,即:一、初校全稿。子海編纂中心組織碩、博研究生,修改文稿錯別字,規範異體字,調整格式,發現并標明校點中的不妥之處。二、初審文稿。子海編纂中心的編纂人員根據情況,解決初校時發現的問題,并判斷書稿的整體質量。三、匿名評審。聘請資深教授通審全稿,全面進行學術把關,消滅硬傷,寫出審稿意見。四、修改文稿。子海編纂中心及時把專家審稿意見反饋給整理者。整理者根據審稿意見修改,做出新文稿。五、終審文稿。待新文稿返回子海編纂中心後,總編纂做最後的學術質量把關。五步程序完成後,將文稿交付出版社。

五次校審的目的是爲了保證學術質量,提高整理水平,減少錯訛硬傷。但校書如掃塵埃落葉,隨掃隨有,《精華編》雖經多道程序嚴加把關,仍難免有錯,懇請方家不吝指教。子海編纂中心將及時總結經驗,吸取教訓,把工作做得更好,以實現課題設計的初衷。

目 録

整理説明

　　現存《朝野僉載》六卷，是唐人張鷟所著的一部筆記小說。

　　張鷟，字文成，號浮休子，深州陸澤（今河北衡水深州）人。生年不詳，據趙守儼先生考證，張鷟當生在高宗顯慶三年（658）前後。[①] 上元二年（675）登進士第，八應制舉皆登甲科，凡四參選，判策爲銓府之最。曾受考功員外郎騫味道的賞識，又員外郎員半千嘗贊譽曰："張子之文如青錢，萬簡萬中，未聞退時。"時流重之，謂之"青錢學士"。才名遠播海內外，新羅、日本等國均重其文。其另一作品《游仙窟》，爲唐代著名傳奇小說，國內早佚，因日本有其傳本而得保存。此外，張鷟另編有一部《龍筋鳳髓判》，爲唐代判文選集。張鷟生平附《舊唐書》卷一四九、《新唐書》卷一六一其孫《張薦傳》。史言張鷟"性褊躁，不持士行，尤爲端士所惡"，以致屢遇糾彈，兩次遭貶謫，因而仕途蹭

蹬，卒時僅至司門員外郎。莫休符《桂林風土記》曾詳細記載張氏生平經歷，云：“開元中姚崇爲相，誣其奉使江南受遺，賜死。其子上表請代父死。黄門侍郎張廷珪、刑部尚書李日知連表稱冤，遂減死，流嶺南數年，起爲龔州長史，卒年七十三。”與兩《唐書》記載有所不同。據劉真倫先生考證，張鷟卒時當在玄宗開元十年（722）前後。[①] 其事迹尚見《大唐新語》與《朝野僉載》中的一些自紀。[②] 張鷟一生親歷高宗、武后、中宗、睿宗、玄宗諸朝。

張鷟《朝野僉載》一書，《新唐書·藝文志》著録二十卷，入“史部·雜傳記類”。其後鄭樵《通志·藝文略》入“雜史類”。宋《中興館閣書目》（《玉海》卷五五引）、《宋史·藝文志》等著録，分别入“雜傳類”與“傳記類”，均作二十卷。晁公武《郡齋讀書志》“子部·小説類”著録《朝野僉載補遺》三卷，提要曰：“分三十五門，載唐朝雜事。”王楙《野客叢書》卷三十《足寒傷心》條引龔養正《續釋常談》：“謂足寒傷心，人勞傷骨，見《朝野僉載·俗諺篇》。”足證晁氏分門之説屬實。[③] 然而陳振孫《直齋書録解題》“子部·小説家類”著録《朝野僉載》一卷，提要云：“唐司門郎中饒陽張鷟文成撰。其書本三十卷，此特其節略

---

① 劉真倫：《張鷟事迹繫年考》，《重慶師院學報》1987 年第 4 期。

② 參看蕭相愷：《張鷟和他的小説》，《蘇州大學學報》2002 年第 4 期。

③ 周勛初：《唐代筆記小説叙録》，鳳凰出版社 2008 年版，第 7 頁。

爾。"饒陽亦爲深州屬下。"三十"殆爲"二十"之誤。明代陳第《世善堂藏書目錄》卷上"稗史野史並雜記"中著錄有《朝野僉載》三卷、《補遺》三卷（張鷟）。徐𤊒《徐氏家藏書目》"小説類"中有"《朝野僉載》一卷，唐張鷟"。均爲節略之本。錢謙益《絳雲樓書目》"小説類"著錄有《朝野僉載》二十卷，"二十"之數爲陳景雲所加，不知錢氏所藏《朝野僉載》二十卷究屬何種。李希聖《李氏雁影齋讀書記》記有原藏黄丕烈士禮居之影宋抄本一種，十卷，内容與世傳諸本多不同，或可説明宋時此書流傳之版本已不一。① 乾隆時《四庫全書總目》將此書歸入"小説家·雜事類"，可探知清人對其書内容性質的認識。

《朝野僉載》一書自明代起即已散佚，難見原書原貌。今常見者，有六卷本與一卷本兩種版本。六卷本可以明《寶顏堂秘笈》本爲代表，後起之《四庫全書》本等均出於此本。然而，《寶顏堂秘笈》本之編纂工作極爲草率，全部文字實從《太平廣記》中輯出。《太平廣記》引《朝野僉載》文共計四百一十六條，"《寶顏堂秘笈》本僅輯入三百七十條，不僅大量遺漏，且文字也亂作改動，實是一種粗糙的輯本"②。葉昌熾《藏書紀事詩》卷三評曰："眉公《寶顏堂秘

---

① 民國二十五年(1936)蟬隱廬印行。
② 周勛初:《唐代筆記小説叙錄》，鳳凰出版社2008年版，第8頁。

笈》，改竄刪節，真有不如不刻之嘆。"只是《朝野僉載》別
無他本可擇，《叢書集成》等只能依此排印，後人也只能據
此閱讀。近人趙守儼整理輯校《朝野僉載》，收入中華書局
《唐宋史料筆記叢刊》，於 1979 年出版，可謂目前最便閱讀的
一種本子。趙守儼先生除做了詳細校勘外，還從其他書中輯
得遺文九十四條。惟總因依據的底本遺佚過多，趙氏之輯佚
工作尚有未盡。其後劉真倫、程毅中等學者繼續搜輯，並作
校勘，均對趙本有所補益。① 不過對於此書的異文仍有搜求
的必要，並須做出考訂。如《類說》收入六十七條，《紺珠
集》收入六十八條，《說郛》收入三十六條，文字間有不同，
可資校勘；佚義仍應繼續發掘，如《資治通鑑考異》卷十二
中宗神龍二年"四月，韋月將流嶺南"下引《朝野僉載》
曰："周仁軌過秋分一日平曉斬之，有敕舍之而不及。"《詩
話總龜》卷三七《譏誚門》引《朝野僉載》曰："唐景龍中，
洛下霖雨百餘日，宰相不能調陰陽，乃閉坊市北門，卒無效，
潦溢至甚。人歌曰：'禮賢不解開爾閤，燮理惟能閉北門。'"
即未見有人收錄。② 此外，還有袁憲校注《朝野僉載·隋唐

---

① 劉真倫：《〈朝野僉載〉點校本管窺》（上、下），《書品》1989 年第 1、2 期，
中華書局 1989 年 3、6 月。劉真倫：《〈隋唐嘉話〉〈朝野僉載〉拾補》，《書品》1989
年第 4 期，中華書局 1989 年 12 月。程毅中：《〈朝野僉載〉拾遺》，《書品》1990 年
第 4 期，中華書局 1990 年 12 月。
② 周勛初：《唐代筆記小説敘錄》，鳳凰出版社 2008 年版，第 8 頁。

嘉話》，由三秦出版社於 2004 年出版，在中華書局本的基礎上對書中文字進行了簡略的校勘注釋，雖然其中存在着一些訛誤，但卻是迄今唯一一部有注釋的本子。

《朝野僉載》傳至宋代，已有散佚，因此《中興館閣書目》《通志·藝文略》《郡齋讀書志》與《宋史·藝文志》中均有《補遺》三卷。《遂初堂書目》中也有《補遺》一書。《太平廣記》中的有些條目，記中唐以後之事，不可能出於張鷟之手，《四庫全書總目》以爲即是《僉載補遺》中文，趙守儼則以爲此乃《寶顏堂秘笈》之輯録者所誤入。按《寶顏堂秘笈》編者的工作態度而言，當以趙説接近事實。①

《僉載補遺》三卷，據南宋人著録及今人研究，當爲北宋時人所補撰。其中有些内容被後人誤輯入《朝野僉載》之中，"凡闌入中唐後事者，皆應爲《補遺》之文"②。張鷟《朝野僉載》原書，據余嘉錫《四庫提要辨證》，當亡於明代，今所存者爲明人輯本。

《朝野僉載》是張鷟撰寫的一部史料筆記。長期以來，被認爲屬一般性小説，其珍貴的史料價值不僅未能引起人們足够的重視，而且還横遭指責。宋代洪邁評其"記事皆瑣尾

---

① 周勛初：《唐代筆記小説叙録》，鳳凰出版社 2008 年版，第 9 頁。
② 黄永年：《唐史史料學》"朝野僉載"條，上海書店出版社 2002 年版，第 142 頁。

摘裂,且多媟語"①。以後此語便成了後世文人評論此書的基調。故而《四庫全書總目》說它"於諧噱荒怪纖悉臚載,未免失於纖碎,故洪邁云其……"實則這部記錄朝野見聞的隨筆觸及了當時社會生活的各個角落,舉凡朝政大事、官場流弊、民風習俗、奇聞異事等,都有豐富而具體的記述,是研究唐代歷史,特別是高宗、武后時期不可多得的珍貴史料。②司馬光在編修《資治通鑑》時,就充分利用了《朝野僉載》,這從《資治通鑑考異》中即看得十分清楚。余嘉錫在《四庫提要辨證》中曾列舉《資治通鑑》采用《朝野僉載》的條目及《通鑑考異》參考條目,計前者三十一條,後者二十條,結論是"合而視之,其書之疏密,均可見矣"。經有學者查核,《資治通鑑考異》引錄《朝野僉載》條目共有三十六條,其中說明全取《僉載》的有六條,兼取《僉載》和他書的有四條,說明不取的有二十六條,從這些綫索中,我們可以得出如下結論:(1)《僉載》記載了當時許多重大事件和重要人物,所以《通鑑》會用以取材和參考。(2)《僉載》的記載或詳於他書,或不同於他書,所以《通鑑》會在多處利用此書。在瞭解了《通鑑》利用《僉載》的情況後,即可以肯

---

① 洪邁:《容齋續筆》卷一二,上海古籍出版社1996年版。
② 馬雪芹:《評〈朝野僉載〉》,載黃永年主編《古代文獻研究集林》第一集,陝西師範大學出版社1989年版。

定《朝野僉載》珍貴的史料價值。①

據今人研究，《朝野僉載》"實是記述武周時事的第一手資料。因爲所記多是其耳聞目見，如：（1）武后朝酷吏索元禮、來俊臣、周興、侯思止、吉頊、王旭、李嵩、李全交、張孝嵩等的罪惡，多有兩《唐書》失載者，得此可充實《酷吏傳》。（2）武后朝濫任官吏之惡果，所謂'乾封以前選人，每年不越數千，垂拱以後，每歲常至五萬。……選司考練，總是假手冒名，勢家囑請。手不把筆，即送東司；眼不識文，被舉南館。正員不足，權補試、攝、檢校之官。賄貨縱橫，贓污狼藉。流外行署，錢多即留，或帖司助曹，或員外行案。更有挽郎、輦脚、營田、當屯，無尺寸工夫，並優與處分。皆不事學問，唯求財賄'。可糾正今人對武周朝政治的片面認識。（3）武后朝大臣官吏的言行，並有撰者對婁師德、狄仁傑、李昭德、來俊臣、武三思、魏元忠諸人的評價，也多有價值。（4）反映的社會風俗習慣，如王公貴族奢侈、妒婦傷殘婢妾、童謠民諺、占卜看相以及工商諸業等史料，均甚有價值。"②

又據馬雪芹《評〈朝野僉載〉》一文考察研究，《朝野僉

① 馬雪芹：《評〈朝野僉載〉》，載黄永年主編《古代文獻研究集林》第一集，陝西師範大學出版社1989年版。
② 黄永年：《唐史史料學》"朝野僉載"條，上海書店出版社2002年版，第142—143頁。

7

載》史料價值具體表現在兩個方面：一是《朝野僉載》内容
見於正史者，其中也有詳於正史者；二是《朝野僉載》内容
完全不見於正史者，其價值當在第一種情形之上。以下就
《朝野僉載》内容不見於正史者的情況，引馬雪芹研究成果
略述一二。

據馬雪芹《評〈朝野僉載〉》一文，此類情況共有三百
餘條，可分爲宮廷秘聞、官吏事迹、社會生活、災祥異變等
若干部分。

1. 宮廷秘聞

因涉及皇帝個人的思想行爲和私生活方面的東西，正規
史書一般不記載，這就給研究工作帶來一定的困難，在這種
情況下，《朝野僉載》中這部分資料更顯得彌足珍貴。比如
對唐太宗，史書着重記載其戰功與政績，而對最能反映其性
格特點的生活瑣事則著墨不多，《朝野僉載》中的資料就可
彌補這一缺陷，如卷五《羅黑黑》條云：

> 太宗時，西國進一胡，善彈琵琶。作一曲，琵琶弦
> 撥倍粗。上每不欲番人勝中國，乃置酒高會，使羅黑黑
> 隔帷聽之，一遍而得。謂胡人曰："此曲吾宮人能之。"
> 取大琵琶。遂于帷下令黑黑彈之，不遺一字。胡人謂是
> 宮女也，驚嘆辭去。西國聞之，降者數十國。

這條記載很能反映唐太宗的個性特點，此外，卷五"太宗養白鶻"、補輯"唐儉與太宗棋"等條，也都是唐太宗性格特點的真實反映。

另外，《朝野僉載》也爲武則天研究提供了不少有價值的資料，如卷一《則天改新字》條云：

> 天授中，則天好改新字，又多忌諱。有幽州人尋如意上封云："國字中'或'，或亂天象，請□中安'武'以鎮之。"則天大喜，下制即依。月余有上封者云："武'退在□中，與囚字無異，不祥之甚。"則天愕然，遽追制，改令中爲"八方"字。

此條是在改"國"爲"□"時的一個小插曲，它對於我們瞭解武后改字過程和改字時的心理狀態提供了第一手資料。另有《則天內宴》及關於武則天男寵薛懷義、張易之、張昌宗及控鶴監內官員互相嘲諷的一些條目，都爲我們進一步瞭解武則天其人提供了資料。

2. 官吏事迹

《朝野僉載》還記録了不見於正史的一百餘名大小官吏的事迹，展示了官場中的醜行，揭露了貪官污吏的惡迹，是一部生動的官場現形記。如深受武則天賞識的成王千里，其實卻是個無賴。卷二《成王千里》條云："成王千里使嶺南，取大蛇八九尺，以繩縛口，橫於門限之下。州縣參謁者，呼令入門，但知直視，無復瞻仰，踏蛇而驚，惶懼僵仆，被蛇繞數匝。良久解之，以爲戲笑。"補輯"唐滕王極淫"條揭露了滕王淩辱部下妻子的醜行。這些條目均能使人瞭解到武則天時期政治的黑暗面。①

還有不少條目，記述了各級官吏刻剝百姓的劣迹，如卷三夏侯彪之任縣令，剛赴任就問里正曰："雞卵一錢幾顆?"曰："三顆。"乃取十千錢，令買三萬顆。謂里正曰："未須要，且寄母雞抱之，遂成三萬頭雞，經數月長成，令縣吏與我賣，一雞三十錢，半年之間成三十萬。"官吏不僅貪婪，而且暴虐，百姓於是墜入水火之中，卷二"獨孤莊酷虐""京兆人高麗家貧"等條，都反映了這種情況。最典型的是卷二"楊務廉"條，云："楊務廉……特授將作大匠，坐贓數千萬免官。又上章奏聞陝州三門，鑿山燒石，巖側施棧道牽船。河流湍急，所雇夫並未與價值，苟牽繩一斷，棧梁一絕，則撲殺數十人。取雇夫錢糴米充數，則注夫逃走，下本貫禁父母兄弟妻子。牽船皆令繫一瓠於胸背，落棧着石，百無一存，滿路悲號，聲動山谷。"這些反映百姓之疾苦和地方官吏貪婪殘暴的記載，是研究歷史尤其是政治史不可缺少的重要資料，

---

① 馬雪芹:《評〈朝野僉載〉》，載黃永年主編《古代文獻研究集林》第一集，陝西師範大學出版社 1989 年版。

而這類史料又偏偏是正史中少見的或没有的。①

3. 社會生活

這方面的内容，涉及社會生活的各個方面，是研究唐代社會的珍貴史料。

社會習俗方面，作者著重記録西南各少數民族（如真臘國、五溪蠻、嶺南獠民等）的一些風俗習慣。這可能是作者在貶官嶺南時的聞見，故其記載多細緻逼真。如卷二“真臘國”條云：“真臘國在驩州南五百里，其俗有客設檳榔、龍腦香、蛤屑等，以爲宴賞。其酒比之淫穢，私房與妻共飲，對尊者避之。又行房不欲令人見，此俗與中國同……”少數民族之間風俗各不相同，有的父母死葬於高山之半，終身不復祭祀（見卷三“五溪蠻”條）；有的家人有病，祈福以禳之（見卷五“嶺南風俗”條）；有的以老鼠招待貴客（見卷二“嶺南獠民”條）等。此類關於真臘國的一些條目，在元周達觀的《真臘風土記》中所不及見。可據以補之。②

《朝野僉載》還記録了内地民間的一些習俗，如補輯“狐神”條：“唐初以來，百姓多事狐神，房中祭祀以乞恩，食飲與人同之，事者非一主。當時有諺曰：‘無狐魅，不成

---

① 馬雪芹：《評〈朝野僉載〉》，載黄永年主編《古代文獻研究集林》第一集，陝西師範大學出版社 1989 年版。

② 馬雪芹：《評〈朝野僉載〉》，載黄永年主編《古代文獻研究集林》第一集，陝西師範大學出版社 1989 年版。

村。'"這樣一種比較普遍的民間信仰，其他文獻都未曾記述得如此精練。

封建社會對"孝"是十分崇尚，歷代王朝都把"孝"作爲一條標準進行嘉獎，於是就出現了一些冒充孝子的行爲，張鷟在《朝野僉載》中亦對此進行了揭露，見卷三"東海孝子郭純"及"河東孝子王燧"等條。

經濟狀況是社會生活的重要組成部分，《朝野僉載》中也保存了許多這方面的資料，有的爲研究經濟史者所采用。如卷三"定州何名遠"條云："定州何名遠大富，主官中三驛。每于驛邊起店停商，專以襲胡爲業，貲財巨萬，家有綾機五百張。"這條史料對研究唐代絲織業的發展和手工業作坊的規模等都很有價值。類似這樣的記載還有卷三"長安富民羅會"、卷二"嶺南陳懷卿"、補輯"成都丐者"等條，都是研究唐代經濟狀況的有用資料。①

奴婢制度和婚姻狀況，亦是社會生活的組成部分之一。奴婢在封建社會裏地位低下，人格尊嚴和生命安全根本沒有保障。封建統治者雖然有時也頒佈有關保護奴婢的法令，但事實上奴婢還是得不到應有的保證，尤其在那些"天高皇帝遠"的地方，奴婢之命更不如蟻螻草芥，這從《朝野僉載》

① 馬雪芹:《評〈朝野僉載〉》，載黃永年主編《古代文獻研究集林》第一集，陝西師範大學出版社 1989 年版。

中的許多條目就可以看出來。如卷二"薛震食人肉"、卷二
"陳元光以奴設客"、卷六"彭闥高瓚鬥豪"等條都是關於主
子食奴的記載。另一類是妒婦因妒而虐婢、殺婢的情況,如
卷二的"杜昌妻柳氏""范略妻任氏"等,這一方面反映了
奴婢身份的卑賤和地位的低下,也可見其時奴婢制度的鬆馳,
另一方面反映了當時婚姻上的不正常狀況:即男子在正妻之
外可以隨便納妾狎妓不受任何限制,而妻子爲了鞏固自己的
地位,則采取了一種殘酷的反抗方式,不惜傷害被寵者的生
命,甚至也可以犧牲自己。這類資料可供研究唐代奴婢和婚
姻制度者使用。

4. 災祥異變

此類大約有十多條,主要是運用五行傳説,通過天象、
徵兆來判斷吉凶。除見於正史的如卷一"京師興道坊一夜陷
爲池"及同卷"終南山竹開花結子"、卷五"開元四年洪水"
等條目外,不見於正史的還有卷六的"崔玄瑋"條、"尚書
考功院"條、"張鷟築宅"等條和其他一些關於水災、火災、
蝗災、兔災的一些條目,可供研究當時自然災害變異者
使用。[①]

《朝野僉載》一書對於民間的風俗習慣,瑣事軼聞,都

---

① 馬雪芹:《評〈朝野僉載〉》,載黃永年主編《古代文獻研究集林》第一集,
陝西師範大學出版社 1989 年版。

有生動的記載。如卷三記定州富民何名遠"家有綾機五百張",長安人羅會因"剔糞"而致"家財巨萬",都可作爲重要的社會史料。又如卷一記長孫無忌以羊毛爲渾脱氈帽,卷三記安樂公主造百鳥毛裙,都是文史著作中常用的典故。卷二記五溪蠻自山上懸索下柩,則是有關懸棺葬的早期記錄,卷五記"趙州石橋甚工",爲這一傑出工程做了詳細的描繪。可見《朝野僉載》內容豐富,人們自可從各種角度觀看,獲取所需的材料。①

關於對武則天其人的評價,歷代褒貶不一、衆説紛紜,其實,《朝野僉載》詳於武后、武周時期的史事,對於武則天的品行即有明確記載與評價。如,寫武則天多忌諱、好迷信的性格缺點:

> 天授中,則天好改新字,又多忌諱。有幽州人尋如意上封云:"國字中'或',或亂天象,請口中安'武'以鎮之。"則天大喜,下制即依。月餘,有上封者云:"'武'退在口中,與囚字無異,不祥之甚。"則天愕然,遽追制,改令中爲"八方"字。後孝和即位,果幽則天於上陽宮。(卷一)

---

① 周勛初:《唐代筆記小説叙錄》,鳳凰出版社 2008 年版,第 13 頁。

再如《僉載》卷三載以下三條：

> 唐同泰於洛水得白石紫文，云“聖母臨水，永昌帝業”，進之，授五品果毅，置永昌縣。乃是白石鑿作字，以紫石末和藥嵌之。後并州文水縣於谷中得一石還如此，有“武興”字，改文水爲武興縣。自是往往作之。後知其僞，不復采用，乃止。

> 襄州胡延慶得一龜，以丹漆書其腹曰“天子萬萬年”以進之。鳳閣侍郎李昭德以刀刮之並盡，奏請付法。則天曰：“此非惡心也，舍而勿問。”

> 則天好禎祥。拾遺朱前疑説夢，云則天髮白更黑，齒落更生，即授都官郎中。司刑寺囚三百餘人，秋分後無計可作，乃於圜獄外羅牆角邊作聖人迹，長五尺。至夜半，三百人一時大叫。内使推問，云：“昨夜有聖人見，身長三丈，面作金色，云‘汝等並冤枉，不須怕懼。天子萬年，即有恩赦放汝’。”把火照之，見有巨迹，即大赦天下，改爲大足元年。

又記武則天性格殘忍，如《僉載》卷一載：

> 閻知微從突厥領賊破趙定。後知微來，則天大怒，磔於西市。命百官射之，河内王武懿宗去七步，射三發，

皆不中，其怯懦也如此。知微身上箭如蝟毛，剉其骨肉，夷其九族，疏親及不相識者皆斬之。

至於武則天任用酷吏殘害官員的史實，在《僉載》中記載更多。對武周時期隨意封官的惡劣風氣，《僉載》也有如實記載，如：

> 則天革命，舉人不試皆與官，起家至御史、評事、拾遺、補闕者，不可勝數。張鷟爲謠曰："補闕連車載，拾遺平斗量。杷推侍御史，椀脫校書郎。"時有沈全交者，傲誕自縱，露才揚己，高巾子，長布衫，南院吟之，續四句曰："評事不讀律，博士不尋章。麵糊存撫使，眯目聖神皇。"（卷四）

張鷟繼承"《春秋》筆法"傳統對於武周時期的政治多有批評，這既反映了當時文人對武周政局的看法，也是對兩《唐書》史事的補充，對於我們全面了解武則天及其武周時期的社會多有幫助。

據馬雪芹《評〈朝野僉載〉》一文考察研究，《朝野僉載》史料價值具體表現於兩方面：一是《朝野僉載》內容見於正史者，其中也有詳於正史者；二是《朝野僉載》內容完全不見於正史者，其價值當在第一種情形之上。關於其書史料價值，學界已多有討論，此不重複論述。①

張鷟是唐代著名作家，《朝野僉載》既是張鷟的代表性著作，其中即體現出了張鷟的文采，故該書還具有一定文學、語言價值。筆者以爲具體表現如下：

第一，《朝野僉載》文風與《游仙窟》一致，内中多俗語與即興吟成的韻語。以民間俚語與歌謠爲多，如卷一："調露中，大帝欲封中岳，屬突厥叛而止。後又欲封，土番入寇，遂停。至永淳年，又駕幸嵩岳，謠曰：'嵩山凡幾層，不畏登不得，只畏不得登。三度徵兵馬，傍道打騰騰。'岳下遘疾，不愈，迴至宫而崩。"民間對高宗的封禪行爲頗有微詞，從中可一目了然，這些資料恰是一般史書所不能載。再如卷一載："永淳之後，天下皆唱：'楊柳，楊柳，漫頭駝。'後徐敬業犯事，出柳州司馬，遂作僞敕，自授揚州司馬，殺長史陳敬之，據江淮反。使李孝逸討之，斬業首，驛馬馱入洛。'楊柳，楊柳，漫頭駝'，此其應也。"此類歌謠類似讖語，不僅保存了唐代歌謠資料，並對於研究唐人心理狀況、風俗以及武后時期的社會政治具有一定價值。古代民謠也是反映社會的一種文學形式，富有現實性，有些民謠敢於將批判的矛頭直指當時最高统治者，公開揭露统治者的醜行，是後人研究

———————

① 馬雪芹：《評〈朝野僉載〉》，載黃永年主編《古代文獻研究集林》第一集，陝西師範大學出版社 1989 年版。

當時社會政治的最好資料。

唐代語言具有很突出的特點，現代學者往往根據唐代筆記與小説來挖掘研究唐代語言，這一點在《朝野僉載》中十分突出。如由江藍生、曹廣順編著的《唐五代語言詞典》（上海教育出版社 1997 年版）中僅從《朝野僉載》中找出的例證就有三十餘處。王锳《唐宋筆記語辭匯釋》（中華書局 2001 年版）中也有十餘條示例利用了《朝野僉載》中的記載。二書所徵引大多是口語或俗語，如唐人女子自稱"兒"，最早即出自《朝野僉載》，如《太平廣記》卷四四七"張簡"條引《朝野僉載》："唐國子監助教張簡……須臾簡至，弟子怪問之，簡異曰：'前來者必野狐也。'講罷歸舍，見妹坐洛絲，謂簡曰：'適煮菜冷，兄來何遲？'簡坐，久待不至，乃責其妹，妹曰：'元不見兄來。此必是野狐也，更見即殺之。'明日又來，見妹坐洛絲，謂簡曰：'鬼魅適向舍後。'簡遂持棒，見其妹從廁上出來，遂擊之。妹號叫曰：'是兒。'簡不信，因擊殺之。問洛絲者，化爲野狐而走。"再如，民間恐嚇小孩時常説"麻胡來了"，至今沿用，此語亦出《朝野僉載》，《太平廣記》卷二六七《麻秋》條引："後趙石勒將麻秋者，太原胡人也，植性虓險鴆毒。有兒啼，母輒恐之'麻胡來'，啼聲絶。至今以爲故事。"諸如此類均是研究唐五代語言的珍貴資料。

第二，反映文學創作盛況與文學風氣，如卷一載："則天時，鳳閣侍郎周允元朝罷入閣。太平公主喚一醫人自光政門入，見一鬼撮允元頭，二鬼持棒隨其後，直入景運門。醫白公主，公主奏之。上令給使覘問，在閣無事。食訖還房，午後如厠，長參典怪其久，私往候之，允元踣面於厠上，目直視，不語，口中涎落。給使奏之，上問醫曰：‘此可得幾時？’對曰：‘緩者三日，急者一日。’上與錦被覆之，並牀舁送宅，止夜半而卒。上自爲詩以悼之。”寫武則天以詩悼念周允元事迹，可見當時文學風氣熾盛。正如有學者所説：“武則天與上官婉兒對唐代詩歌創作起了很大的促進作用與她們個人對詩歌的愛好密切相關。”① 再如，卷四載“唐左衛將軍權龍襄性褊急，常自矜能詩”，並收録其所作詩四首。他還參與宫中文學活動：“通天年中，爲滄州刺史，初到，乃爲詩呈州官曰：‘遥看滄州城，楊柳鬱青青。中央一群漢，聚坐打杯觥。’諸公謝曰：‘公有逸才。’襄曰：‘不敢，趁韻而已。’……皇太子宴，夏日賦詩：‘嚴霜白皓皓，明月赤團團。’太子援筆爲贊曰：‘龍襄才子，秦州人士。明月晝耀，嚴霜夏起。如此詩章，趁韻而已。’”武人亦能吟詩，可見由於統治者的大力提倡，當時詩歌創作受到社會的普遍喜愛，故作品倍出。

　　第三，保存了大量文人軼事與相關文學作品本事，如卷

---

① 　徐有富：《唐代婦女生活與詩》，中華書局 2005 年版，第 13 頁。

二："周補闕喬知之有婢碧玉，姝艷能歌舞，有文華，知之時幸，爲之不婚。僞魏王武承嗣暫借教姬人梳妝，納之，更不放還知之。知之乃作《綠珠怨》以寄之，其詞曰：'石家金谷重新聲，明珠十斛買娉婷。此日可憐偏自許，此時歌舞得人情。君家閨閣不曾觀，好將歌舞借人看。意氣雄豪非分理，驕矜勢力橫相干。辭君去君終不忍，徒勞掩袂傷鉛粉。百年離恨在高樓，一代容顏爲君盡。'碧玉讀詩，飲淚不食，三日，投井而死。承嗣撩出尸，於裙帶上得詩，大怒，乃諷羅織人告之。遂斬知之於南市，破家籍没。"喬知之是武后時期著名詩人，《全唐詩》卷八一有小傳，云："喬知之，同州馮翊人，與弟侃、備並以文詞知名，知之尤稱俊才。則天時，累除右補闕，遷左司郎中，爲武承嗣所害。詩一卷。"《全唐詩》收此詩，稱《綠珠篇》文字有異，可資校勘。此段文字詳細叙述喬知之與婢女的愛情悲劇，使讀者瞭解到此首《綠珠篇》的創作本事。再如，卷三載女詩人楊容華事，云："楊盈川侄女曰容華，幼善屬文，嘗爲《新妝詩》，好事者多傳之。詩曰：'宿鳥驚眠罷，房櫳乘曉開。鳳釵金作縷，鸞鏡玉爲臺。妝似臨池出，人疑向月來。自憐終不見，欲去復徘徊。'"《全唐詩》卷七九九即載楊容華《新妝詩》，此段文字，可作爲詩人創作該詩的本事，供後人鑒賞，亦可把握唐代女性詩歌創作的背景。

總之，張鷟《朝野僉載》是一部唐代重要的史料筆記著作，雖然其中也有不少虛妄、迷信的内容，但總體而言，舉凡唐代太宗至武周時期的政治、經濟、社會、風俗、文學等均有較詳細的記録，其史料價值不可忽視。

鑒於中華書局出版之趙守儼點校本搜羅不够完備且有失校、誤校之處，① 本書對《朝野僉載》一書重新進行標點、輯校整理。校勘以《寶顔堂秘笈》六卷本爲底本，以《太平廣記》本、《四庫全書》本等爲校本。《説郛》所收一卷本《朝野僉載》，在文字上與六卷本多有不同，而明刻《古今説海》與《歷代小史》所收《朝野僉載》雖從《説郛》本出，但通過比勘可以發現，二者在文字上與《説郛》本仍有不同之處，故而亦將《古今説海》本與《歷代小史》本作爲參校本之一。除此之外，又校以《類説》《紺珠集》等類書中所徵引文字。另在中華本基礎上，又從《資治通鑑考異》《類説》《紺珠集》《後村詩話》《説郛》等宋元文獻中搜輯《僉載》逸文二十八條，並做校勘處理，以資讀者研究參考之用。全書共補充輯録遺文一百二十二條，基本依文獻年代順序編排，並標明文獻出處，做出文字校勘。

---

① 參見劉真倫：《〈朝野僉載〉點校本管窺》（上、下），《書品》1989 年第 1、2 期，中華書局 1989 年 3、6 月。劉真倫：《〈隋唐嘉話〉〈朝野僉載〉拾補》，《書品》1989 年第 4 期，中華書局 1989 年 12 月。程毅中：《〈朝野僉載〉拾遺》，《書品》1990 年第 4 期，中華書局 1990 年 12 月。趙庶洋：《點校本〈朝野僉載〉匡補》，《書品》2011 年第 3 期。真大成：《〈朝野僉載〉校補》，《文史》2014 年第 2 輯。

　　本書充分吸收趙守儼、劉真倫、程毅中等學者以及近年來學界對《朝野僉載》的補遺、校勘、標點、注釋方面的各種研究成果，盡可能做到收文完備、標點校勘準確。儘管我們爲此付出了辛勤努力，但書中肯定仍存在遺漏、訛誤之處，祈請廣大讀者能在閱讀利用的同時，對本書的缺點與不足提出批評意見，以利於今後的修訂改進！

　　本書完成過程中，在查閱資料、文字校對等方面得到弟子周日蓉、沈暢、胡文婷的大力協助，在此對他們表示感謝！

郝潤華

二〇一六年七月於西北大學長安校區

凡　例

　　一、本書校勘以《寶顏堂秘笈》（明萬曆間沈氏尚白齋
刻本）所收張鷟著《朝野僉載》六卷本爲底本。爲展現底本
原貌，全書仍分爲六卷。後增“附録：補輯”，既包括中華
書局本中趙守儼先生原來補輯的九十四條（中華書局本《朝
野僉載》附録，第153頁—182頁），也包括本書搜羅宋元文
獻後所補輯的二十八條。凡“補遺”文字一律注明出處，大
致按文獻時代先後編排。文字與出處有疑義者，以按語形式
説明；並以他書所引《僉載》文字略做校勘，出校勘記。

　　二、“校記”置於每頁下方，即采取脚注形式。凡底本
不誤，校本誤者，概不出校。《類説》《紺珠集》《説郛》等
爲類書雜編，其中有對原書的改寫，其中異文不影響文意者，
一般不出校。

　　三、本書整理所采用之主要校本及主要參考書如下：

　　〔唐〕張鷟：《朝野僉載》一卷，收入《古今説海》，明
嘉靖二十三年雲間陸氏儼山書院刻本，簡稱《古今説
海》本。

　　［唐］張鷟：《朝野僉載》一卷，收入《歷代小史》，明刻本，簡稱《歷代小史》本。

　　［唐］張鷟：《朝野僉載》六卷，影印文淵閣《四庫全書》本，簡稱《四庫》本。

　　［唐］張鷟：《朝野僉載》六卷，收入《寶顏堂秘笈》，民國十一年上海文明書局石印本，簡稱石印本。

　　［唐］張鷟著，趙守儼點校：《隋唐嘉話 朝野僉載》，中華書局 1979 年版，簡稱中華本，書中之校記所引趙守儼校語，簡稱中華本趙校。

　　［唐］釋道世：《法苑珠林》，四部叢刊影明萬曆本。

　　［唐］白居易：《白氏六帖事類集》，民國影宋本。

　　［五代］劉昫：《舊唐書》，中華書局 1975 年版。

　　［宋］歐陽修、宋祁：《新唐書》，中華書局 1975 年版。

　　［宋］李昉等：《太平廣記》，中華書局 1961 年版，校記中簡稱《廣記》，汪紹楹之校記簡稱汪校。

　　［宋］司馬光：《資治通鑑》，中華書局 1956 年版，校記中簡稱《通鑑》。

　　［宋］司馬光：《資治通鑑考異》，《四部叢刊初編》影印宋刻本。

　　［宋］曾慥：《類説》，影印文淵閣《四庫全書》本。

　　［宋］朱勝非：《紺珠集》，影印文淵閣《四庫全書》本。

　　［宋］委心子編，金心點校：《新編分門古今類事》，中

華書局 1987 年版。

〔宋〕潘自牧：《記纂淵海》，影印文淵閣《四庫全書》本。

〔宋〕計有功著，王仲鏞校箋：《唐詩紀事校箋》，中華書局 2007 年版。

〔宋〕張杲：《醫説》，明萬曆刻本。

〔宋〕劉克莊：《後村詩話》，辛更儒《劉克莊集箋校》本，中華書局 2011 年版。

〔元〕陶宗儀：《説郛》，《説郛三種》本，上海古籍出版社 1988 年版。

〔明〕陳耀文：《天中記》，影印文淵閣《四庫全書》本。

卷　一

　　貞觀年中，^① 定州鼓城縣人魏全家富，母忽然失明。問卜者王子貞，子貞爲卜之，曰：“明年，有人從東來，^② 青衣者，三月一日來療，必愈。”至時，候見一人着青紬襦，遂邀爲設飲食。^③ 其人曰：“僕不解醫，但解作犁耳，爲主人作之。”持斧繞舍求犁轅，^④ 見桑曲枝臨井上，遂斫下。其母兩眼焕然見物。此曲桑蓋井之所致也。^⑤

　　周郎中裴珪妾趙氏，^⑥ 有美色，曾就張憬藏卜年命。^⑦ 藏曰：^⑧“夫人目長而慢視。^⑨ 准相書，猪視者淫。婦人目有四

----

① “貞觀”上，《廣記》卷二一六“王子貞”條有“唐”字。
② “人”，《廣記》卷二一六“王子貞”條無此字。
③ “設”上，《廣記》卷二一六“王子貞”條有“重”字。
④ “持”上，《廣記》卷二一六“王子貞”條有“其”字。
⑤ “曲桑”，《廣記》卷二一六“王子貞”條作“曲枝葉”。
⑥ “妾”，《説郛》卷二作“妻”。
⑦ “張憬藏”，原作“張璟藏”，《説郛》卷二作“張憬藏”。按，《舊唐書》卷一九一《方伎》有《張憬藏傳》，文中所述之事亦見於《新唐書》卷二〇四《張憬藏傳》，亦作“張憬藏”，故作“張憬藏”是，據改。
⑧ “藏曰”上，《説郛》卷二、《古今説海》本、《歷代小史》本有“憬”字。
⑨ “視”，《説郛》卷二、《古今説海》本、《歷代小史》本無此字。

白，五夫守宅。夫人終以奸廢，①宜愼之。"趙笑而去。後果與人奸，②没入掖庭。

杜景佺，③信都人也。本名元方，垂拱中，更爲景佺。剛直嚴正，進士擢第，後爲鸞臺侍郎平章事。時内史李昭德以剛直下獄，景佺廷諍其公清正直。④則天怒，以爲面欺，左授溱州刺史。初任溱州，會善筮者於路，言其當重入相，得三品，而不着紫袍。至是夏中服紫衫而終。⑤

瀛洲人安縣令張懷禮、⑥滄州弓高令晋行忠就蔡微遠卜。轉式訖，謂禮曰："公大親近，位至方伯。"謂忠曰："公得京官，今年禄盡，宜致仕可也。"二人皆應舉，懷禮授左補闕，後至和、復二州刺史。行忠授城門郎，至秋而卒。

開元二年，梁州道士梁虚州以九宫推算張鷟云：⑦"五鬼加年，天罡臨命，一生之大厄。以《周易》筮之，遇《觀》

---

① "奸"，《説郛》卷二無此字。
② "後果與人奸"，《説郛》卷二、《古今説海》本、《歷代小史》本作"後果與合宫尉盧崇道奸"。
③ 此條，《廣記》卷二一六"溱州筮者"條云"出《御史臺記》"。按，此條又見《新唐書》卷一一六《杜景佺傳》。按，溱州，當作"溱州"，下同。
④ "廷諍"，《廣記》卷二一六"溱州筮者"條作"庭稱"。
⑤ "中"，《廣記》卷二一六"溱州筮者"條作"終"。
⑥ "人安"，似爲"文安"之誤。（參見趙庶洋：《點校本〈朝野僉載〉匡補》，《書品》2011 年第 3 期。）
⑦ "梁虚州"，《廣記》卷二一六"開元中二道士"條作"梁虚舟"，近是。按，《全唐文》卷九二七有蔡瑋《唐東京道門威儀使聖真元元兩觀主清虚洞府靈都仙臺貞元先生張尊師遺烈碑》一文，其中有"漢中梁虚舟"之言。

之《涣》，主驚恐；後風水行上，事即散。"安國觀道士李若虛，不告姓名，暗使推之。云："此人今年身在天牢，負大辟之罪乃可以免。不然病當死，無救法。"果被御史李全交致其罪，敕令處盡。而刑部尚書李日知，① 左丞張廷珪、崔玄昇，侍郎程行謀咸請之，乃免死，配流嶺南。二道士之言信有徵矣。

泉州有客盧元欽，染大瘋，② 惟鼻根未倒。屬五月五日官取蚺蛇膽欲進，或言肉可治瘋，遂取一截蛇肉食之。三五日頓漸可，百日平復。又商州有人患大瘋，家人惡之，山中爲起茅舍。有烏蛇墜酒罌中，病人不知，飲酒，漸差。罌底見蛇骨，方知其由也。

則天時，鳳閣侍郎周允元朝罷入閣。太平公主喚一醫人自光政門入，見一鬼撮允元頭，二鬼持棒隨其後，直入景運門。③ 醫白公主，公主奏之。上令給使覘問，在閣無事。食訖，還房。午後如廁，長參典怪其久，私往候之，④ 允元踣

---

① "李日知"，原作"李知白"，據《廣記》卷二一六"開元中二道士"條改。按，李日知爲張鷟請命一事，見《舊唐書》卷一四九、《新唐書》卷一六一《張薦傳》，兩《唐書》均作"李日知"，又本書卷五"刑部尚書李日知自爲畿赤"條，亦作"李日知"，故據改。

② "瘋"，《廣記》卷二一八"盧元欽"條、《醫說》卷三均作"風"。本條"肉可治瘋""有人患大瘋"之"瘋"，《廣記》《醫說》卷三亦均作"風"。按，以"瘋"泛指風疾，應爲宋元以後事，故而"風"字較符合當時用字實情。（參見真大成：《〈朝野僉載〉校補》，《文史》2014年第2輯。）

③ "入"，《廣記》卷二一八"周允元"條作"出"。

④ "私"，《廣記》卷二一八"周允元"條作"思"。

面於厠上，目直視不語，口中涎落。給使奏之，上問醫曰：
"此可得幾時？"對曰："緩者三日，急者一日。"上與錦被覆
之，並牀舁送宅，止夜半而卒。上自爲詩以悼之。

久視年中，襄州人楊元亮年二十餘，① 於虔州汶山觀備
力。晝夢見天尊云："我堂舍破壞，汝爲我修造，遣汝能醫一
切病。"寤而悅之，② 試療，無不愈者。贛縣里正背有腫，大
如拳，亮以刀割之，數日平復。療病日獲十千，造天尊堂成，
療病漸無效。③

如意年中，洛州人趙玄景病卒，五日而蘇，云見一僧與
一木，長尺餘，教曰："人有病者，汝以此木拄之，即愈。"
玄景得見機上尺，乃是僧所與者，試將療病，拄之立差，門
庭每日數百人。御史馬知己以其聚衆，追之，禁左臺，病者
滿於臺門。則天聞之，追入内，④ 宮人病，拄之即愈，放出，
任救病百姓。數月以後，得錢七百餘貫。⑤ 後漸無驗，遂絶。

洛州有士人患應病，語即喉中應之。以問善醫張文仲，
經夜思之，⑥ 乃得一法。即取《本草》，令讀之，皆應；至其

---

① "元"，《廣記》卷二一八"楊玄亮"條作"玄"。
② "寤"，原作"悟"，據《廣記》卷二一八"楊玄亮"條改。
③ "漸"，《廣記》卷二一八"周允元"條作"漸漸"。
④ "追"，《廣記》卷二一八"趙玄景"條作"召"，汪校云"'召'原作'追'，據
明抄本改"。按，"追"即"召"之義，《僉載》中"追"字作"召"之義處甚多，故汪校
據明抄本改"追"作"召"，誤。
⑤ "百"，原作"伯"，據《廣記》卷二一八"趙玄景"條、石印本、中華本改。
⑥ "經"上，《廣記》卷二一八"張文仲"條有"張"字。

所畏者，即不言。仲乃録取藥，合和爲丸，服之，應時而愈。
一云問醫蘇澄云。

　　郝公景於泰山采藥，經市過。有見鬼者怪群鬼見公景皆
走避之。遂取藥和爲"殺鬼丸"，有病患者服之，差。

　　定州人崔務墜馬折足，醫令取銅末和酒服之，遂痊平。
及亡後十餘年改葬，視其脛骨折處，有銅末束之。

　　嶺南風俗，多爲毒藥。令奴食冶葛，① 死，埋之土中。
蕈生正當腹上，② 食之，立死；手足額上生者，當日死；旁
自外者，數日死；漸遠者，或一月，或兩月；③ 全遠者，一
年、二年、三年亦即死。④ 惟陳懷卿家藥能解之。⑤ 或以塗馬
鞭頭、馬控上，⑥ 拂着手即毒，拭着口即死。

　　趙延禧云，遭惡蛇虺所螫處，貼以艾炷，當上灸之，立
差，不然即死。凡蛇囓，即當囓處灸之，引去毒氣，即止。

　　冶葛，食之立死。有冶葛處即有白藤花，能解冶葛毒。
鴆鳥食水之處即有犀牛，不濯角，⑦ 其水物食之必死，爲鴆

----

① "奴"上，《廣記》卷二二〇"菌毒"條上有"老"字。
② "埋之土中蕈生正當腹上"十字，《廣記》卷二二〇"菌毒"條作"埋之土堆
上生菌子"。
③ "或"，《廣記》卷二二〇"菌毒"條無此字。
④ "一年二年三年亦即死"九字，《廣記》卷二二〇"菌毒"條作"或二年三年
無得活者"。
⑤ "惟"下，《廣記》卷二二〇"菌毒"條有"有"字。
⑥ "馬"，原脱，據《廣記》卷二二〇"菌毒"條補。
⑦ "不濯角"上，《廣記》卷二二〇"冶葛"條有"犀牛"二字。

食蛇之故。

醫書言,虎中藥箭,食清泥;野猪中藥箭,歷薺苨而食;雉被鷹傷,以地黃葉帖之。又礜石可以害鼠,張鷟曾試之。鼠中毒如醉,亦不識人,猶知取泥汁飲之,須臾平復。鳥獸蟲物猶知解毒,^① 何況人乎?被蠆螫者,以甲蟲末傅之;被馬咬者,以燒鞭鞘灰塗之。蓋取其相服也。蜘蛛螫者,雄黃末傅之。筋斷須續者,取旋復根絞取汁,以筋相對,以汁塗而封之,即相續如故。蜀兒奴逃走,多刻筋,以此續之,百不失一。

永徽中,有崔爽者,每食生魚,三斗乃足。於後飢,作鱠未成,爽忍飢不禁,遂吐一物,狀如蝦蟆。自此之後,不復能食鱠矣。

國子司業、^② 知制誥崔融病百餘日,腹中蟲蝕極痛,不可忍。有一物如守宮,從下部出,須臾而卒。

後魏孝文帝定四姓,^③ 隴西李氏大姓,恐不入,^④ 星夜乘鳴駝,倍程至洛,時四姓已定訖,故至今謂之"駝李"焉。

張文成曰:^⑤ 乾封以前,選人每年不越數千;垂拱以後,

---

① "猶知",原脱,據《廣記》卷二二〇"雜説藥"條補。
② "國子"上,《廣記》卷二二〇"崔融"條有"唐"字。
③ "後魏孝文帝",《紺珠集》卷三、《類説》卷四〇作"後魏時"。
④ "恐不入",《紺珠集》卷三、《類説》卷四〇作"恐不得預"。
⑤ "張"上,《廣記》卷一八五"張文成"條有"唐"字。

每歲常至五萬。人不加衆，選人益繁者，蓋有由矣。嘗試論之：只如明經、進士、十周、三衛、勛散、雜色、國官、直司，妙簡實材，堪入流者十分不過一二。選司考練，總是假手冒名，勢家囑請，手不把筆，即送東司；眼不識文，被舉南館。正員不足，權補試、攝、檢校之官。賄貨縱橫，贓污狼籍。流外行署，錢多即留，或帖司助曹，或員外行案。更有挽郎、輦脚、營田、當屯，無尺寸工夫，① 並優與處分。皆不事學問，唯求財賄。是以選人冗冗，甚於羊群；吏部喧喧，多於蟻聚。若銓實用，百無一人。積薪化薪，所從來遠矣。

鄭愔爲吏部侍郎，② 掌選，贓污狼籍。③ 引銓，有選人繫百錢於靴帶上，④ 愔問其故，⑤ 答曰：⑥ “當今之選，非錢不行。”愔默而不言。時崔湜亦爲吏部侍郎，掌選，⑦ 有選人引

---

① “夫”，《廣記》卷一八五《張文成》條汪校云“明抄本‘夫’作‘效’”。
② “鄭愔”上，《廣記》卷一八五《張文成》條、《紺珠集》卷三均有“唐”字。
③ “贓污狼籍”，《紺珠集》卷三、《類說》卷四〇均作“貪贓不法”。
④ “引銓有選人繫百錢於靴帶上”十二字，《紺珠集》卷三作“引銓日有選人以百錢繫靴帶，行步有聲”，《類說》卷四〇作“引銓日有選人以百餘錢繫鞋帶，行步有聲”。
⑤ “愔問其故”，《紺珠集》卷三作“愔見問之”，《類說》卷四〇作“愔問之”。
⑥ “答”，《紺珠集》卷三、《類說》卷四〇均作“對”。
⑦ “選”，《廣記》卷一八五“鄭愔崔湜”條、《紺珠集》卷三、《類說》卷四〇作“銓”。

過,① 分疏云:"某能翹關負米。"湜曰:②"君壯,③ 何不兵部選?"④ 答曰:"外邊人皆云'崔侍郎下,有氣力者即存'。"⑤

景龍年中,⑥ 斜封得官者二百人,從屠販而踐高位。景雲踐祚,尚書宋璟、⑦ 御史大夫畢構奏停斜封人官。璟、構出後,見鬼人彭君卿受斜封人賄賂,⑧ 奏云:"見孝和怒曰:'我與人官,何因奪卻。'"於是斜封皆復舊職。僞周革命之際,十道使人天下選殘明經、進士及下村教童蒙博士,皆被搜揚,不曾試練,並與美職。塵黷士人之品,誘悅愚夫之心,庸才者得官以爲榮,有才者得官以爲辱。昔趙王倫之篡也,天下孝廉秀才茂異,並不簡試,雷同與官,市道屠沽、亡命不軌,皆封侯略盡。太府之銅不供鑄印,至有白版侯者。朝會之服,貂者大半,故謠云:"貂不足,狗尾續。"小人多

---

① "選",原作"銓",據《廣記》卷一八五"鄭愔崔湜"條、《紺珠集》卷三、《類說》卷四〇改。

② "曰"上,《紺珠集》卷三有"笑"字。

③ "君",《廣記》卷一八五"鄭愔崔湜"條、《紺珠集》卷三、《類說》卷四〇作"若"。

④ "何不兵部選",《紺珠集》卷三、《類說》卷四〇作"何不求選兵部"。

⑤ "外邊人皆云",《紺珠集》卷三、《類說》卷四〇均作"外議謂"。"存",《廣記》卷一八五"鄭愔崔湜"條作"得",《紺珠集》卷三、《類說》卷四〇作"選"。

⑥ "景龍"上,《廣記》卷一八六"斜封官"條有"唐"字。

⑦ "宋",原作"采",據《廣記》卷一八六"斜封官"條改。

⑧ "君",原脫,中華本趙校云"本書卷三有'見鬼師彭君卿',《通鑑》景雲二年《考異》引亦作彭君卿,當是同人,此脫'君'字'",所說是,故據補。

幸，君子恥之。無道之朝，一何連類也，惜哉！

天后中，^① 契丹李盡忠、孫萬榮之破營府也，^② 以地牢囚漢俘數百人。聞麻仁節等諸軍欲至，^③ 乃令守囚霅等紿之曰："家口飢寒，不能存活。求待國家兵到，吾等即降。"其囚日別與一頓粥，引出安慰曰："吾此無飲食養汝，又不忍殺汝，總放歸若何？"衆皆拜伏乞命，乃紿放去。至幽州，具説飢凍逼遁。^④ 兵士聞之，爭欲先入。至黃麞峪，^⑤ 賊又令老者投官軍，送遺老牛瘦馬於道側。仁節等三軍棄步卒，^⑥ 將馬先爭入，被賊設伏橫截，軍將被索綯之，生擒節等，死者填山谷，罕有一遺。

景龍四年，^⑦ 洛州凌空觀失火，^⑧ 萬物並盡，惟有一真人巋然獨存，乃泥塑爲之。後改爲聖真觀。^⑨

---

① "天后"上，《廣記》卷一八九"李盡忠"條有"唐"字。

② "萬榮"上，原脱"孫"字。按，李盡忠、孫萬榮據營州作亂一事，見《舊唐書》卷一九九下《契丹傳》，故據補。

③ "軍"，原作"君"，石印本、中華本均作"軍"。按，《舊唐書》卷六《則天皇后本紀》云，萬歲登封元年五月，命鷹揚將軍曹仁師、右金吾大將軍張玄遇、右武威大將軍李多祚、司農少卿麻仁傑等二十八將討之，故此處應作"軍"字爲是，據改。

④ "逼遁"，《廣記》卷一八九"李盡忠"條、《四庫》本作"逗留"。

⑤ "峪"，《舊唐書》卷六《則天皇后本紀》、《通鑑》卷二〇五《則天皇后》"萬歲通天元年"條作"谷"。

⑥ "仁節"上，《廣記》卷一八九"李盡忠"條有"麻"字。

⑦ "景龍"上，《廣記》卷一六二"陵空觀"條有"唐"字。

⑧ "凌"，《廣記》卷一六二"陵空觀"條作"陵"。

⑨ "後"，《廣記》卷一六二"陵空觀"條作"乃"。

幸，君子恥之。無道之朝，一何連類也，惜哉！

天后中，[①] 契丹李盡忠、孫萬榮之破營府也，[②] 以地牢囚漢俘數百人。聞麻仁節等諸軍欲至，[③] 乃令守囚霅等紿之曰："家口飢寒，不能存活。求待國家兵到，吾等即降。"其囚日別與一頓粥，引出安慰曰："吾此無飲食養汝，又不忍殺汝，總放歸若何？"衆皆拜伏乞命，乃紿放去。至幽州，具説飢凍逼遁。[④] 兵士聞之，爭欲先入。至黃麞峪，[⑤] 賊又令老者投官軍，送遺老牛瘦馬於道側。仁節等三軍棄步卒，[⑥] 將馬先爭入，被賊設伏橫截，軍將被索綯之，生擒節等，死者填山谷，罕有一遺。

景龍四年，[⑦] 洛州凌空觀失火，[⑧] 萬物並盡，惟有一真人巋然獨存，乃泥塑爲之。後改爲聖真觀。[⑨]

[①] "天后"上，《廣記》卷一八九"李盡忠"條有"唐"字。

[②] "萬榮"上，原脱"孫"字。按，李盡忠、孫萬榮據營州作亂一事，見《舊唐書》卷一九九下《契丹傳》，故據補。

[③] "軍"，原作"君"，石印本、中華本均作"軍"。按，《舊唐書》卷六《則天皇后本紀》云，萬歲登封元年五月，命鷹揚將軍曹仁師、右金吾大將軍張玄遇、右武威大將軍李多祚、司農少卿麻仁傑等二十八將討之，故此處應作"軍"字爲是，據改。

[④] "逼遁"，《廣記》卷一八九"李盡忠"條、《四庫》本作"逗留"。

[⑤] "峪"，《舊唐書》卷六《則天皇后本紀》、《通鑑》卷二〇五《則天皇后》"萬歲通天元年"條作"谷"。

[⑥] "仁節"上，《廣記》卷一八九"李盡忠"條有"麻"字。

[⑦] "景龍"上，《廣記》卷一六二"陵空觀"條有"唐"字。

[⑧] "凌"，《廣記》卷一六二"陵空觀"條作"陵"。

[⑨] "後"，《廣記》卷一六二"陵空觀"條作"乃"。

西京朝堂北頭有大槐樹，隋曰唐興村門首。① 文皇帝移長安城，將作大匠高熲常坐此樹下檢校。② 後栽樹行不正，欲去之，帝曰："高熲坐此樹下，不須殺之。"至今先天百三十年，③ 其樹尚在，柯葉森竦，株根盤礴，④ 與諸樹不同。承天門正當唐興村門首，今唐家居焉。

永徽年以後，⑤ 人唱《桑條歌》云："桑條韋，女韋也樂。"至神龍年中，逆韋應之。諂佞者鄭愔作《桑條樂詞》十餘首進之，逆韋大喜，擢之爲吏部侍郎，賞縑百匹。

龍朔以來，⑥ 人唱歌名《突厥鹽》。後周聖曆年中，差閻知微和匈奴，授三品春官尚書，送武延秀娶成默啜女，⑦ 送金銀器物、錦彩衣裳以爲禮聘，⑧ 不可勝紀。突厥翻動，漢使並没，立知微爲可汗，《突厥鹽》之應。

---

① "村"，原作"材"，據《廣記》卷一六三"高穎"條改，下"正當唐興村門首"之"村"字，原亦作"材"，亦據《廣記》改。

② "大"，原作"木"，《廣記》卷一六三"高穎"條汪校云"明抄本'木'作'大'"，故據改。"高熲"，原作"高穎"，《四庫》本作"高熲"。按《隋書》卷四一有《高熲傳》，云"領新都大監，制度多出于熲。熲每坐朝堂北槐樹下以听事……"，故當作"高熲"是，據改。下"高熲坐此樹下"同。

③ "百"上，《廣記》卷一六三"高穎"條《四庫》本均有"一"字。

④ "株根"，《廣記》卷一六三"高穎"條作"根株"。

⑤ "永徽"上，《廣記》卷一六三"桑條歌"條有"唐"字。

⑥ "龍朔"上，《廣記》卷一六三"突厥鹽"條有"唐"字。

⑦ "娶"，原作"聚"，據《廣記》卷一六三"突厥鹽"條改。"成"，中華本趙校云"'成'字疑訛，或字衍"，近是。

⑧ "彩"，原作"菜"，據《廣記》卷一六三"突厥鹽"條、石印本、中華本改。

調露中，① 大帝欲封中岳，屬突厥叛而止。② 後又欲封，土番入寇，遂停。③ 至永淳年，又駕幸嵩岳，謠曰：“嵩山凡幾層，不畏登不得，只畏不得登。三度徵兵馬，傍道打騰騰。”岳下遘疾，④ 不愈，迴至宮而崩。

永淳之後，⑤ 天下皆唱：“楊柳，楊柳，漫頭駝。”後徐敬業犯事，出柳州司馬，遂作僞敕，自授揚州司馬，殺長史陳敬之，據江淮反。使李孝逸討之，斬業首，驛馬馱入洛。“楊柳，楊柳，漫頭駝”，此其應也。

周如意年中以來，始唱《黃麞歌》，其詞曰：“黃麞，黃麞，草裹藏，彎弓射你傷。”俄而，契丹反叛，殺都督趙翽，⑥ 營府陷没。差總管曹仁師、張玄遇、麻仁節、王孝傑，前後百萬衆，被賊敗於黃麞谷，諸軍並没，罔有孑遺。《黃麞》之歌，斯爲驗矣。

---

① “調露”上，《廣記》卷一六三“封中岳”條有“唐”字。
② “叛”，原脱，據《廣記》卷一六三“封中岳”條補。
③ “遂停”，《廣記》卷一六三“封中岳”條作“又停”。
④ “疾”，《廣記》卷一六三“封中岳”條作“疫”。
⑤ “永淳”上，《廣記》卷一六三“楊柳謠”條有“唐”字。按，此條見《新唐書》卷三五《五行志二》。
⑥ “趙翽”，兩《唐書》亦作“趙文翽”。按，“契丹反叛，營府陷没……麻仁節兵敗黃麞谷”一事，見《舊唐書》卷六《則天皇后》、《新唐書》卷四《則天皇后》，均作“趙文翽”。但趙翽爲契丹所殺一事，見《舊唐書》卷一九九下《契丹傳》、《新唐書》卷二一九《渤海傳》，均作“趙翽”。據岑仲勉《元和姓纂四校記》卷七“趙”條考證可知，趙文翽“唐人往往省稱趙翽”。

周垂拱以來,京都唱《苾拏兒歌》詞,① 皆是邪曲。後張易之小名苾拏。

景龍年,② 安樂公主于洛州道光坊造安樂寺,③ 用錢數百萬。童謠曰:"可憐安樂寺,了了樹頭懸。"後誅逆韋,並殺安樂,斬首懸於竿上,改爲悖逆庶人。

神龍以後,④ 謠曰:"山南烏鵲窠,山北金駱駝。鎌柯不鑿孔,斧子不施柯。"此突厥彊盛,⑤ 百姓不得斫桑養蠶、種禾刈穀之應也。⑥

景龍中,⑦ 謠曰:"可憐聖善寺,身着緑毛衣。牽來河裏飲,踏殺鯉魚兒。"至景雲中,譙王從均州入都作亂,敗走,投洛川而死。⑧

景雲中,⑨ 謠曰:"一條麻綫挽天樞,絶去也。"神武即位,敕令推倒天樞,收銅並入尚方,此其應兆。⑩

————————

① "京都唱"三字,原脱,據《廣記》卷一六三"苾拏兒"條補。
② "景龍"上,《廣記》卷一六三"安樂寺"條有"唐"字。按,此條見《新唐書》卷三五《五行志二》。
③ "于",原脱,《廣記》卷一六三"安樂寺"條汪校云"'于'字原本無,據明抄本補",今據補。
④ "神龍"上,《廣記》卷一六三"烏鵲窠"條有"唐"字。按,此條見《新唐書》卷三五《五行志二》。
⑤ "彊",原作"疆",據《廣記》卷一六三"烏鵲窠"條、石印本、中華本改。
⑥ "禾",原作"木",據《廣記》卷一六三"烏鵲窠"條改。
⑦ "景龍"上,《廣記》卷一六三"鯉魚兒"條有"唐"字。
⑧ "川",原作"州",據《廣記》卷一六三"鯉魚兒"條改。
⑨ "景雲"上,《廣記》卷一六三"挽天樞"條有"唐"字。
⑩ "兆",《廣記》卷一六三"挽天樞"條作"驗"。

　　景龍中，① 謠曰："黃柏犢子挽綯斷，兩脚踏地鞋韀斷。"六月，平王誅逆韋，挽綯斷者，② 欲作亂；鞋韀斷者，事不成。阿韋是"黃犢"之後也。

　　明堂主簿駱賓王《帝京篇》曰：③ "倏忽搏風生羽翼，須臾失浪委泥沙。"賓王後與徐敬業興兵揚州，大敗，投江而死，④ 此其讖也。

　　麟德已來，⑤ 百姓飲酒唱歌，曲終而不盡者號爲"族鹽"。後閻知微從突厥領賊破趙、定。後知微來，則天大怒，磔於西市。命百官射之，河內王武懿宗去七步，射三發，皆不中，其怯懦也如此。知微身上箭如蝟毛，到其骨肉，夷其九族，疏親及不相識者皆斬之。小兒年七八歲，驅抱向西市，百姓哀之，擲餅果與者，相爭奪以爲戲笑。⑥ 監刑御史不忍害，奏舍之。其"族鹽"之言，於斯應也。

　　趙公長孫無忌以烏羊毛爲渾脱氈帽，⑦ 天下慕之，其帽爲"趙公渾脱"。後坐事，長流嶺南，"渾脱"之言，於是

---

　　① "景龍"上，《廣記》卷一六三"黃犢子"條有"唐"字。按，此條見《新唐書》卷三五《五行志二》。

　　② "挽綯斷者"，原脱，據《廣記》卷一六三"黃犢子"條補。

　　③ "明堂"上，《廣記》卷一六三"駱賓王"條有"唐"字。

　　④ "江"下，《廣記》卷一六三"駱賓王"條有"水"字。

　　⑤ "麟德"上，《廣記》卷一六三"閻知微"條有"唐"字。按，此條見《新唐書》卷三五《五行志二》。

　　⑥ "相"上，《廣記》卷一六三"閻知微"條有"仍"字。

　　⑦ "趙公"上，《廣記》卷一六三"長孫無忌"條有"唐"字。

效焉。

魏王爲巾子,① 向前踣,② 天下欣欣慕之,名爲"魏王踣"。後坐死。至孝和時,陸頌亦爲巾子,同此樣,時人又名爲"陸頌踣"。未一年而陸頌殞。

永徽後,③ 天下唱《武媚娘歌》,後立武氏爲皇后。大帝崩,則天臨朝,改號大周。二十餘年,武后強盛,④ 武三王梁、魏、定等並開府,自餘郡王十餘人,⑤ 幾遷鼎矣。

咸亨已後,⑥ 人皆云:"莫浪語,阿婆嗔,三叔聞時笑殺人。"後果則天即位,至孝和嗣之。阿婆者,則天也;三叔者,孝和爲第三也。

魏僕射子名叔麟,⑦ 讖者曰:"'叔麟',反語'身戮'也。"後果被羅織而誅。⑧

梁王武三思,唐神龍初改封德靖王。讖者言:"'德靖','鼎賊'也。"果有窺鼎之志,被鄭克等斬之。

天后時,⑨ 謠言曰:"張公吃酒李公醉。"張公者,斥易

---

① "魏王"上,《廣記》卷一六三"魏王"條有"唐"字。
② "踣",原作"踣",據《廣記》卷一六三"魏王"條改。
③ "永徽"上,《廣記》卷一六三"武媚娘"條有"唐"字。按,此條見《新唐書》卷三五《五行志二》。
④ "武后",《廣記》卷一六三"武媚娘"條作"武氏"。
⑤ "王",《廣記》卷一六三"武媚娘"條作"五"。
⑥ "咸亨"上,《廣記》卷一六三"孝和"條有"唐"字。
⑦ "魏僕射"上,《廣記》卷一六三"魏叔麟"條有"唐"字。
⑧ "誅",《廣記》卷一六三"魏叔麟"條作"殺之"。
⑨ "天后",《説郛》卷二、《古今説海》本、《歷代小史》本作"周則天"。

之兄弟也；李公者，言李氏大盛也。

孫佺爲幽州都督，① 五月北征。時軍師李處郁諫："五月南方火，北方水，火入水必滅。"佺不從，果没八萬人。昔竇建德救王世充於牛口谷，時謂竇入牛口，豈有還期？果被秦王所擒。其孫佺之北也，處郁曰："飧若入咽，百無一全。"山東人謂濕飯爲飧音孫，② 幽州以北並爲燕地，故云。

龍朔年已來，③ 百姓飲酒作令云："子母相去離，連臺拗倒。"子母者，盞與盤也；連臺者，連盤拗倒盞也。④ 及天后永昌中，羅織事起，有宿衞十餘人於清化坊飲，爲此令。此席人進狀告之，十人皆棄市。自後廬陵徙均州，則子母相去離也；連臺拗倒者，則天被廢，諸武遷放之兆。

神武皇帝七月即位，⑤ 東都白馬寺鐵像頭無故自落於殿門外。自後捉搦僧尼嚴急，令拜父母等，未成者並停革，後出者科決，還俗者十八九焉。

開元五年春，⑥ 司天奏："玄象有眚見，其災甚重。"玄

---

① "孫佺"上，《廣記》卷一六三"孫佺"條有"唐"字。
② "濕"，原作"溫"，據《廣記》卷一六三"孫佺"條改。按，湯水所泡之飯也稱"飧"，故作"濕飯"是。（參見真大成：《〈朝野僉載〉校補》，《文史》2014 年第 2 期。）
③ "龍朔"上，《廣記》卷一六三"飲酒令"條有"唐"字。
④ "拗倒盞"，《廣記》卷一六三"飲酒令"條作"拗盞倒"。按，"拗盞倒"爲唐時常見句式，作"拗倒盞"或是明人從《廣記》輯《僉載》時所改。（參見真大成：《〈朝野僉載〉校補》，《文史》2014 年第 2 期。）
⑤ "神武"上，《廣記》卷一六三"白馬寺"條有"唐"字。
⑥ 按，此條，《廣記》卷一六三"李蒙"條云出《獨異志》。

宗震驚，問曰：“何祥？”對曰：“當有名士三十人同日冤死，今新及第進士正應其數。”其年及第李蒙者，貴主家婿，上不言其事，密戒主曰：“每有大游宴，汝愛婿可閉留其家。”①主居昭國里，時大合樂，音曲遠暢，曲江漲水，聯舟數艘，進士畢集。蒙聞，②乃逾垣奔走，群衆悵望。才登舟，移就水中，畫舸平沉，聲妓、篙工不知紀極，三十進士無一生者。

夏侯處信爲荊州長史，③有賓過之，處信命僕作食。僕附耳語曰：“溲幾許麵？”信曰：“兩人二升即可矣。”僕入，久不出，賓以事告去。信遽呼僕，僕曰：“已溲訖。”信鳴指曰：“大費事。”④良久，乃曰：“可總燔作餅，吾公退食之。”信又嘗以一小瓶貯醯一升，自食，家人不霑餘瀝。僕云：“醋盡。”信取瓶合於掌上，餘數滴，因以口吸之。凡市易，必經手乃授直。⑤識者鄙之。

廣州録事參軍柳慶獨居一室，器用食物並致卧内。奴有私取鹽一撮者，慶鞭之見血。

① “閉”，原作“閑”，據《廣記》卷一六三“李蒙”條改。
② “聞”，《廣記》卷一六三“李蒙”條作“間”，汪校云“明抄本‘間’作‘聞’”，按，作“聞之”，近是。
③ “夏侯”上，《廣記》卷一六五“夏侯處信”條有“唐”字。
④ “費”，原作“異”，《廣記》卷一六五“夏侯處信”條汪校云“明抄本‘異’作‘費’，‘事’下有‘也’字”，此據汪校改。
⑤ “凡市易必經手乃授直”九字，原作“乃授直去凡市易必經手”，據《廣記》卷一六五“夏侯處信”條改。

　　夏侯彪夏月食飲，生蟲在下，未曾瀝口。① 嘗送客出門，
奴盜食饌肉。彪還，覺之，大怒，乃捉蠅與食，令嘔出之。

　　鄭仁凱爲密州刺史，② 有小奴告以履穿，凱曰："阿翁爲
汝經營鞋。"有頃，門夫着新鞋者至，③ 凱廳前樹上有鴷
窠，④ ——鴷，啄木也。⑤ ——遣門夫上樹取其子。門夫脫鞋
而緣之，凱令奴着鞋而去，門夫竟至徒跣。凱有德色。

　　安南都護鄧祐，⑥ 韶州人，家巨富，奴婢千人。⑦ 恒課口
腹自供，未曾設客。⑧ 孫子將一鴨私用，祐以擅破家資，⑨ 鞭
二十。

　　韋莊頗讀書，⑩ 數米而炊，秤薪而爨，炙少一臠而覺之。
一子八歲而卒，妻斂以時服，莊剥取，以故席裹尸，殯訖，
擎其席而歸。其憶念也，嗚咽不自勝，惟慳吝耳。

────────

　　① "瀝口"，《廣記》卷一六五"夏侯彪"條作"歷口"。
　　② "凱"，《新唐書》卷七五上《宰相世系表》作"愷"。《類説》卷四〇亦録此
條，云："郭（鄭）仁凱鄙猾，嘗爲密州刺史，家奴告以鞋敝，仁凱即呼公吏鞋新者，
令上樹采果，俾奴竊其鞋而去。吏下，訴之，仁凱曰：'刺史不是守鞋人。'"《紺珠
集》卷三所録文字與《類説》大抵相同，惟"上樹采果"，《紺珠集》作"上樹探巢"，
文義與《廣記》同。
　　③ "新"，原脱，據《廣記》卷一六五"鄭仁凱"條補。
　　④ "鴷"下，《廣記》卷一六五"鄭仁凱"條有"啄木也"三字，爲小注。
　　⑤ "鴷啄木也"，《廣記》卷一六五"鄭仁凱"條無此四字。
　　⑥ "安南都護鄧祐"，《説郛》卷二作"唐安東郡都護鄧祐"。
　　⑦ "奴婢千人"下，《説郛》卷二有"莊田錦亘"四字。
　　⑧ "曾"，《説郛》卷二作"嘗"。
　　⑨ "資"，《説郛》卷二作"貲"。
　　⑩ 劉真倫《〈朝野僉載〉點校本管窺》（上）（《書品》1989 年第 1 期）以爲"莊
晚唐人，鸞不及見"，疑此條非《僉載》原文。

懷州録事參軍路敬潛遭綦連耀事，①於新開推鞫，免死配流。後訴雪，授睦州遂安縣令。前邑宰皆卒於官，潛欲不赴。其妻曰："君若合死，新開之難，早已無身，今得縣令，豈非命乎？"遂至州，去縣水路數百里上，寢堂兩間有三殯坑，②皆埋舊縣令，潛命坊夫填之。有梟鳴於屏風，又鳴於承塵上，並不以爲事。每與妻對食，有鼠數十頭，或黃或白，或青或黑，以杖驅之，則抱杖而叫。自餘妖怪，不可具言。至四考滿，③一無所失，④選授衛令，除衛州司馬。入爲郎中，位至中書舍人。

周甘子布博學有才，年十七，爲左衛長史，不入五品。登封年病，以驢轝強至岳下，天恩加兩階，合入五品，竟不能起。鄰里親戚來賀，⑤衣冠不得，遂以緋袍覆其上，帖然而終。

太常卿盧崇道坐女婿中書令崔湜反，⑥羽林郎將張仙坐與薛介然口陳欲反之狀，俱流嶺南。經年，無日不悲號，兩

---

① "耀"，原作"輝"。據《舊唐書》卷六《則天皇后本紀》，知綦連耀於萬歲登封二年正月，因謀反罪被誅。又據《舊唐書》卷一八九《儒學·路敬淳傳》，知敬淳坐與連耀結交而下獄死，敬潛乃敬淳之弟，《敬淳傳》未云敬潛受連耀之事牽連，只云敬潛官至中書舍人。此條所云"遭綦連耀事"，當即連耀謀反被殺之事。另，本書卷二"周明堂尉吉頊"條亦涉及綦連耀事，故"輝"當作"耀"，據《舊唐書》改。

② "兩"，《廣記》卷一四六"路潛"條作"西"。

③ "四"，《廣記》卷一四六"路潛"條作"一"。

④ "所"，《廣記》卷一四六"路潛"條作"損"。

⑤ "鄰"，《廣記》卷一四六"甘子布"條作"鄉"。

⑥ "太常"上，《廣記》卷一四六"盧崇道"條有"唐"字。

目皆腫，不勝凄楚，^① 遂並逃歸。崇道至都宅藏隱，爲男娶崔氏女，未成。有内給使來，取充貴人，崇道乃賂給使，別取一崔家女去。入内，事敗，給使具承，掩崇道，並男三人亦被糾捉，敕杖各決一百，俱至喪命。

青州刺史劉仁軌知海運，^② 失船極多，除名爲民，遂遼東效力。遇病，卧平壤城下，褰幕，看兵士攻城。有一卒直來前頭背坐，叱之不去，仍惡罵曰：“你欲看，我亦欲看，何預汝事？”不肯去。須臾，城頭放箭，正中心而死。微此兵，仁軌幾爲流矢所中。

任之選與張説同時應舉。^③ 後説爲中書令，之選竟不及第。來謁張公，公遺絹一束，以充糧用。之選將歸，至舍，不經一兩日，疾大作，將絹市藥，絹盡，疾自損。非但此度，餘處亦然，何薄命之甚也！

杭州刺史裴有敞疾甚，^④ 令錢塘縣主簿夏榮看之。榮曰：“使君百無一慮，夫人早須崇福以禳之。”崔夫人曰：^⑤“禳須

① “楚”，《廣記》卷一四六“盧崇道”條作“戀”。按，“戀”字或爲《僉載》原文。（參見真文成：《〈朝野僉載〉校補》，《文史》2014 年第 2 輯。）
② “青州”上，《廣記》卷一四六“劉仁軌”條有“唐”字。
③ “任”上，《廣記》卷一四六“任之選”條有“唐”字。
④ “杭州”上，《廣記》卷一四七“裴有敞”條、《説郛》卷二、《古今説海》本、《歷代小史》本均有“唐”字。
⑤ “崔”上，《廣記》卷一四七“裴有敞”條有“而”字。

何物?"榮曰:"使君娶二姬以壓之,① 出三年,則危過矣。"② 夫人怒曰:"此獠狂語,兒在身無病。"榮退曰:"夫人不信,榮不敢言。使君命合有三婦,③ 若不更娶,於夫人不祥。"夫人曰:"乍可死,④ 此事不相當也!"其年,夫人暴亡,敞更娶二姓,⑤ 榮言信矣。

唐平王誅逆韋,⑥ 崔日用將兵杜曲,誅諸韋略盡,綳子中嬰孩亦捏殺之。⑦ 諸杜濫及者非一。浮休子曰:此逆韋之罪,疏族何辜!亦如冉閔殺胡,高鼻者橫死;董卓誅閹人,無鬚者枉戮。死生命也。

逆韋之變,⑧ 吏部尚書張嘉福河北道存撫使,至懷州武

---

① "壓",《説郛》卷二作"魘",《古今説海》本、《歷代小史》本作"厭"。

② "危",《説郛》卷二、《古今説海》本、《歷代小史》本作"厄"。

③ "命",《説郛》卷二、《古今説海》本、《歷代小史》本無此字。

④ "乍",《説郛》卷二作"寧"。按,乍可,即寧可,故作"寧"字亦可。

⑤ "姓",《廣記》卷一四七"裴有敞"條、《説郛》卷二、《古今説海》本、《歷代小史》本均作"姬"。

⑥ "唐",原作"廣",《廣記》卷一四八《韋氏》條作"唐"。中華本趙校云"《廣記》引《僉載》記唐事諸條,皆冠以'唐'字,以明時代。本條《廣記》卷一四七(按,當爲卷一四八)引作'唐平王',當是抄書者照録其文,以形近'唐'又轉訛爲'廣'。此爲今本《僉載》抄撮《廣記》而成之一證"。所言甚是,今據《廣記》改。按,劉真倫以爲《僉載》記唐朝實事本有"唐"字,與武周有所區别,是明人輯録時誤删。此説爲是。(參見《〈朝野僉載〉點校本管窺》,《書品》1989 年第 1 期。)按,此條見《資治通鑑》卷二〇九《唐紀》二五《睿宗景雲元年》。

⑦ "捏",原作"桿",《廣記》卷一四八《韋氏》條作"捏"。按,古籍版刻中"木"與"扌"二部首往往混用,此處當從《廣記》作"捏"。

⑧ "逆韋"上,《廣記》卷一四八"張嘉福"條有"唐"字。

陟驛，① 有敕所至處斬之。尋有敕矜放，使人馬上昏睡，遲行一驛，比至，已斬訖。命非天乎，天非命乎！

沈君亮見冥道事，② 上元年中，吏部員外張仁褘延坐問曰：③ "明公看褘何當遷？" 亮曰："臺郎坐不暖席，何慮不遷？" 俄而，褘如廁，亮謂諸人曰："張員外總十餘日活，何暇憂官職乎？" 後七日而褘卒。

虔州司士劉知元攝判司倉，④ 大酺時，司馬楊舜臣謂之曰："買肉必須含胎，⑤ 肥脆可食，餘瘦不堪。" 知元乃揀取懷孕牛犢及猪羊驢等殺之，其胎仍動，良久乃絕。無何，舜臣一奴無病而死，心上仍暖，⑥ 七日而蘇，云見一水犢白額，並子隨之，見王訴云："懷胎五個月，枉殺母子。" ⑦ 須臾，又見猪羊驢等，皆領子來訴，見劉司士答款，引楊司馬處分如此。居三日而知元卒，亡又五日而舜臣死。

---

① "陟"，原作"涉"，據《廣記》卷一四八"張嘉福"條改。按，據《舊唐書》卷三九《地理志·河北道》云，懷州所領之縣有武陟縣，故當以"陟"爲是。

② "沈君亮"上，《廣記》卷一五〇"張仁褘"條有"唐"字。

③ "褘"，原作"煒"，據《廣記》卷一五〇"張仁褘"條改。按，本條"公看褘""褘如廁""而褘卒"之"褘"字，亦均據《廣記》改爲"褘"字。"坐"，原作"生"，據《廣記》卷一五〇"張仁褘"條改。

④ "虔州"上，《廣記》卷一三二"劉知元"條有"唐"字。

⑤ "含"，原脫，據《廣記》卷一三二"劉知元"條補。

⑥ "仍"，原作"乃"，據《廣記》卷一三二"劉知元"條改。

⑦ "枉"，原作"扛"，據《廣記》卷一三二"劉知元"條改。

　　率更令張文成，^① 梟晨鳴于庭樹，其妻以爲不祥，連唾
之。文成云："急灑掃，吾當改官。"言未畢，賀客已在門
矣。^②　　又一説，^③ 文成景雲二年爲鴻臚寺丞，帽帶及緑袍並
被鼠囓，^④ 有蜘蛛大如栗，當寢門懸絲上。經數日，大赦，
加階，授五品。男不宰，鼠亦囓腰帶欲斷，尋選授博野尉。^⑤

　　隋大業之季，貓鬼事起，家養老貓爲厭魅，^⑥ 頗有神靈
遞相誣告，^⑦ 京都及郡縣被誅戮者數千餘家，蜀王秀皆坐之。

---

　　① "率更令"上，《廣記》卷一三七"張文成"條有"唐"字。按，張文成，爲
"張文收"之誤，此條係《國史異纂》（即《隋唐嘉話》）中之文字，明人誤輯入《僉
載》。（參見馬雪芹：《〈朝野僉載·率更令〉條考辨》，《古籍整理研究學刊》1995
年1、2期合刊。）另，此條又見於《廣記》卷四六二"張率更"條，全文如下："有梟晨
鳴於張率更庭樹，其妻以爲不祥，連唾之。張云：'急灑掃，吾當改官。'言未畢，賀
客已在門矣。"云"出《朝野僉載》"。

　　② 按，"賀客已在門矣"以上文字，《廣記》卷一三七"張文成"條云出《國史
異纂》。

　　③ "又一説"上，有一空格。按，此空格當是明人從《廣記》輯《僉載》文字
時，删去《廣記》"賀客已在門矣"下之"出《國史異纂》"五字小注所致，此亦是明
人誤將《國史異纂》文字輯入《僉載》的原因之一。余嘉錫《四庫提要辨證》云"證
之《廣記》卷一百三十七，則梟鳴事出《國史異纂》，又一説始是《僉載》本文。夫張
文成即鷟也，鷟自記其事，惡有所謂又一説哉。明此三字，乃《廣記》所加也"，中
華本趙校云"此爲今本《僉載》從《廣記》輯出之又一證"，所言甚是。

　　④ "囓"，原作"額"，據《廣記》卷一三七"張文成"條改。

　　⑤ "有蜘蛛"至"博野尉"三十八字，原脱，據《廣記》卷一三七"張文成"條補。

　　⑥ "隋大業"至"爲厭魅"十六字，原脱，據《廣記》卷一三九"貓鬼"條所引，
此別是一條，其全文云："隋大業之季，貓鬼事起，家養老貓爲厭魅，頗有神靈，遞相
誣告，京都及郡縣被誅戮者，數千餘家，蜀王秀皆坐之。隋室既亡，其事亦寢。"故
據補，另起段。

　　⑦ "頗"，原脱，據《廣記》卷一三九"貓鬼"條補。按，頗疑底本"緑袍並被鼠
額有神靈遞相誣告"之"額"字，乃"頗"字之訛，上文"率更令張文成"條，至"被鼠"
以下文字脱去，而"隋大業之際貓鬼事起"一條，則"頗（額）有"以上文字皆脱去。

隋室既亡，其事亦寝矣。

儀鳳年中，[1] 有長星半天，出東方，三十餘日乃滅。自是土番叛，匈奴反，徐敬業亂，白鐵余作逆，博、豫騷動，忠、萬強梁，契丹翻營府，突厥破趙、定，麻仁節、張玄遇、王孝傑等，皆没百萬眾。三十餘年，兵革不息。

調露之後，[2] 有鳥大如鳩，色如烏鵲，[3] 飛若風聲，千萬爲隊，時人謂之“鶸雀”，亦名“突厥雀”，若來，突厥必至，後至無差。

天授中，則天好改新字，又多忌諱。有幽州人尋如意，上封云：“國字中‘或’，或亂天象，請口中安‘武’以鎮之。”則天大喜，下制即依。月餘，有上封者云：“‘武’退在口中，與囚字無異，不祥之甚。”則天愕然，遽追制，改令中爲“八方”字。後孝和即位，果幽則天於上陽宫。

長安二年九月一日，[4] 太陽蝕盡，默啜賊到并州。至十五日夜，月蝕盡，賊並退盡。俗諺云：“棗子塞鼻孔，懸樓閣卻種。”又云：[5] “蟬鳴蛐蟟唤，黍種餯糜斷。”又諺云：“春

---

① “儀鳳”上，《廣記》卷一三九“長星”條有“唐”字。
② “調露”上，《廣記》卷一三九“大鳥”條有“唐”字。
③ “鵲”，《廣記》卷一三九“大鳥”條作“雀”。
④ “長安”上，《廣記》卷一三九“默啜”條有“唐”字。
⑤ “又”，原作“人”，據《廣記》卷一三九“默啜”條、《五色綫》改。

雨甲子，赤地千里。夏雨甲子，乘船入市。① 秋雨甲子，禾頭生耳。冬雨甲子，鵲巢下近地，其年大水。"②

長安四年十月，③ 陰，雨雪，一百餘日不見星。正月，誅逆賊張易之、昌宗等，則天廢。

幽州都督孫佺之入賊也，④ 薛訥與之書曰：⑤ "季月不可入賊，大凶也。"佺曰："六月宣王北伐，訥何所知。有敢言兵出不復者斬。"出軍之日，有白虹垂頭於軍門。其夜，大星落於營內，兵將無敢言者。軍行後，幽州界內鴉鳥鷗鳶等並失，皆隨軍去。經二旬而軍没，烏鳶食其肉焉。

延和初七日，⑥ 太白晝見，經天。其月，太上皇遜帝位，

---

① "乘"，原作"垂"，據《廣記》卷一三九"默啜"條、《五色綫》、《紺珠集》卷三、《類説》卷四〇、《記纂淵海》卷二改。

② "近"，原爲一空格，《廣記》卷一三九"默啜"條作"鵲巢下近地"，故據補。"鵲巢下近地其年大水"九字，《紺珠集》卷三、《類説》卷四〇作"飛雪千里"，《記纂淵海》卷二作"鶴巢下地"，《古今事文類聚前集》卷五作"牛羊凍死"。

③ "長安"上，《廣記》卷一三九"張易之"條有"唐"字。

④ "幽州"上，《廣記》卷一三九"孫儉"條有"唐"字。"佺"，原作"儉"，中華本趙校云"兩《唐書·孫處約傳》及《通鑑》先天元年並作'孫佺'，與本卷上文合，今據改。下同"，故據改。按，此條見《新唐書》卷三二《天文志二》。

⑤ "訥"，原作"納"，《廣記》卷一三九《孫儉》條作"訥"。中華本趙校云"據《廣記》卷一三九引及《通鑑》先天元年作'薛訥'，今據改。下同"。按，據《通鑑》卷二一二《玄宗紀》"先天元年"條，知此年三月，孫佺代爲幽州大都督，薛訥爲并州長史，故據改。

⑥ "延和"上，《廣記》卷一三九"太白晝見"條有"唐"字。"日"，《廣記》卷一三九"太白晝見"條汪校云"按《通鑑》卷二百十，延和秋七月彗星出西方，'日'疑作'月'"。

此易主之應也。至八月九日，① 太白仍晝見，改元先天。至
二月七日，② 太上皇廢，誅中書令蕭至忠、侍中岑羲；流崔
湜，尋誅之。

　　開元二年五月二十九日夜，③ 大流星如甕，或如盆，大
者貫北斗，並西北落，④ 小者隨之無數，天星盡搖，至曉乃
止。七月，襄王崩，謚殤帝。十月，土蕃入隴右，掠羊馬，
殺傷無數。其年六月，大風拔樹發屋。長安街中，樹連根出
者十七八。長安城初建，隋將作大匠高潁所植槐樹，⑤ 殆三
百餘年，至是拔出。終南山竹開花結子，綿亙山谷，大小如
麥。其歲大饑，其竹並枯死。嶺南亦然，人取而食之。醴泉
雨麵如米顆，⑥ 人可食之。後漢襄楷云：⑦ “國中竹柏枯者，
不出三年主當之。” 人家竹結實枯死者，家長當之。終南竹花

----

　　① “九”，中華本趙校云：“改元先天在是年八月甲辰，即初七日，‘九’當作
‘七’。”
　　② “二月七日”，《廣記》卷一三九“太白晝見”條汪校云“按《唐書·玄宗
紀》，先天二年七月甲子誅太平公主、蕭至忠、岑羲等。二月七日疑是二年七月”。
　　③ “開元”上，《廣記》卷一四〇“大星”條有“唐”字。按，此條分別見《新唐
書》卷三二《天文志》及卷三四、三五《五行志》。
　　④ “落”，原脫，據《廣記》卷一四〇“大星”條補。
　　⑤ “潁”，原作“穎”，《四庫》本作“高潁”。按《隋書》卷四一有《高潁傳》，云
“領新都大監，制度多出于潁。潁每坐朝堂北槐樹下以听事……”，故當作“高潁”
爲是，據改。
　　⑥ “雨”，原作“兩”，據《廣記》卷一四〇“大星”條改。
　　⑦ “襄”，原作“裴”，《廣記》卷一四〇“大星”條作“襄”。下文“國中竹柏枯
者，不出三年主當之”，見於《後漢書》卷三〇下《郎顗襄楷列傳》，原文作“柏傷竹
枯，不出三年天子當之”，故作“襄”爲是，據改。

枯死者，開元四年，而太上皇崩。

開元五年，① 洪、潭二州復有火災，晝日，人見火精赤
燉燉，② 所詣即火起。③ 東晉時，王弘爲吳郡太守，亦有此
災。弘撻部人，將爲不慎，後坐廳事，見一物赤如信幡，飛
向人家舍上，俄而火起，方知變不復由人，遭蓺人家，遂免
笞罰。④

開元八年，⑤ 契丹叛，關中兵救營府，至澠池缺門，營
於穀水側。夜半水漲，漂二萬餘人，惟行綱夜樗蒲不睡，據
高獲免，村店並没盡。上陽宮中水溢，宮人死者十七八。其
年，京興道坊一夜陷爲池，没五百家。初，鄧州三鵶口見二
小兒以水相潑，須臾，有大蛇十圍已上，張口向天。人或有
斫射者，俄而雲雨晦冥，雨水漂二百家，小兒及蛇不知所在。

洛陽縣令宋之遜，⑥ 性好唱歌，出爲連州參軍。刺史陳
希古者，庸人也，令之遜教婢歌。每日端笏立於庭中，呦呦
而唱，其婢隔窗從而和之，聞者無不大笑。

---

① “開元”上，《廣記》卷一四〇“火災”條有“唐”字。
② “燉燉”，《廣記》卷一四〇“火災”條作“燉燉”。
③ “所詣”下，《説郛》卷二有“處”字。
④ “笞”，原作“刺”，據《廣記》卷一四〇“火災”條改。
⑤ “開元”上，《廣記》卷一四〇“水災”條有“唐”字。
⑥ “令”，《廣記》卷二〇一“宋之愻”條作“丞”。按，此條見《新唐書》卷二
〇二《文藝中·宋之問傳》。按，愻，即“遜”之古字。

卷　二

北齊南陽王入朝，上問何以爲樂，王曰："致蝎最樂。"遂收蝎，一宿得五斗，置大浴斛中，令一人脱衣而入，①被蝎所螫，②宛轉號叫，苦痛不可言，食頃而死。帝與王看之，極喜。③

隋末荒亂，④狂賊朱粲起於襄、鄧間。歲饑，米斛萬錢，亦無得處，人民相食。粲乃驅男女小大，仰一大銅鐘，可二百石，⑤煮人肉以喂賊。生靈殲於此矣。

周恩州刺史陳承親，嶺南大首領也，專使子弟兵劫江。有一縣令從安南來，承親憑買二婢，令有難色。承親每日重設邀屈，甚殷勤。送別江亭，即遣子弟兵尋復劫殺，⑥盡取

---

① "令"，原脱，據《廣記》卷二六七"南陽王"條補。
② "所螫"，原作"螫死"，據《廣記》卷二六七"南陽王"條作"所螫"，按，下文有"宛轉號叫""食頃而死"句，則此處作"所螫"爲長，故據改。
③ "極喜"，原脱，據《廣記》卷二六七"南陽王"條補。
④ 此條，《廣記》卷二六七"朱粲"條汪校云"原闕出處，明抄本作出《朝野僉載》"。
⑤ "百"，原作"伯"，據《廣記》卷二六七"朱粲"條、石印本、中華本改。
⑥ "尋復"，《廣記》卷二六七"陳承親"條作"從後"。

27

財物，將其妻及女至州，妻叩頭求作婢，不許，亦縊殺之。取其女。① 前後官人家過承親，② 禮遇厚者，必隨後劫殺，無人得免。③

周杭州臨安尉薛震好食人肉。有債主及奴詣臨安，於客舍，④ 遂飲之醉，⑤ 殺而斸之，⑥ 以水銀和煎，並骨銷盡。後又欲食其婦，⑦ 婦覺而遁之。⑧ 縣令詰，⑨ 具得其情，⑩ 申州，錄事奏，奉敕杖一百而死。⑪

周嶺南首領陳元光設客，⑫ 令一袍袴行酒。光怒，令曳出，遂殺之。須臾，爛煮以食客，⑬ 後呈其二手，客懼，攪喉而吐。

---

① "女"，原作"妻"，《廣記》卷二六七"陳承親"條作"女"，中華本趙校云"前云縊殺縣令之妻，此當作'女'爲是"，所言甚是，故據改。

② "承"，原脫，《廣記》卷二六七"陳承親"條有"承"字，據此條行文，皆稱"承親"，此當以"承親"爲是，故據補。

③ "無人得免"，《廣記》卷二六七"陳承親"條作"無有免者"。

④ "於"上，《說郛》卷二、《古今說海》本、《歷代小史》本有"止"字。

⑤ "遂"，《說郛》卷二、《古今說海》本、《歷代小史》本卷二無此字。

⑥ "殺而斸之"，《說郛》卷二、《古今說海》本、《歷代小史》本作"並殺之"。

⑦ "後又"，原作"又後"，據《廣記》卷二六七"薛震"條、《說郛》卷二、《古今說海》本、《歷代小史》本改。

⑧ "婦覺而遁之"，《說郛》卷二作"婦知之逾牆而遁以告縣令"。"之"，《廣記》卷二六七"薛震"條無此字。

⑨ "詰"下，《說郛》卷二、《古今說海》本、《歷代小史》本有"之"字。

⑩ "具"，《廣記》卷二六七"薛震"條無此字。

⑪ "奉敕杖一百而死"，《廣記》卷二六七"薛震"條作"奉敕杖殺之"。

⑫ 此條，《廣記》卷二六七"陳元光"條云出《摭言》，汪校云"明抄本作出《朝野僉載》"。

⑬ "客"上，《廣記》卷二六七"陳元光"條有"諸"字。

周瀛州刺史獨孤莊酷虐，有賊問不承，莊引前曰："若健兒，一一具吐，放汝。"遂還巾帶，賊並吐之。諸官以爲必放，頃，莊曰："將我作具來。"乃一鐵鈎長丈餘，甚銛利，以繩挂於樹間，謂賊曰："汝不聞'健兒鈎下死?'"今以胲鈎之，遣壯士摯其繩，則鈎出於腦矣。謂司法曰："此法何似?"答曰："弔民伐罪，深得其宜。"莊大笑。後莊左降施州刺史，染病，唯憶人肉。部下有奴婢死者，遣人割肋下肉食之。歲餘卒。

周推事使索元禮，① 時人號爲"索使"。訊囚作鐵籠頭，磬呼角反其頭，② 仍加楔焉，多至腦裂髓出。又爲"鳳曬翅""獼猴鑽火"等。以椽關手足而轉之，並研骨至碎。③ 又懸囚於梁下，以石縋頭。其酷法如此。元禮故胡人，薛師之假父，後坐贓賄，流死嶺南。

周來俊臣羅織人罪，④ 皆先進狀，敕依奏，即籍没。徐有功出死囚，亦先進狀，某人罪合免，敕依，然後斷雪。有功好出罪，皆先奉進止，非是自專。張湯探人主之情，蓋爲

---

① 按,此條見《新唐書》卷二二二《酷吏·索元禮傳》。

② "磬",原作"幣",《新唐書·索元禮傳》云"作鐵龍頭磬囚首",據改。（參見真大成:《〈朝野僉載〉校補》,《文史》2014 年第 2 輯。）

③ "研",原作"斫",《廣記》卷二六七"索元禮"條汪校云"'研'原作'斫',據明抄本改",《說郛》卷二、《古今說海》本、《歷代小史》本亦作"研",據文義,當作"研"是,故據改。

④ 此條,《廣記》卷二六七"羅織人"條云出《談藪》,汪校云"明抄本作出《朝野僉載》"。

此也。

羽林將軍常元楷，① 三代告密得官。男彦瑋，告劉誠之破家，彦瑋處侍御。至先天二年七月三日，② 楷以反逆誅，家口配流。③ 可謂積惡之家殃有餘也。④

周補闕喬知之有婢碧玉，⑤ 姝艷，能歌舞，有文華，⑥ 知之時幸，⑦ 爲之不婚。僞魏王武承嗣暫借教姬人妝梳，納之，更不放還知之。⑧ 知之乃作《緑珠怨》以寄之，其詞曰：“石家金谷重新聲，明珠十斛買娉婷。昔日可憐偏自許，⑨ 此時

---

① “羽林”上，《廣記》卷二六七“元楷”條有“唐”字。“常元楷”，原作“元楷”，按，常元楷作亂一事，見《舊唐書》卷八《玄宗紀》，《通鑑》卷二一〇《玄宗紀》“開元元年”條《考異》引《僉載》亦有“常”字，故據補。

② “二年”上，原爲一空格。按，《通鑑》卷二一〇《玄宗紀》“開元元年”條《考異》引《僉載》云“羽林將軍常元楷三代告密得官，至先天二年七月三日，楷以反逆誅，家口配没”，故據《通鑑》補“至先天”三字。

③ “配流”，《廣記》卷二六七“元楷”條作“配嶺南”，《通鑑》卷二一〇《玄宗紀》“開元元年”條引《僉載》作“配没”。

④ “可謂積惡之家殃有餘也”十字，《廣記》卷二六七“元楷”條作“所謂積惡之家必有餘殃也”。

⑤ 按，此條又見《舊唐書》卷一九〇《喬知之傳》、《新唐書》卷二〇六《武承嗣傳》。“碧玉”，《舊唐書·喬知之傳》《新唐書·武承嗣傳》《本事詩》“情感第一”條作“窈娘”。

⑥ “華”，《廣記》卷二六七“武承嗣”條作“章”。

⑦ “時”，《廣記》卷二六七“武承嗣”條作“特”。

⑧ “知之”，《廣記》卷二六七“武承嗣”條無此二字。

⑨ “昔”，原作“此”，據《本事詩》“情感第一”條、《唐詩紀事》卷六“喬知之”條改。“偏”，《本事詩》“情感第一”條、《類説》卷四〇、《唐詩紀事》卷六“喬知之”條作“君”。

歌舞得人情。① 君家閨閣不曾觀,② 好將歌舞借人看。③ 意氣雄豪非分理,④ 驕矜勢力橫相干。⑤ 辭君去君終不忍,⑥ 徒勞掩袂傷鉛粉。⑦ 百年離恨在高樓,⑧ 一代容顏爲君盡。"⑨ 碧玉讀詩,⑩ 飲淚不食,三日,投井而死。承嗣撩出尸,⑪ 於裙帶上得詩,大怒,乃諷羅織人告之。⑫ 遂斬知之於南市,⑬ 破家籍没。

周張易之爲控鶴監,弟昌宗爲秘書監,昌儀爲洛陽令,競爲豪侈。易之爲大鐵籠,置鵝鴨於其内,當中爇炭火,⑭

---

　① "歌舞",《文苑英華》卷三四六作"可喜"。

　② "不曾觀",《本事詩》"情感第一"條、《文苑英華》卷三四六、《唐詩紀事》卷六"喬知之"條作"不曾難",《類説》卷四〇作"未曾安"。

　③ "好",《文苑英華》卷三四六作"常"。

　④ "意氣",《本事詩》"情感第一"條、《唐詩紀事》卷六"喬知之"條作"富貴"。

　⑤ "矜",《本事詩》"情感第一"條、《唐詩紀事》卷六"喬知之"條作"奢"。

　⑥ "辭",《本事詩》"情感第一"條、《唐詩紀事》卷六"喬知之"條作"別"。"不忍",《文苑英華》卷三四六作"未忍"。

　⑦ "袂",《紺珠集》卷三、《唐詩紀事》卷六"喬知之"條作"淚",《類説》卷四〇作"面"。"鉛",《本事詩》"情感第一"條、《唐詩紀事》卷六"喬知之"條作"紅"。

　⑧ "離恨",《本事詩》"情感第一"條、《文苑英華》卷三四六、《唐詩紀事》卷六"喬知之"條作"離別"。

　⑨ "代",《本事詩》"情感第一"條、《紺珠集》卷三、《類説》卷四〇、《唐詩紀事》卷六"喬知之"條作"旦"。"顏",《紺珠集》卷三作"華"。

　⑩ "讀",《紺珠集》卷三、《類説》卷四〇作"得"。

　⑪ "撩出尸",《廣記》卷二六七"武承嗣"條作"出其尸"。

　⑫ "乃諷羅織人告之",疑當作"乃諷人羅織告之"。按,《通鑑》卷二〇六《則天皇后》"神功元年"條引《僉載》即云武承嗣"諷人羅告之"。(參見真大成:《〈朝野僉載〉校補》,《文史》2014 年第 2 輯。)

　⑬ "南市",《通鑑》卷二〇六《則天皇后》"神功元年"條作"市南"。

　⑭ "爇",原作"取起",《廣記》卷二六七"張易之兄弟"條作"爇",按,"取起"不知何義,中華本趙校云"'取'字疑衍",今據《廣記》改。

銅盆貯五味汁，鵝鴨繞火走，渴即飲汁，火炙痛即迴，① 表裏皆熟，毛落盡，肉赤烘烘，乃死。昌宗活攔驢於小室内，② 起炭火，置五味汁如前法。昌儀取鐵橛釘入地，縛狗四足於橛上，放鷹鷂，活按其肉，食肉盡而狗未死，號叫酸楚，不復可聽。③ 易之曾過昌儀，憶馬腸，取從騎破脅取腸，④ 良久乃死。⑤ 後誅易之、昌宗等，百姓臠割其肉，肥白如猪肪，煎炙而食。昌儀打雙脚折，抉取心肝而後死，斬其首送都，諺云"走馬報"。⑥

周秋官侍郎周興推劾殘忍，法外苦楚，無所不爲。時人號"牛頭阿婆"，⑦ 百姓怨謗。興乃牓門判曰："被告之人，問皆稱枉。斬決之後，咸悉無言。"

周侍御史侯思止，⑧ 醴泉賣餅食人也，羅告，准例酬五品。於上前索御史，上曰："卿不識字。"對曰："獬豸豈識字？但爲國觸罪人而已。"遂授之。凡推勘，殺戮甚衆，更無餘語，但謂囚徒曰：⑨ "不用你書言筆語，但還我白司馬。若

---

① "即迴"，《廣記》卷二六七"張易之兄弟"條作"旋轉"。
② "攔"，《廣記》卷二六七"張易之兄弟"條作"係"。
③ "可"，《廣記》卷二六七"張易之兄弟"條作"忍"。
④ "取"上，《廣記》卷二六七"張易之兄弟"條有"儀"字。
⑤ "乃"，《廣記》卷二六七"張易之兄弟"條作"方"。
⑥ "走"，《廣記》卷二六七"張易之兄弟"條作"狗"。
⑦ "婆"，疑"婆"爲"旁"字之誤。佛教称地狱中长着牛头的鬼卒爲"牛頭阿旁"。（參見趙庶洋：《點校本〈朝野僉載〉匡補》，《書品》2011 年第 3 期。）
⑧ 此條分見《資治通鑑》卷二〇四《則天皇后》"天授元年""天授二年"條。
⑨ "但"，《廣記》卷二六七"侯思止"條作"唯"。

不肯來俊，即與你孟青。”橫遭苦楚非命者，不可勝數。白司馬者，①北邙山白司馬坂也；②來俊者，中丞來俊臣也；孟青者，將軍孟青棒也。後坐私蓄錦，朝堂決殺之。

　　周明堂尉吉頊，③夜與監察御史王助同宿，王助以親故，爲說綦連耀男大覺、小覺，云：“應兩角麒麟也。耀字光翟，言光宅天下也。”頊明日録狀付來俊臣，敕差河内王懿宗推，誅王助等四十一人，皆破家。後俊臣犯事，司刑斷死，進狀三日不出，朝野怪之。上入苑，吉頊攏馬，上問在外有何事意，頊奏曰：“臣幸預控鶴，爲陛下耳目，在外惟怪來俊臣狀不出。”上曰：“俊臣於國有功，朕思之耳。”頊奏曰：“于安遠告虺貞反，其事並驗，今貞爲成州司馬。俊臣聚結不逞，誣遘賢良，贓賄如山，冤魂滿路，國之賊也，何足惜哉！”上令狀出，誅俊臣於西市。敕追于安遠還，除尚食奉御，頊有力焉。除頊中丞，賜緋。頊理綦連耀事，以爲己功，授天官侍郎平章事。與河内王競，出爲溫州司馬，卒。

　　成王千里使嶺南，④取大蛇，長八九尺，以繩縛口，橫

────────────

　　①　“者”上，原有“坂”字，《廣記》卷二六七“侯思止”條無此字。中華本趙校云“此乃解釋上文侯思止之所言，且爲歇後語，不當有‘坂’字”，是，故據《廣記》刪。按，《舊唐書·侯思止傳》有“白司馬者，洛陽有坂號白司馬坂。孟青者，將軍姓孟名青棒，即殺琅玡王沖者也。思止閭巷庸奴，常以此謂諸囚也”之語，可助理解。

　　②　“白”，原脱，據《廣記》卷二六七“侯思止”條補。

　　③　按，此條見《新唐書》卷一一七《吉頊傳》。

　　④　“成王”上，《廣記》卷二六八“成王千里”條有“唐”字。

於門限之下。州縣參謁者，呼令入門，但知直視，無復瞻仰，踏蛇而驚，惶懼僵仆，被蛇繞數匝，良久解之，以爲戲笑。又取龜及鱉，令人脫衣，縱龜等齧其體，終不肯放，死而後已。其人酸痛號呼，不可復言。王與姬妾共看，以爲玩樂。然後以竹刺龜鱉口，① 遂齧竹而放人，艾灸鱉背，灸痛而放口。② 人被試者皆失魂，至死不平復矣。

朔方總管張仁亶好殺。③ 時有突厥投化，亶乃作檄文罵默啜，言詞甚不遜。書其腹背，鑿其肌膚，涅之以墨，灸之以火，不勝楚痛，日夜作蟲鳥鳴。然後送與默啜，識字者宣訖，臠而殺之。匈奴怨望，不敢降。

殿中侍御史王旭括宅中別宅女婦風聲色目，④ 有稍不承者，以繩勒其陰，令壯士彈竹擊之，酸痛不可忍。倒懸一女婦，以石縋其髮，遣證與長安尉房恒姦，經三日不承。女婦曰：「侍御如此，⑤ 若毒兒死，⑥ 必訴於冥司；若配入宮，必申於主上。終不相放。」旭慚懼，乃舍之。

---

① “鱉”，原作“等”，據《廣記》卷二六八“成王千里”條改。
② “而”，《廣記》卷二六八“成王千里”條作“乃”。
③ “朔方”上，《廣記》卷二六八“張亶”條有“唐”字。“張仁亶”，原作“張亶”，《四庫》本作“張仁亶”。按，《舊唐書》卷九三、《新唐書》卷一一一均有《張仁愿傳》，張仁愿即張仁亶，因避睿宗李旦諱，而改“亶”爲“愿”，故據《四庫》本改。
④ “殿中”上，《廣記》卷二六八“王旭”條有“唐”字。
⑤ “御”，原作“郎”，《廣記》卷二六八“王旭”條作“御”。上文稱“殿中侍御史王旭”，又《舊唐書》卷一八六《王旭傳》言其於開元二年累遷左臺侍御史，故作“御”爲是。今據改。
⑥ “若”，《廣記》卷二六八“王旭”條作“苦”，如字作“苦”，則“苦毒”屬上讀。

　　監察御史李嵩、① 李全交，殿中王旭，京師號爲“三豹”。嵩爲赤䵅豹，交爲白額豹，旭爲黑豹。皆狼戾不軌，② 鴆毒無儀，體性狂疏，精神慘刻。每訊囚，必鋪棘臥體，削竹籤指，方梁壓髁，碎瓦措膝，遣仙人獻果、③ 玉女登梯、犢子懸駒、④ 驢兒拔橛、鳳凰曬翅、獼猴鑽火、上麥索、下闌單，人不聊生，囚皆乞死。肆情鍛鍊，證是爲非，任意指麾，傅空爲實。周公、孔子，請伏殺人；伯夷、叔齊，求其劫罪。訊劾乾墶，水必有期，推鞫濕泥，塵非不久。來俊臣乞爲弟子，索元禮求作門生。被追者皆相謂曰：“牽牛付虎，未有出期。縛鼠與貓，終無脱日。妻子永别，友朋長辭。”京中人相要，作咒曰：“若違心負教，橫遭三豹。”其毒害也如此。

　　京兆人高麗家貧，於御史臺替勛官遞送文牒。其時令史作僞帖，付高麗追人，擬嚇錢。事敗，令史逃走，追討不獲。御史張孝嵩捉高麗拷，膝骨落地，兩脚俱攣，抑遣代令史承

----

　　① “監察”上，《廣記》卷二六八“京師三豹”條有“唐”字。按，此條見《新唐書》卷二〇九《酷吏·王旭傳》。

　　② “狼戾”，《廣記》卷二六八“京師三豹”條作“狼虐”。

　　③ “遣”下，《廣記》卷二六八“京師三豹”條有“作”字。

　　④ “駒”，《廣記》卷二六八“京師三豹”條汪校云“‘拘’原作‘駒’，據明抄本改”。按，《紺珠集》卷三作“駒”。“犢子懸駒”，《類説》卷四〇引作“一絲懸駒”，亦作“駒”。中華本趙校云“本卷下文云：‘縛枷頭著樹，名曰犢子懸車。’疑當作‘車’，‘駒’‘拘’皆以音近而訛”。考“縛枷頭著樹，名曰犢子懸車”之“車”，《古今説海》本、《歷代小史》本均作“車”，但《説郛》卷二即作“駒”。此處從底本。

僞。准法斷死訖，大理卿狀上：故事，准《名例律》，篤疾
不合加刑。孝嵩勃然作色曰：“脚攣何廢造僞。”命兩人舁上
市，① 斬之。

周黔府都督謝祐凶險忍毒。則天朝，徙曹王於黔中，祐
嚇云則天賜自盡，祐親奉進止，更無別敕。王怖而縊死。後
祐於平閤上臥，婢妾十餘人同宿，夜不覺刺客截祐首去。後
曹王破家，簿録事得祐頭，漆之，題“謝祐”字，以爲穢
器，方知王子令刺客殺之。

周默啜賊之陷恒、定州，和親使楊齊莊敕授三品，② 入
匈奴，遂没賊。將至趙州，褒公段瓚同没，③ 喚莊共出走。
莊懼，不敢發，瓚遂先歸。則天賞之，復舊任。齊莊尋至，
敕付河内王懿宗鞫問。莊曰：“昔有人相莊，位至三品，有刀
箭厄。莊走出被趕，斫射不死，走得脱來，願王哀之。”懿宗
性酷毒，奏莊初懷猶豫，請殺之，敕依。引至天津橋南，於
衛士鋪鼓格上縛磔手足。令段瓚先射，三發皆不中；④ 又段
瑾射之，中。又令諸司百官射，箭如蝟毛，仍氣殜殜然微動。

---

① “兩人”，原作“乃”，《廣記》卷二六八“張孝嵩”條汪校云“‘兩人’二字原
作‘乃’，據明抄本改”，今據改。
② “敕”，原作“教”，據《廣記》卷二六八“河内王懿宗”條改。
③ “褒公段瓚”，原作“襄公段瑾”，中華本趙校云“段志玄子瓚襲褒國公，見
《舊唐書》卷六八本傳(按，即《段志玄傳》)，《通鑑》聖曆元年亦作‘褒公段瓚’，今
據改。下同”，所言爲是，故據改。
④ “皆不中”，《廣記》卷二六八“河内王懿宗”條作“皆中”。

即以刀當心直下，破至陰，割取心擲地，[①] 仍趁趁跳數十迴。懿宗忍毒如此。[②]

楊務廉，[③] 孝和時造長寧、安樂宅倉庫成，特授將作大匠，坐贓數千萬免官。又上章奏開陝州三門，[④] 鑿山燒石，巖側施棧道牽船。河流湍急，所顧夫並未與價直，苟牽繩一斷，棧梁一絕，則撲殺數十人。取顧夫錢糴米充數，即注夫逃走，下本貫禁父母兄弟妻子。[⑤] 其牽船夫，[⑥] 皆令繫二釽於胸背，落棧着石，百無一存，滿路悲號，[⑦] 聲動山谷。皆稱楊務廉人妖也。天生此妖，以破殘百姓。

監察御史李全交素以羅織酷虐爲業，[⑧] 臺中號爲"人頭羅剎"；殿中王旭號爲"鬼面夜叉"。訊因，引枷柄向前，名

----

① "割"，《廣記》卷二六八"河內王懿宗"條作"剖"。
② "懿宗忍毒如此"，《廣記》卷二六八"河內王懿宗"條作"懿宗之忍毒也如此"。
③ "楊務廉"上，《廣記》卷二六八"楊務廉"條有"唐"字。按，此條見《新唐書》卷五九《食貨三》。
④ "開"，原作"聞"，據《廣記》卷二六八"楊務廉"條改。
⑤ "兄弟"，《廣記》卷二六八"楊務廉"條無此二字。
⑥ "其牽船夫"，原作"牽船"，據《廣記》卷二六八"楊務廉"條改。
⑦ "滿路"，《廣記》卷二六八"楊務廉"條作"道路"。
⑧ "監察"上，《廣記》卷二六八"李全交"條、《說郛》卷二均有"唐"字。"素"，《廣記》卷二六八"李全交"條作"等"，《記纂淵海》卷三〇、《說郛》卷二、《古今說海》本、《歷代小史》本作"專"。真大成《〈朝野僉載〉校補》以爲"《僉載》原文似作'專'義勝"。按，此條見《新唐書》卷二〇九《酷吏·王旭傳》（又見本書卷二"監察御史李嵩、李全交"條），有"時監察御史李嵩、李全交皆嚴酷，取名與旭埒"云云，《廣記》此條云"監察御史李全交等"，或是以"等"字代言李嵩。

爲驢駒拔橛;縛枷頭着樹,① 名曰犢子懸車;② 兩手捧枷,累磚於上,號爲仙人獻果;立高木之上,枷柄向後拗之,名玉女登梯。考柳州典廖福、③ 司門令史張性,並求神狐魅,皆遣喚鶴作鳳,證蛇成龍也。

　　陳懷卿,嶺南人也,養鴨百餘頭。後於鴨欄中除糞,糞中有光燴燴然。④ 以盆水沙汰之,⑤ 得金十兩。乃覘所食處,於舍後山足下,因鑿有麩金,⑥ 銷得數十斤,時人莫知。卿遂巨富,仕至梧州刺史。

　　周長安年初,前遂州長江縣丞夏文榮,時人以爲判冥事。張鷟時爲御史,出爲處州司倉,替歸,往問焉。榮以杖畫地,作"柳"字,曰:"君當爲此州。"至後半年,⑦ 除柳州司户,⑧ 後改德州平昌令。榮刻時日,晷漏無差。又蘇州嘉興令楊廷玉,則天之表侄也,貪狠無厭,⑨ 著詞曰:"迴波爾時

　　① "縛",原脱,據《廣記》卷二六八"李全交"條、《説郛》卷二、《古今説海》本、《歷代小史》本補。

　　② "車",《説郛》卷二作"駒"。

　　③ "柳",《廣記》卷二六八"李全交"條作"栁"。

　　④ "燴燴然",《廣記》卷四九五"陳懷卿"條作"爛然"。

　　⑤ "以"上,《廣記》卷四九五"陳懷卿"條有"試"字。

　　⑥ "因鑿有麩金",《廣記》卷四九五"陳懷卿"條作"土中有麩金"。

　　⑦ "半年",《廣記》卷三二九"夏文榮"條無此二字。

　　⑧ "除"上,《廣記》卷三二九"夏文榮"條有"果"字。"户",原脱,據《廣記》卷三二九"夏文榮"條補。

　　⑨ "狠",《廣記》卷三二九"夏文榮"條作"猥"。

廷玉，打獠取錢未足。何姑婆見作天子，[①] 傍人不得根觸。"
着攝御史康岢推，[②] 奏斷死。時母在都，見夏文榮，榮索一
千張白紙，一千張黃紙，爲廷玉禱，[③] 後十日來。母如其言，
榮曰："且免死矣，後十日内有進止。"果六日有敕，楊廷玉
改盡老母殘年。[④] 又天官令史柳無忌造榮，榮書"衛漢郴"
字，[⑤] 曰："衛多不成，漢、郴二州，交加不定。"後果唱衛
州録事。關重，即唱漢州録事。時鸞臺鳳閣令史進狀，訴天
官注擬不平。則天責侍郎崔玄暐，玄暐奏："臣注官極平。"
則天曰："若爾，吏部令史官共鸞臺鳳閣交換。"遂以無忌爲
郴州平陽主簿，鸞臺令史爲漢州録事焉。

　　周司禮卿張希望移舊居改造，[⑥] 見鬼人馮毅見之曰："當
新堂下，[⑦] 有一伏尸，晉朝三品將軍，[⑧] 極怒，公可避之。"

---

　　① "阿姑婆"，原作"何姑姿"，據《廣記》卷三二九"夏文榮"條改。按，唐教
坊曲有迴波樂，爲六言絶句體，其起句例用"迴波爾時"。中華本趙校云"此爲《回
波詞》，六字爲句，'阿姑婆見作天子'疑當作'阿姑婆作天子'或'阿姑見作天
子'"，近是。

　　② "着"，《廣記》卷三二九"夏文榮"條作"差"。"岢"，原作"晉"，《廣記》卷
三二九"夏文榮"條作"岢"，中華本趙校云"人名不應用'晉'字，今從之，故據改。

　　③ "爲廷玉禱"，原作"一爲這逐"，據《廣記》卷三二九"夏文榮"條改。

　　④ "改盡"，《廣記》卷三二九"夏文榮"條作"奉養"。

　　⑤ "衛漢郴字"，原作"衛漢柳氏"，《廣記》卷三二九"夏文榮"條作"衛漢郴
字"。按，衛、漢、郴，指衛州、漢州、郴州三地。中華本趙校云"下云平陽主簿，平
陽爲郴州屬縣，見《舊書·地理志三》，可證作'郴'是，故據改。下同。

　　⑥ 按，此條《廣記》卷三二九"張希望"條云出《志怪》。

　　⑦ "當"，原作"堂"，《四庫》本作"公"，此據《廣記》卷三二九"張希望"條
改。"堂"，《廣記》卷三二九"張希望"條作"廠"。

　　⑧ "晉朝三品將軍"，《廣記》卷三二九"張希望"條無此六字。

望笑曰：“吾少長已來，未曾知此事，公毋多言。”① 後月餘日，② 毅入，見鬼持弓矢隨希望後，適登階，③ 鬼引弓射中肩膊。④ 望覺背痛，⑤ 以手撫之，其日卒。

周左司郎中鄭從簡所居廳事常不佳，⑥ 令巫者觀之，果有伏尸，⑦ 姓宗，妻姓寇，在廳基之下。使問之，曰：“君坐我門上，我出入常值君，君自不好，⑧ 非我之爲也。”掘之三丈，⑨ 果得舊骸，有銘如其言。移出改葬，於是遂絕。

周地官郎中房穎叔除天官侍郎，明日欲上。其夜，有厨子王老，夜半起，忽聞外有人喚云：“王老不須起，房侍郎不上，後三日，李侍郎上。”王老卻卧至曉，房果病，⑩ 數日而卒。⑪ 所司奏狀下，即除李迥秀爲侍郎，其日謝，即上。王老以其言問諸人，皆云不知，方悟是神明所告也。

---

① “公毋”，原作“父母”，據《廣記》卷三二九“張希望”條改。
② “日”，《廣記》卷三二九“張希望”條無此字。
③ “適”，原作“遍”，《四庫》本作“迫”，此據《廣記》卷三二九“張希望”條改。“登”，《廣記》卷三二九“張希望”條作“及”。
④ “肩膊”，原作“膊脾間”，據《廣記》卷三二九“張希望”條改。
⑤ “背”，原作“此自”，《廣記》卷三二九“張希望”條作“背”。按，“背”誤作“此自”，蓋底本誤一字爲二字，據文意當作“背”爲是，故據改。
⑥ “左司郎中”，《廣記》卷三二九“鄭從簡”條作“左司員外郎”。“不佳”，《廣記》卷三二九“鄭從簡”條作“不寧”。
⑦ “果”，《廣記》卷三二九“鄭從簡”條作“曰”。
⑧ “好”，《廣記》卷三二九“鄭從簡”條作“嘉”。
⑨ “丈”，《廣記》卷三二九“鄭從簡”條作“尺”。
⑩ “病”下，原有“起”字，據《廣記》卷三二九“房穎叔”條刪。
⑪ “數日”，《廣記》卷三二九“房穎叔”條作“兩日”。

　　北齊稠禪師，①　鄴人也，幼落髮爲沙彌。②　時輩甚衆，每休暇，常角力騰趠爲戲。而禪師以劣弱見凌，給侮毆擊者相繼，禪師羞之，乃入殿中，閉戶，抱金剛足而誓曰：“我以羸弱，爲等類輕侮，③　爲辱已甚，不如死也。汝以力聞，當佑我。④　我捧汝足七日，不與我力，必死於此，無還志。”約既畢，因至心祈之。初一兩夕，恒爾，念益固。至六日將曙，金剛形見，手執大鉢，滿中盛筋，謂稠曰：“小子欲力乎？”曰：“欲。”“念至乎？”曰：“至。”“能食筋乎？”曰：“不能。”神曰：“何故？”稠曰：“出家人斷肉故。”⑤　神因操鉢舉匕，以筋食之。⑥　禪師未敢食，乃怖以金剛杵，稠懼，遂食。斯須食畢，⑦　神曰：“汝已多力，然善持教，勉旃！”神去，且曉，乃還所居。諸同列問曰：“豎子頃何至？”稠不答。須臾，於堂中會食，食畢，諸同列又戲毆，禪師曰：“吾有力，恐不堪於汝。”同列試引其臂，筋骨強勁，殆非人也。方驚疑，禪師曰：“吾爲汝試之。”⑧　因入殿中，橫蹋壁行，⑨

---

① 此條，《廣記》卷九一“稠禪師”條云“出《紀聞》及《朝野僉載》”。
② “幼”，《廣記》卷九一“稠禪師”條作“初”。
③ “侮”，《廣記》卷九一“稠禪師”條作“負”。
④ “佑”，《廣記》卷九一“稠禪師”條作“祐”。
⑤ “故”下，《廣記》卷九一“稠禪師”條有“耳”字。
⑥ “食”，《廣記》卷九一“稠禪師”條作“視”。
⑦ “食畢”，《廣記》卷九一“稠禪師”條作“入口”。
⑧ “之”，《廣記》卷九一“稠禪師”條無此字。
⑨ “蹋”，原作“塌”，據《廣記》卷九一“稠禪師”條改。

自西至東，① 凡數百步，又躍首至於梁數四。乃引重千鈞，其拳捷驍武勁，動駭物聽。② 先輕侮者，俯伏流汗，莫敢仰視。禪師後證果，居於林慮山。入山數十里，構精廬殿堂，③ 窮極壯大，④ 諸僧從而禪者，⑤ 常數千人。齊文宣帝怒其聚衆，因領驍騎數萬，⑥ 躬自往討，⑦ 將加白刃焉。禪師是日領僧徒谷口迎候，文宣問曰："師何遽此來？"稠曰："陛下將殺貧僧，⑧ 恐山中血污伽藍，故至谷口受戮。"⑨ 文宣大驚，降駕禮謁，請許其悔過。禪師亦無言。文宣命設饌，施畢，請曰："聞師金剛處祈得力，今欲見師，效少力，可乎？"稠曰："昔力者，人力耳。今爲陛下見神力，欲見之乎？"文宣曰："請與同行寓目。"先是，禪師造寺，諸方施木數千根，臥在谷口。禪師咒之，諸木起立空中，⑩ 自相搏擊，聲若雷霆，鬥觸摧折，繽紛如雨。文宣大懼，從官散走。文宣叩頭請止之。因敕禪師度人造寺，無得禁止。後於并州營幢子，未成，遘病，臨終嘆曰："夫生死者，人之大分，如來尚所未

---

① "至"，原作"自"，據《廣記》卷九一"稠禪師"條改。
② "動駭物聽"，原脫，據《廣記》卷九一"稠禪師"條補。
③ "構"，原脫，據《廣記》卷九一"稠禪師"條補。
④ "壯大"，《廣記》卷九一"稠禪師"條作"土木"。
⑤ "而"，《廣記》卷九一"稠禪師"條作"其"。
⑥ "驍騎數萬"，《廣記》卷九一"稠禪師"條作"驍勇數萬騎"。
⑦ "躬"，原作"射"，據《廣記》卷九一"稠禪師"條改。
⑧ "僧"，《廣記》卷九一"稠禪師"條作"道"。
⑨ "至"，原作"此"，據《廣記》卷九一"稠禪師"條改。
⑩ "立"，《廣記》卷九一"稠禪師"條無此字。

免。但功德未成，以此爲恨耳。死後，願爲大力長者，繼成此功。”言終而化。至後三十年，隋帝過并州，見此寺，心中渙然記憶，有似舊修行處，頂禮恭敬，無所不爲。處分并州大興營葺，其寺遂成。時人謂帝“大力長者”云。

真臘國在驩州南五百里。其俗有客設檳榔、龍腦香、蛤屑等，以爲賞宴。其酒比之淫穢，私房與妻共飲，對尊者避之。又行房不欲令人見，此俗與中國同。國人不着衣服，見衣服者，共笑之。俗無鹽鐵，以竹弩射蟲鳥。

五溪蠻，父母死，於村外閣其尸，① 三年而葬。打鼓路歌，親屬飲宴舞戲，一月餘日。盡産爲棺，餘臨江高山半肋，② 鑿龕以葬之。自山上懸索下柩，彌高者以爲至孝，即終身不復祀祭，③ 初遭喪，三年不食鹽。

嶺南獠民好爲蜜唧。④ 即鼠胎未瞬、通身赤蠕者，飼之以蜜，釘之筵上，囁囁而行。以筯夾取，唼之，⑤ 唧唧作聲，故曰蜜唧。

梁有磕頭師者，⑥ 極精進，梁武帝甚敬信之。後敕使喚

---

① “閣”，原作“閤”，據《廣記》卷四八二“五溪蠻”條改。
② “餘”，中華本趙校云“‘餘’或爲‘於’字之誤”。“肋”，《四庫》本作“腰”。
③ “祀”，《廣記》卷四八二“五溪蠻”條、《四庫》本均作“祠”。
④ “唧”，原作“蝍”，據《廣記》卷四八三“蜜唧”條改。下“故曰蜜唧”，“唧”字，亦據《廣記》改。
⑤ “唼之”，《廣記》卷四八三“蜜唧”條作“咬之”。
⑥ “磕”，《酉陽雜俎·續集》卷四、《廣記》卷一二五“榼頭師”條作“榼”。下“後敕使喚磕頭師”句，“磕”，《廣記》亦作“榼”。

磕頭師，帝方與人棋，① 欲殺一段，應聲曰："殺卻。"使遽出而斬之。帝棋罷，曰："喚師。"使答曰：②"向者陛下令人殺卻，臣已殺訖。"帝嘆曰："師臨死之時有何言?"③ 使曰："師云：'貧道無罪。前劫爲沙彌時，以鍬剗地，誤斷一曲蟮。帝時爲蟮，今此報也。'"帝流淚悔恨，亦無及焉。

建昌王武攸寧別置勾使，④ 法外枉徵財物，百姓破家者十而九，告冤於天，吁嗟滿路。爲大庫，長百步，二百餘間，所徵獲者，貯在其中。天火燒之，一時蕩盡。衆口所咒，攸寧尋患足腫，粗於瓮，其酸楚不可忍，數月而終。

乾封年中，⑤ 京西明寺僧曇暢，將一奴二騾，向岐州稜法師處聽講，道逢一道人，⑥ 着衲帽弊衣，掐數珠，自云賢者五戒。薄暮，⑦ 至馬嵬店宿，五戒禮佛誦經，半夜不歇，暢以爲精進。一練至四更，⑧ 即共同發。去店十餘里，忽袖

---

① "方"，原作"亦"，據《酉陽雜俎·續集》卷四、《廣記》卷一二五"磕頭師"條改。

② "答"，《廣記》卷一二五"磕頭師"條作"咨"。按，此處"咨"用於下對上，爲"禀告"義，參見王锳《唐宋筆記語辭彙釋》"咨"條。

③ "言"上，《廣記》卷一二五"磕頭師"條有"所"字。

④ "建昌"上，《廣記》卷一二六"武攸寧"條有"唐"字。按，此條《廣記》卷一二六"武攸寧"條未有出處。

⑤ "乾封"上，《廣記》卷一二七"僧曇暢"條有"唐"字。

⑥ 下"道"字，《廣記》卷一二七"僧曇暢"條無。

⑦ "薄暮"，原作"講夜"，據《四庫》本改。

⑧ "一練"，《四庫》本作"並坐"。

中出兩刃刀矛，① 並刺殺暢。② 其奴下馬，入草走。③ 五戒騎
騾，④ 驅馱即去。主人未曉，夢暢告云："昨夜五戒殺貧道。"
須臾，奴走到，告之如夢。時同宿三衛子被持弓箭，⑤ 乘馬
趕四十餘里，⑥ 以弓箭擬之，即下騾乞死。縛送縣，決殺之。

　　後魏末，嵩陽杜昌妻柳氏甚妒。有婢金荊，昌沐，令理
髮，柳氏截其雙指。無何，柳被狐刺螫，指雙落。又有一婢，
名玉蓮，能唱歌，昌愛而嘆其善，柳氏乃截其舌。後柳氏舌
瘡爛，事急，就稠禪師懺悔。禪師已先知，謂柳氏曰："夫人
爲妒，前截婢指，已失指；又截婢舌，今又合斷舌。悔過至
心，乃可以免。"柳氏頂禮求哀。經七日，禪師令大張口，咒
之，有二蛇從口出，一尺以上，急咒之，遂落地，舌亦平復。
自是不復妒矣。

　　貞觀中，⑦ 濮陽范略妻任氏，略先幸一婢，任以刀截其
耳鼻，略不能制。有頃，任有娠，誕一女，無耳鼻。女年漸
大，其婢仍在。女問，⑧ 具說所由，女悲泣，以恨其母。母

---

① "矛"，《廣記》卷一二七"僧曇暢"條作"子"。
② "並"，《廣記》卷一二七"僧曇暢"條無此字。
③ "走"下，《四庫》本有"避"字。
④ "五戒"上，原有"其"字，據《四庫》本刪。
⑤ "被"，《廣記》卷一二七"僧曇暢"條作"披"，《四庫》本作"執"。
⑥ "趕"，《廣記》卷一二七"僧曇暢"條作"趁"。按，"趁"字爲唐時口語，表
追逐之義(參見真大成：《說"趁"——基於晉唐間(5—10世紀)演變史的考察》，
《中國語文》2015第2期)，故而"趁"字或更能反映《僉載》之原貌。
⑦ "貞觀"上，《廣記》卷一二九"范略婢"條有"唐"字。
⑧ "問"下，《廣記》卷一二九"范略婢"條有"婢"字。

深有愧色，悔之無及。

廣州化蒙縣丞胡亮從都督周仁軌討獠，① 得一首領妾，幸之。至縣，② 亮向府不在，妻賀氏乃燒釘烙其雙目，妾遂自縊死。後賀氏有娠，産一蛇，兩目無睛。以問禪師，師曰："夫人曾燒鐵烙一女婦眼，③ 以夫人性毒，故爲蛇報，此是被烙女婦也。夫人好養此蛇，可以免難，不然，禍及身矣。"賀氏養蛇，一二年漸大，不見物，惟在衣被中。亮不知也，撥被見蛇，④ 大驚，以刀斫殺之。賀氏兩目俱枯，不復見物，悔而無及焉。

梁仁裕爲驍衛將軍，⑤ 先幸一婢，妻李氏，甚妒而虐，縛婢擊其腦。婢號呼曰："在下卑賤，勢不自由。⑥ 娘子鎖項，苦毒何甚！"婢死後月餘，李氏病，常見婢來喚。李氏頭上生四處癰疽，腦潰，晝夜鳴叫，苦痛不勝，數月而卒。

荊州枝江縣主簿夏榮判冥司。⑦ 縣丞張景先寵其婢，⑧ 厥妻楊氏妒之。景出使不在，妻殺婢，投之於廁。景至，紿之曰："婢逃矣。"景以妻酷虐，不問也。婢訟之於榮，榮追對

---

① "廣州"上，《廣記》卷一二九"胡亮妾"條有"唐"字。
② "至"上，《廣記》卷一二九"胡亮妾"條有"將"字。
③ "鐵"，《廣記》卷一二九"胡亮妾"條作"釘"，據上文，近是。
④ "撥"，《廣記》卷一二九"胡亮妾"條作"發"。
⑤ "梁仁裕"上，《廣記》卷一二九"梁仁裕婢"條有"唐"字。
⑥ "勢"，《廣記》卷一二九"梁仁裕婢"條作"制"。
⑦ "荊州"上，《廣記》卷一二九"張景先婢"條有"唐"字。
⑧ "其"，《廣記》卷一二九"張景先婢"條作"一"。

之，問景曰：“公夫人病困。”説形狀，景疑其有私也，怒之。榮曰：“公夫人枉殺婢，投於厠。今見推勘，公試問之。”① 景悟，問其婦，婦病甚，具首其事。榮令厠内取其骸骨，香湯浴之，厚加殯葬。婢不肯放，月餘而卒。②

　　左僕射韋安石女，③ 適太府主簿李訓。訓未婚以前，有一妾，成親之後，遂嫁之，已易兩主。女患傳尸瘦病，恐妾厭禱之，安石令河南令秦守一捉來，榜掠楚苦，竟以自誣。前後決三百以上，投井而死。不出三日，其女遂亡，時人咸以爲冤魂之所致也。安石坐貶蒲州，太極元年八月卒。

　　王弘義，④ 冀州衡水人，少無賴，告密羅織善人。曾游河北趙、貝，⑤ 見老人每年作邑齋，⑥ 遂告殺二百人，⑦ 授游

---

　　① “試”，原作“誠”，據《廣記》卷一二九“張景先婢”條改。
　　② “餘”下，《廣記》卷一二九“張景先婢”條有“日”字。
　　③ “左僕射”上，《廣記》卷一二九“李訓妾”條有“唐”字。
　　④ “王弘義”上，《廣記》卷一二九“花嚴”條有“唐”字。“義”，原脱，《舊唐書》卷一八六《王弘義傳》、《通鑑》卷二〇四《則天皇后》“天授元年”條均作“王弘義”。按，王弘義爲則天朝著名酷吏之一，故據補。本條“密差弘義往推”“弘義於舟中僞作敕”“弘義怒曰”“弘義又鞭二百”“唯弘義稱”等，亦據補“義”字。按，此條又見《通鑑》卷二〇四《則天皇后》“天授元年”條。
　　⑤ “貝”，原作“具”，《廣記》卷一二九“花嚴”條作“定”，汪校云“‘定’原作‘具’，據明抄本改”，《通鑑》卷二〇四《則天皇后》“天授元年”條作“貝”。此據《通鑑》改。
　　⑥ “作”，《四庫》本作“入”。“齋”，原作“齊”，據《廣記》卷一二九“花嚴”條、《通鑑》卷二〇四《則天皇后》“天授元年”條改。
　　⑦ “殺”，原脱，《廣記》卷一二九“花嚴”條有“殺”字。按，《通鑑》卷二〇四《則天皇后》“天授元年”條云“見閭里耆老作邑齋，告以謀反，殺二百人”，故有“殺”字爲是，據補。

擊將軍。俄除侍御史。時有告勝州都督王安仁者，密差弘義
往推，索大枷夾頸，① 安仁不承伏。遂於枷上斫安仁死，便
即脫之。其男從軍，亦擒而斬之。至汾州，與司馬毛公對食，
須臾，喝下，斬取首級，② 百姓震悚。後坐誣枉，流雷州。
將少姬花嚴，素所寵也。弘義於舟中僞作敕追，花嚴諫曰：
"事勢如此，何忍更爲不軌乎？"弘義怒曰："此老嫗欲敗吾
事。"縛其手足，投之於江。船人救得之，弘義又鞭二百而
死，埋於江上。俄而僞敕發，御史胡元禮推之，鋼身領迴。
至花嚴死處，忽云"花嚴來喚對事"。左右皆不見，唯弘義
稱"叩頭死罪"，如受枷棒之聲，夜半而卒。

　　餘杭人陸彥，夏月死十餘日，見王，云："命未盡，放
歸。"左右曰："宅舍亡壞不堪。"時滄州人李談新來，其人
合死，王曰："取談宅舍與之。"彥遂入談柩中而蘇，遂作吳
語，不識妻子，具說其事。遂向餘杭訪得其家，妻子不認，
具陳由來，乃信之。

　　天后中，③ 涪州武龍界多虎暴。有一獸似虎而絕大，日
正中，④ 逐一虎，直入人家，噬殺之，亦不食其肉。⑤ 自是縣

---

　　① "大枷"上，《廣記》卷一二九"花嚴"條有"索"字。
　　② "級"，《廣記》卷一二九"花嚴"條無此字。
　　③ "天后中"，《説郛》卷二、《古今説海》本、《歷代小史》本作"周永昌中"。
"天后"上，《廣記》卷四二六"酉耳獸"條有"唐"字。
　　④ "中"，《廣記》卷四二六"酉耳獸"條作"午"。
　　⑤ "其肉"，《廣記》卷四二六"酉耳獸"條無此二字。

界不復有虎矣。^① 録奏，檢《瑞圖》，^② 乃酋耳，不食生物，有虎暴則殺之。

天后中，^③ 成王千里將一虎子來宫中養，損一宫人，遂令生餓，數日而死。天后令葬之，其上起塔，設千人供，勒碑，號爲"虎塔"，至今猶在。

傅黄中爲越州諸暨縣令，^④ 有部人飲大醉，夜中山行，臨崖而睡。忽有虎臨其上而嗅之，虎鬚入醉人鼻中，遂噴嚏，聲震虎，遂驚躍，便即落崖。腰胯不遂，爲人所得。

陽城居夏縣，^⑤ 拜諫議大夫；鄭鋼居閿鄉，^⑥ 拜拾遺；李周南居曲江，拜校書郎。時人以爲轉遠轉高，轉近轉卑。

袁守一性行淺促，^⑦ 時人號爲"料鬥鼻翁雞"。^⑧ 任萬年尉，^⑨ 雍州長史竇懷貞每欲鞭之。乃於中書令宗楚客門餉生

---

① "自"，《廣記》卷四二六"酋耳獸"條作"由"。
② "瑞圖"，《古今説海》本、《歷代小史》本作"瑞應圖"。
③ "天后"上，《廣記》卷四二六"虎塔"條有"唐"字。
④ "傅黄中"上，《廣記》卷四二六"傅黄中"條有"唐"字。
⑤ 按，此條爲《廣記》卷一八七"陽城"條所録，云出《國史補》。又，韓愈曾有《諫臣論》諷陽城爲諫議大夫卻未嘗有一言及政，陽城之事爲張鷟所不能及，此條爲底本誤收。
⑥ "鋼"下，有"一本作'鋼'"四字小注。"鋼"，《廣記》卷一八七"陽城"條即作"鋼"。
⑦ "袁"上，《廣記》卷二五九"袁守一"條有"唐"字。
⑧ "鼻翁"下，原有"雞"字，據《四庫》本删。按，鼻翁，即公雞。疑"雞"字原爲"鼻翁"下之注文，後衍入正文。（參見趙庶洋：《點校本〈朝野僉載〉匡補》，《書品》2011年第3期。）
⑨ "任"上，《四庫》本有"歷"字。

菜,① 除監察, 懷貞未知也。貞高揖曰:"駕欲出, 公作如此
檢校。" 守一即彈之。月餘, 貞除左臺御史大夫, 守一請假不
敢出,② 乞解。貞呼而慰之, 守一兢惕不已。楚客知之, 爲
除右臺侍御史, 於朝堂抗衡於貞曰:"與公羅師。" 羅師者,
市郭兒語, 無交涉也。無何, 楚客以反誅, 守一以其黨, 配
流端州。

黄門侍郎崔泰之《哭特進李嶠詩》曰:③ "臺閣神仙地,
衣冠君子鄉。昨朝猶對坐, 今日忽云亡。魂隨司命鬼, 魄逐
閻羅王。④ 此時罷歡笑, 無復向朝堂。"

尚書右丞陸餘慶轉洛州長史,⑤ 其子嘲之曰:"陸餘慶,
筆頭無力觜頭硬。一朝受詞訟,⑥ 十日判不竟。" 送案褥下。
餘慶得而讀之, 曰:"必是那狗。" 遂鞭之。

周定州刺史孫彦高, 被突厥圍城數十重, 不敢詣廳, 文
符須徵發者, 於小窗接入, 鎖州宅門。及賊登壘, 乃入匱中
藏, 令奴曰:"牢掌鑰匙, 賊來索, 慎勿與。" 昔有愚人入京
選, 皮袋被賊盜去, 其人曰:"賊偷我袋, 將終不得我物

---

① "中書令", 原作"書中令", 據《廣記》卷二五九"袁守一"條改。
② "敢", 原作"改", 據《廣記》卷二五九"袁守一"條改。
③ "黄門"上,《廣記》卷二五九"崔泰之"條有"唐"字。
④ "逐", 原作"遂", 據《廣記》卷二五九"崔泰之"條改。"閻羅王",《廣記》
卷二五九"崔泰之"條作"見閻王"。
⑤ "尚書"上,《廣記》卷二五九"陸餘慶"條有"唐"字。
⑥ "詞訟", 原作"詞詔", 據《廣記》卷二五九"陸餘慶"條改。

用。”或問其故，答曰：“鑰匙尚在我衣帶上，彼將何物開之？”此孫彥高之流也。①

姜師度好奇詭，②爲滄州刺史兼按察，造槍車運糧，③開河築堰，州縣鼎沸。於魯城界內種稻置屯，穗蟹食盡，又差夫打蟹。苦之，歌曰：“魯地一種稻，④一概被水沫。年年索蟹夫，百姓不可活。”又爲陝州刺史，以永豐倉米運將別徵三錢，計以爲費。一夕，忽云得計，立注樓，從倉建槽，直至於河，長數千丈，而令放米。其不快處，具大把推之，米皆損耗，多爲粉末。兼風激揚，凡一函失米百石，而動即千萬數。遣典庾者償之，家產皆竭，復遣輸户自量，至有償數十斛者。甚害人，方停之。

岐王府參軍石惠恭，⑤與監察御史李全交詩曰：“御史非長任，參軍不久居。待君遷轉後，此職還到余。”因競放牒往

---

① 此條内容，《説郛》卷二所引有兩條，一條較略，云：“周定州刺史孫彥高被突厥圍城數十重。彥高乃入匱中藏，令奴曰：‘牢掌鑰匙，賊來索，慎勿與。’”另一條較詳，云：“周文昌左丞孫彥高無他識，用性頑鈍，出爲定州刺史。歲餘，默啜賊至，圍其郛郭，彥高卻鎖宅門，不敢詣廳，事文案須徵發者，於小窗内接入。賊既乘城四人，彥高乃謂奴曰：‘牢關門户，莫與鑰匙。’其愚怯皆此類。俄而，陷没，刺史之宅先殲焉。浮休子曰：‘孫彥高之智也，似鼠固其穴不知水灌，而鼠亡；鳥固其巢不知林燔，而鳥殞。禽獸之不若，何以處二千石之秩乎？’”《古今説海》本、《歷代小史》本所引與《説郛》卷二文字大體相同，而無“浮休子曰”一段。
② “姜”上，《廣記》卷二五九“姜師度”條有“唐”字。
③ “槍”，原作“搶”，據《廣記》卷二五九“姜師度”條改。
④ “魯地一種稻”，原作“鹵地抑種稻”，據《廣記》卷二五九“姜師度”條改。
⑤ “岐王”上，《廣記》卷二五九“石惠泰”條有“唐”字。“恭”，《廣記》卷二五九“石惠泰”條作“泰”。

來，全交爲之判十餘紙以報，① 乃假手於拾遺張九齡。

御史中丞李謹度，② 宋璟引致之。遭母喪，不肯舉發哀，訃到，皆匿之。官寮苦其無用，令本貫瀛州申謹度母死。尚書省牒御史臺，然後哭。其庸猥皆此類也。

王怡爲中丞，③ 憲臺之穢；姜晦爲掌選侍郎，吏部之穢；崔泰之爲黃門侍郎，門下之穢。號爲“京師三穢”。

陽滔爲中書舍人，④ 時促命制敕，⑤ 令史持庫鑰他適，⑥ 無舊本檢尋，⑦ 乃斫窗取得之，時人號爲“斫窗舍人”。

國子進士辛弘智詩云：⑧ “君爲河邊草，逢春心剩生。妾如堂上鏡，得照始分明。”⑨ 同房學士常定宗爲改“始”字爲

---

① “報”下，《廣記》卷二五九“石惠泰”條有“之”字。
② “御史”上，《廣記》卷二五九“李謹度”條有“唐”字。
③ “王怡”上，《廣記》卷二五九“三穢”條有“唐”字。
④ “陽滔”上，《廣記》卷二五九“陽滔”條、《紺珠集》卷三有“唐”字。
⑤ “制敕”，《紺珠集》卷三作“草制”。
⑥ 此句，《紺珠集》卷三作“而吏持門鑰他適”。
⑦ “尋”，《紺珠集》卷三作“視”。
⑧ “國子”上，《廣記》卷二五九“常定宗”條有“唐”字。“進士”下，底本有小注云“一作祭酒”，按，《廣記》卷二五九“常定宗”條“進士”即作“祭酒”。另，陶敏《全唐詩作者小傳補正》（遼海出版社 2010 年版）卷七七三“辛弘智”條云“按祭酒當不致與學生爭詩而投牒博士，作‘進士’是”，可參考。
⑨ “河”，《類說》卷四〇作“沙”。“堂”，《廣記》卷二五九“常定宗”條、《類說》卷四〇、《唐詩紀事》卷三五“辛弘智”條、《後村詩話續集》均作“臺”。

“轉”字，遂爭此詩，皆云我作。乃下牒，見博士羅爲宗，[①]
判云：“昔五字定表，以理切稱奇；今一言競詩，[②] 取詞多爲
主。詩歸弘智。[③] ‘轉’還定宗。以狀牒知，任爲公之驗。”[④]

　　杭州參軍獨孤守忠領租船赴都，[⑤] 夜半，急追集船人，
更無他語，乃曰：“逆風必不得張帆。”衆大哂焉。

　　王熊爲澤州都督，[⑥] 府法曹斷掠糧賊，[⑦] 惟各決杖一
百。[⑧] 通判，熊曰：“總掠幾人？”法曹曰：“掠七人。”熊曰：
“掠七人，合決七百。法曹曲斷，府司科罪。”時人哂之。前
尹正義爲都督，公平，後熊來替，百姓歌曰：“前得尹佛子，
後得王癲獺。判事驢咬瓜，喚人牛嚼沫。[⑨] 見錢滿面喜，無

　　① “羅爲宗”，《廣記》卷二五九“常定宗”條、《類説》卷四〇作“羅道宗”，
《唐詩紀事》卷三五“辛弘智”條、《後村詩話續集》均作“羅道琮”。按，羅道琮，
《舊唐書》卷一八九上《儒學上》、《新唐書》卷一九八《儒學上》均有傳。《舊唐書》
本傳“貞觀末，上書忤旨，配流嶺表。……道琮尋以明經登第。高宗末，官至太
學博士。每與太學助教康國安、道士李榮等議論，爲時所稱”，似作“羅道琮”爲
是。
　　② “今”，原脱，據《廣記》卷二五九“常定宗”條、《唐詩紀事》卷三五“辛弘
智”條補。
　　③ “詩”，《類説》卷四〇、《後村詩話續集》作“始”，中華本趙校云“《後村詩
話》引‘詩’作‘始’，義長”。
　　④ “任爲公之驗”，《四庫》本作“亦爲公之念”。“之”，《廣記》汪校云“公下
原有‘之’字，據明抄本刪”，《唐詩紀事》卷三五“辛弘智”條亦無此字。
　　⑤ “杭州”上，《廣記》卷二六〇“獨孤守志”條有“唐”字。
　　⑥ “王熊”上，《廣記》卷二六〇“王熊”條有“唐”字。
　　⑦ “掠”，《廣記》卷二六〇“王熊”條作“略”。下“總掠幾人”“掠七人”之
“掠”，《廣記》亦均作“略”。
　　⑧ “惟各”下，《廣記》汪校云“明抄本‘惟各’作‘准格’”。
　　⑨ “沫”，《廣記》卷二六〇“王熊”條作“鐵”。

錤從頭喝。嘗逢餓夜叉，① 百姓不可活。"

冀州參軍麴崇裕送司功入京詩云：②"崇裕有幸會，得遇明流行。司士向京去，曠野哭聲哀。"司功曰："大才士。先生其誰?"曰："吳兒博士教此聲韻。"司功曰："師明弟子哲。"

滑州靈昌尉梁士會，③ 官科鳥翎，里正不送。舉牒判曰："官喚鳥翎，何物里正，不送鳥翎!"佐使曰："公大好判，'鳥翎'太多。"會索筆曰："官喚鳥翎，何物里正，不送雁翅!"④ 有識之士，聞而笑之。

① "嘗"，《廣記》卷二六〇"王熊"條作"常"。
② "冀州"上，《廣記》卷二六〇"麴崇裕"條有"唐"字。
③ "滑州"上，《廣記》卷二六〇"梁士會"條有"唐"字。
④ "雁翅"，原作"鳥翎"，據《廣記》卷二六〇"梁士會"條改。

54

卷 三

則天朝，① 太僕卿來俊臣之強盛，朝官側目，上林令侯
敏偏事之。其妻董氏諫止之曰："俊臣，國賊也，勢不久。一
朝事敗，② 黨附先遭，③ 君可敬而遠之。"敏稍稍引退。俊臣
怒，出爲涪州武龍令。敏欲棄官歸，董氏曰："速去，莫求
住。"遂行至州，投刺參州將，錯題一張紙，州將展看，尾後
有字，大怒曰："修名不了，何以爲縣令！"不放上。敏憂悶
無已，董氏曰："且住，④ 莫求去。"停五十日，忠州賊破武
龍，殺舊縣令，掠家口並盡。敏以不計上獲全。後俊臣誅，
逐其黨流嶺南，敏又獲免。

唐冀州長史吉哲欲爲男頊娶南宮縣丞崔敬女，⑤ 敬不許。
因有故，脅以求親，敬懼而許之。擇日下函，並花車，卒至

---

① 按，此條見《通鑑》卷二○六《則天皇后》"神功元年"條。
② "敗"，《廣記》卷二七一"董氏"條作"壞"。
③ "黨附"，《廣記》卷二七一"董氏"條作"奸黨"。
④ "且"，《廣記》卷二七一"董氏"條作"但"。
⑤ "哲"，原作"懃"，《廣記》卷二七一"崔敬女"條汪校云"明抄本'懃'作
'哲'"。按，《新唐書》卷一一七《吉頊傳》亦作"哲"，故據改。

門首。① 敬妻鄭氏初不知，抱女大哭，曰："我家門户低，②
不曾有吉郎。"女堅卧不起。其小女白其母曰："父有急難，
殺身救解。設令爲婢，尚不合辭，姓望之門，何足爲恥。姊
若不可，兒自當之。"遂登車而去。頊遷平章事，賢妻達節，
談者榮之。頊坐與河内王武懿宗爭競，出爲温州司馬而卒。

　　監察御史李畲母清素貞潔，③ 畲請禄米送至宅，母遣量
之，剩三石。問其故，令史曰："御史例不概。"④ 又問車脚
幾錢，⑤ 又曰："御史例不還脚錢。"⑥ 母怒，令還所剩米及脚
錢以責畲，⑦ 畲乃追倉官科罪。諸御史皆有慚色。

　　文昌左丞盧獻第二女，⑧ 先適鄭氏，其夫早亡，誓不再
醮。姿容端秀，言辭甚高。⑨ 姊夫羽林將軍李思沖，姊亡之
後，奏請續親，許之，兄弟並不敢白。思沖擇日備禮，贄幣
甚盛，執贄就宅，⑩ 盧氏拒關，抗聲罳曰："老奴，我非汝匹
也。"乃踰垣至所親家，截髮。思沖奏之，敕不奪其志。後爲

------

① "首"，原作"者"，據《廣記》卷二七一"崔敬女"條改。
② "低"，《廣記》卷二七一"崔敬女"條作"底"。
③ 按，此條見《新唐書》卷二〇五《列女·李畲母傳》。
④ "概"下，原有"剩"字，據《廣記》卷二七一"李畲母"條、《類説》卷
四〇删。
⑤ "幾錢"，《廣記》卷二七一"李畲母"條、《類説》卷四〇均作"錢幾"。
⑥ "脚"下，《廣記》卷二七一"李畲母"條有"車"字。
⑦ "還"，《廣記》卷二七一"李畲母"條、《類説》卷四〇均作"送"。
⑧ "第二女"，原作"女第二"，據《廣記》卷二七一"盧獻女"條改。
⑨ "言辭"，《廣記》卷二七一"盧獻女"條作"顔調"。
⑩ "贄"，《廣記》卷二七一"盧獻女"條作"致"。

尼，甚精進。

滄州弓高鄧廉妻李氏女，① 嫁未周年而廉卒。李年十八守志，設靈几，每日三上食臨哭，布衣蔬食六七年。忽夜夢一男子，容止甚都，欲求李氏爲偶，李氏睡中不許之。自後每夜夢見，李氏竟不受，以爲精魅，書符咒禁，終莫能絶。李氏嘆曰：“吾誓不移節，而爲此所撓，蓋吾容貌未衰故也。”乃拔刀截髮，② 麻衣不濯，蓬鬢不理，垢面灰身。其鬼又謝李氏曰：“夫人竹柏之操，不可奪也。”自是不復夢見。郡守旌其門閭，至今尚有節婦里。

楊盈川侄女曰容華，③ 幼善屬文，嘗爲《新妝詩》，好事者多傳之。詩曰：“宿鳥驚眠罷，房櫳乘曉開。鳳釵金作縷，鸞鏡玉爲臺。妝似臨池出，人疑月下來。④ 自憐終不見，欲去復徘徊。”

初，⑤ 兵部尚書任瓌敕賜宮女二人，⑥ 皆國色。妻妒，⑦

---

① 按，此條見《新唐書》卷二〇五《列女·堅貞節婦李傳》。
② “拔”，《廣記》卷二七一“鄧廉妻”條作“援”。
③ “川”，原作“州”，據《廣記》卷二七一“楊容華”條、《類説》卷四〇改。
④ “月下”，原作“向月”，據《廣記》卷二七一“楊容華”條、《類説》卷四〇、《唐詩紀事》卷七八“楊氏女”條改。
⑤ “初”上，《廣記》卷二七二“任瓌妻”條有“唐”字。
⑥ “任瓌”，原作“任環”，《廣記》卷二七二“任瓌妻”條作“任瓌”。按《舊唐書》卷五九《任瓌傳》言其妻“妒悍無禮”，故據改。下同。
⑦ “妻妒”，《類説》卷四〇作“妻柳氏妒”。按《舊唐書·任瓌傳》稱“妻劉氏妒悍無禮，爲世所譏”，則任妻爲劉姓。

爛二女頭髮禿盡。① 太宗聞之，令上宮齋金胡瓶酒賜之，②云："飲之立死。瓚三品，合置姬媵。爾後不妒，不須飲；若妒，即飲之。"③ 柳氏拜敕訖，曰："妾與瓚結髮夫妻，俱出微賤，更相輔翼，遂致榮官。瓚今多內嬖，誠不如死。"飲盡而臥，④ 然實非酖也。⑤ 至半夜睡醒。⑥ 帝謂瓚曰："其性如此，朕亦當畏之。"⑦ 因詔二女，別宅安置。⑧

隋開皇中，京兆韋袞有奴曰桃符，每征討將行，有膽力。袞至左衛中郎，以桃符久從驅使，乃放從良。桃符家有黃犗，⑨ 宰而獻之，因問袞乞姓。袞曰："止從我姓爲韋氏。"符叩頭曰："不敢與郎君同姓。"袞曰："汝但從之，此有深意。"故至今爲"黃犢子韋"，即韋庶人其後也。不許異姓者，蓋慮年代深遠，子孫或與韋氏通婚，此其意也。

---

① "頭"，《類說》卷四〇無此字。

② "宮"，原作"官"，據《廣記》卷二七二"任瓚妻"條改。按，中華本趙校云"上宮即尚宮"。"胡"，原作"壺"，據《廣記》卷二七二"任瓚妻"條改。按，金胡瓶即金質酒器，產於西域，故稱胡瓶。（參見真大成：《〈朝野僉載〉校補》，《文史》2014 年第 2 輯。）

③ "之"，《廣記》卷二七二"任瓚妻"條無此字。

④ "飲盡而臥"，《廣記》卷二七二"任瓚妻"條作"遂飲盡"。

⑤ "實"，《廣記》卷二七二"任瓚妻"條無此字。

⑥ "至半夜睡醒"，《廣記》卷二七二"任瓚妻"條作"既睡醒"。

⑦ "其性如此朕亦當畏之"九字，《類說》卷四〇作"人不畏死不可以死朕尚不能禁卿其奈何"。

⑧ "別"上，《廣記》卷二七二"任瓚妻"條、《類說》卷四〇均有"令"字。

⑨ "桃"，《廣記》卷二七五"韋桃符"條無此字。"犗"下，《廣記》卷二七五"韋桃符"條有"牛"字。

　　則天后嘗夢一鸚鵡，① 羽毛甚偉，兩翅俱折。以問宰臣，群公默然。内史狄仁傑曰：“鵡者，陛下姓也；兩翅折者，② 陛下二子廬陵、相王也。陛下起此二子，兩翅全也。”武承嗣、武三思連項皆赤。後契丹圍幽州，檄朝廷曰：“還我廬陵、相王來！”則天乃憶狄公之言，曰：“卿曾爲我占夢，今乃應矣。朕欲立太子，何者爲得？”仁傑曰：③ “陛下内有賢子，④ 外有賢姪，取舍詳擇，斷在聖衷。”⑤ 則天曰：“我自有聖子，承嗣、三思是何疥癬！”承嗣等懼，掩耳而走。即降敕追廬陵，河内王等奏，不許入城，龍門安置。賊徒轉盛，陷没冀州，則天急，⑥ 立爲太子，⑦ 充元帥。初募兵，無有應者，聞太子行，北邙山頭皆兵滿，⑧ 無容人處。賊自退散。

　　薛季昶爲荆州長史，⑨ 夢貓兒伏卧於堂限上，頭向外，

---

　　① “則天”上，《廣記》卷二七七“天后”條有“唐”字。“嘗”，《廣記》卷二七七“天后”條無此字。

　　② “者”，原脱，據《廣記》卷二七七“天后”條、《通鑑》卷二〇六《則天皇后》“聖曆元年”條引《僉載》補。

　　③ “仁”，《廣記》卷二七七“天后”條無此字。

　　④ “内”，原脱，據《廣記》卷二七七“天后”條、《通鑑》卷二〇六《則天皇后》“聖曆元年”條引《僉載》補。

　　⑤ “聖”，《通鑑》卷二〇六《則天皇后》“聖曆元年”條引《僉載》作“宸”。

　　⑥ “河内王”至“則天急”二十四字，原脱，據《通鑑》卷二〇六《則天皇后》“聖曆元年”條引《僉載》補。

　　⑦ “立爲太子”，《通鑑》卷二〇六《則天皇后》“聖曆元年”條引《僉載》作“乃立廬陵王爲太子”，於義爲長。

　　⑧ “皆”，《通鑑》卷二〇六《則天皇后》“聖曆元年”條引《僉載》無此字。

　　⑨ “薛”上，《廣記》卷二七七“薛季昶”條有“唐”字。

以問占者張猷，猷曰：“貓兒者，爪牙；伏門限者，閫外之事。君必知軍馬之要。”未旬日，除桂州都督、嶺南招討使。

給事中陳安平子年滿赴選，與鄉人李仙藥臥。夜夢十一月養蠶，仙藥占曰：“十一月養蠶，冬絲也，君必選東司。”數日，果送吏部。

饒陽李瞿雲勛官番滿選，① 夜夢一母豬極大，李仙藥占曰：“母豬，豚主也，君必得屯主。”數日，果如其言。

張鷟曾夢一大鳥，紫色，五彩成文，飛下，至庭前不去，以告祖父，曰：“此吉祥也。昔蔡衡云，鳳之類有五：其色赤者，文章鳳也；青者，鸞也；黄者，鵷鶵也；白者，鴻鵠也；紫者，鷟鷟也。此鳥爲鳳凰之佐，汝當爲帝輔也。”遂以爲名字焉。鷟初舉進士，至懷州，夢慶雲覆其身。其年對策，考功員外騫味道以爲天下第一。又初爲岐王屬，夜夢着緋乘驢，睡中自怪：我綠衣當乘馬，何爲衣緋卻乘驢？其年應舉及第，授鴻臚丞。未經考而授五品，此其應也。

河東裴元質初舉進士，明朝唱策，夜夢一狗從竇出，挽弓射之，其箭遂擎。以爲不祥，問曹良史，曰：“吾往唱策之夜，亦爲此夢。夢神爲吾解之曰：狗者，② 第字頭也；弓，第字身也；箭者，第豎也；有擎爲第也。”尋而唱第，果如

---

① “番”，原作“方”，據《廣記》卷二七七“李瞿曇”條改。
② “狗”，《記纂淵海》卷三七作“笱”。

夢焉。

　　右丞盧藏用、① 中書令崔湜，太平黨，被流嶺南。至荊
州，湜夜夢講坐下聽法而照鏡，問善占夢張猷，謂盧右丞曰：
"崔令公大惡夢。坐下聽講，法從上來也；鏡字，金傍竟也。
其竟於今日乎！" 尋有御史陸遺勉齎敕令湜自盡。②

　　洛州杜玄有牛一頭，玄甚憐之。夜夢見其牛有兩尾，以
問占者李仙藥，曰："牛字有兩尾，失字也。" 經數日，③ 果
失之。

　　載初年中，④ 來俊臣羅織，告故庶人賢二子夜遣巫祈禱
星月，咒咀不道。栲楚酸痛，奴婢妄證，二子自誣，並鞭殺
之，朝野傷痛。浮休子張鷟曰：下里庸人，多信厭禱，小兒
婦女，甚重符書。蘊慝崇奸，構虛成實，⑤ 坮土用血，⑥ 誠伊
戾之故爲；掘地埋桐，⑦ 乃江充之擅造也。

　　韋庶人之全盛日，⑧ 好厭禱，並將昏鏡以照人，令其速
亂，與崇仁坊邪俗師婆阿來專行厭魅。⑨ 平王誅之。後往往

　　① "右丞"上，《廣記》卷二七九"崔湜"條有"唐"字。"盧藏用"上，原有一
空格，據《廣記》卷二七九"崔湜"條刪。
　　② "勉"，《廣記》卷二七九"崔湜"條作"免"。
　　③ "日"，《四庫》本作"月"。
　　④ "載初"上，《廣記》卷二八三"來俊臣"條有"唐"字。
　　⑤ "成"，原脫，據《廣記》卷二八三"來俊臣"條補。
　　⑥ "坮"，原脫，據《廣記》卷二八三"來俊臣"條補。
　　⑦ "掘"，原作"握"，據《廣記》卷二八三"來俊臣"條改。
　　⑧ "韋庶人"上，《廣記》卷二八三"阿來"條有"唐"字。
　　⑨ "邪"，原作"邢"，據《廣記》卷二八三"阿來"條改。

於殿上掘得巫蠱，① 皆逆韋之輩爲之也。②

　韋庶人葬其父韋玄貞，③ 號酆王。葬畢，官人略見鬼師雍文智，④ 詐宣酆王教曰："當作官人，⑤ 甚大艱苦，宜與賞，着綠者與緋。"韋庶人悲慟，欲依鬼教與之。未處分間，有告文智詐受賂賄，驗，遂斬之。

　中宗之時，⑥ 有見鬼師彭君卿被御史所辱。他日，對百官總集，詐宣孝和敕曰："御史不檢校，⑦ 去卻巾帶。"即去之。曰："有敕與一頓杖。"大使曰："御史不奉正敕，不合決杖。"君卿曰："若不合，有敕且放卻。"御史裹頭，仍舞蹈拜謝而去。觀者駭之。

　浮休子張鷟爲德州平昌令，⑧ 大旱。郡符下令以師婆、師僧祈之，二十餘日無效。浮休子乃推土龍倒，其夜雨足。

---

① "掘"，原作"握"，據《廣記》卷二八三"阿來"條改。

② "皆"，《廣記》卷二八三"阿來"條無此字。

③ "韋庶人"上，《廣記》卷二八三"雍文智"條有"唐"字。"玄"，原脱，據《舊唐書》卷五一《韋庶人傳》"仍擢后父普州參軍玄貞爲豫州刺史"，《新唐書》卷二〇六《外戚·韋溫傳》"帝（中宗）幽廬陵，玄貞流死欽州……帝復政，是日召贈玄貞上洛郡王、太師、雍州牧、益州大都督……贈酆王，謚文獻，號廟曰褒德，陵曰榮先，置令丞，給百户掃除"，均作玄貞，故據補。

④ "官"，原作"宮"，據《廣記》卷二八三"雍文智"條改。下"當作官人"之"官"字，原作"宮"，亦據《廣記》改。

⑤ "當"，原作"常"，據《廣記》卷二八三"雍文智"條改。

⑥ "中宗"上，《廣記》卷二八三"彭君卿"條有"唐"字。

⑦ "檢"上，《廣記》卷二八三"彭君卿"條有"存"字。

⑧ "浮休子"上，《廣記》卷二八三"何婆"條有"唐"字。

江淮南好鬼,① 多邪俗,病即祀之,無醫人。浮休子曾於江南洪州停數日,遂聞土人何婆善琵琶卜,與同行人郭司法質焉。其何婆士女填門,餉遺滿道,顏色充悦,心氣殊高。郭再拜下錢,問其品秩。何婆乃調弦柱,和聲氣曰:"個丈夫富貴。今年得一品,明年得二品,後年得三品,更後年得四品。"郭曰:"阿婆錯,② 品少者官高,品多者官小。"何婆曰:"今年減一品,明年減二品,後年減三品,更後年減四品,更得五六年總没品。"③ 郭大罵而起。

崇仁坊阿來婆弹琵琶卜,④ 朱紫填門。浮休子張鷟曾往觀之,見一將軍,紫袍玉帶,甚偉,下一匹細綾,請一局卜。來婆鳴弦柱,燒香,合眼而唱:"東告東方朔,西告西方朔,南告南方朔,北告北方朔,上告上方朔,下告下方朔。"將軍頂禮既,告請甚多,必望細看,以決疑惑。遂即隨意支配。

咸亨中,⑤ 趙州祖珍儉有妖術。懸水瓮於梁上,以刃斫之,繩斷而瓮不落。又於空房内密閉門,置一瓮水,横刀其上。人良久入看,見儉支解五段,水瓮皆是血。人去之後,

---

① "鬼"上,《廣記》卷二八三"何婆"條有"神"字。
② "阿",《廣記》卷二八三"何婆"條作"何"。
③ "更"上,《廣記》卷二八三"何婆"條有"忽"字。按,"忽",通"或",爲"倘若""假如"之義,參見王鍈《唐宋筆記語辭彙釋》"忽"條。故有"忽"字,亦通。
④ "崇仁坊"上,《廣記》卷二八三"來婆"條有"唐"字。"坊",原作"方",據《廣記》卷二八三"來婆"條改。
⑤ "咸亨"上,《廣記》卷二八五"祖珍儉"條有"唐"字。

平復如初。冬月極寒，石臼水凍，① 咒之拔出。賣卜於信都
市，日取百錢。蓋君平之法也。後被人糾告，引向市斬之，
顏色自若，了無懼。命紙筆作詞，精神不撓。

陵空觀葉道士咒刀，② 盡力斬病人肚，橫桃柳於腹上，
桃柳斷而內不傷。③ 後將雙刀斫一女子，應手兩斷，血流遍
地，家人大哭。道士取續之，噴水而咒，須臾，平復如故。

河南府立德坊及南市西坊皆有胡祆神廟。④ 每歲，商胡
祈福，烹豬羊，⑤ 琵琶鼓笛，酹歌醉舞，酹神之後，⑥ 募一胡
爲祆主，看者施錢並與之。其祆主取一橫刀，利同霜雪，吹
毛不過，以刀刺腹，刃出於背，仍亂攪腸肚流血。食頃，噴
水咒之，平復如故。此蓋西域之幻法也。

涼州祆神祠，⑦ 至祈禱日，祆主以鐵釘從額上釘之，⑧ 直
洞腋下，即出門，身輕若飛，須臾數百里。至西祆神前舞一

<hr/>

① “水”，《廣記》卷二八五“祖珍儉”條作“冰”。
② “陵空”上，《廣記》卷二八五“葉道士”條有“唐”字。
③ “內”，《廣記》卷二八五“葉道士”條作“肉”。
④ “河南”上，《廣記》卷二八五“河南妖主”條有“唐”字。“坊”，原作“方”，據《廣記》卷二八五“河南妖主”條改。“祆”，《廣記》卷二八五“河南妖主”條作“妖”，下同。
⑤ “羊”上，《廣記》卷二八五“河南妖主”條有“殺”字。
⑥ “酹”，《廣記》卷二八五“河南妖主”條作“酹”。
⑦ “涼州”，《廣記》卷二八五“梁州妖主”條作“梁州”，宋以“涼州”爲“梁州”。“涼州”上，《廣記》卷二八五“梁州妖主”條有“唐”字。“祆”，《廣記》卷二八五“梁州妖主”條作“妖”，下同。
⑧ “鐵釘”，《廣記》卷二八五“梁州妖主”條作“利鐵”。

曲即卻，至舊袂所乃拔釘，無所損。① 臥十餘日，平復如故。莫知其所以然也。

明崇儼有術法，② 大帝試之，爲地窖，遣妓奏樂。引儼至，謂曰：“此地常聞弦管，是何祥也？卿能止之乎？”儼曰：“諾。”遂書二桃符，於其上釘之，其聲寂然。上笑，喚妓人問，云見二龍頭張口向上，③ 遂怖懼，不敢奏樂也。上大悅。

蜀縣令劉靜妻患疾，④ 正諫大夫明崇儼診之，⑤ 曰須得生龍肝，食之必愈。靜以爲不可得，儼乃畫符，乘風放之上天。須臾，有龍下，入瓮水中，剔取，⑥ 食之而差。大帝盛夏須雪及枇杷、龍眼，⑦ 儼坐，頃間，往陰山取雪，至嶺南取果子，⑧ 並到，食之無別。時四月，⑨ 瓜未熟，上思之，儼索百

---

① “無”上，《廣記》卷二八五“梁州妖主”條有“一”字。

② “明崇儼”上，《廣記》卷二八五“明崇儼”條有“唐”字。按，此條見《新唐書》卷二〇四《方伎·明崇儼上》。

③ “上”，《廣記》卷二八五“明崇儼”條作“下”，汪校云“‘下’原作‘上’，據明抄本改”。

④ “蜀”上，《廣記》卷二八五“劉靖妻”條有“唐”字。“蜀”，原作“羅”，據《廣記》卷二八五“劉靖妻”條改。“靜”，《廣記》卷二八五“劉靖妻”條作“靖”。下同。

⑤ “諫”下，原有“議”字，據《廣記》卷二八五“劉靖妻”條刪。按，《舊唐書》卷一九一《明崇儼傳》云其於儀鳳二年累遷正諫大夫。

⑥ “取”下，《廣記》卷二八五“劉靖妻”條有“肝”字。

⑦ “眼”下，《廣記》卷二八五“劉靖妻”條有“子”字。按，“大帝盛夏須雪”之事，又見《新唐書》卷二〇四《方伎·明崇儼傳》。

⑧ “至”，原脫，據《廣記》卷二八五“劉靖妻”條補。

⑨ “四月”，《廣記》卷二八五“劉靖妻”條無此二字。

錢將去，須臾，得一大瓜，云緱氏老人園内得之。上追老人至，問之，云土埋一瓜，擬進，適賣，① 唯得百錢耳。儼獨坐堂中，② 夜被刺死，刀子仍在心上。敕求賊甚急，竟無踪緒。或以爲儼役鬼勞苦，被鬼殺之。孔子曰："攻乎異端，斯害也已。"信哉！

則天朝有鼎師者，③ 瀛州博野人，有奇行。太平公主進，則天試之，以銀瓮盛酒三斗，一舉而飲盡。又曰："臣能食醬。"即令以銀瓮盛醬一斗，鼎師以匙抄之，須臾即竭。則天欲與官，鼎曰："情願出家。"即與剃頭。後則天之復辟也，鼎曰："如來螺髻，菩薩寶首，若能修道，何必剃除。"遂長髮。使張潛決一百，不廢行動，亦無瘡疾，時人莫測。

大足中，④ 有妖妄人李慈德，⑤ 自云能行符書厭，則天於内安置。布豆成兵馬，畫地爲江河，與給使相知，削竹爲槍，纏被爲甲，三更於内反，宮人擾亂，相殺者十二三。羽林將軍楊玄基聞内裏聲叫，領兵斬關而入，殺慈德、閽豎數十人。惜哉！慈德以厭爲客，以厭而喪。

---

① "賣"，《廣記》卷二八五"劉靖妻"條作"看"，汪校云"'看'原作'賣'，據明抄本改"。
② "坐"，《廣記》卷二八五"劉靖妻"條作"卧"。
③ "則天"上，《廣記》卷二八五"鼎師"條有"唐"字。
④ "大足中"，《廣記》卷二八五"李慈德"條作"唐大足年中"。
⑤ "有妖妄人"上，原有"李慈德"三字，據《廣記》卷二八五"李慈德"條删。"妖"，原作"祅"，據《廣記》卷二八五"李慈德"條改。

　　孝和帝令內道場僧與道士各述所能,① 久而不決。玄都
觀葉法善取胡桃二升，並殼食之並盡。僧仍不伏。法善燒一
鐵鉢赫赤，兩手欲合老僧頭上,② 僧唱"賊"，袈裟掩頭而
走。孝和撫掌大笑。

　　道士羅公遠,③ 幼時不慧。入梁山數年，忽有異見，言
事皆中，敕追入京。先天中，皇太子設齋，遠從太子乞金銀
器物，太子靳固不與。遠曰："少時自取。"太子自封署房
門，須臾開視，器物一無所見。東房先封閉，往視之，器物
並在其中。又借太子所乘馬，太子怒，不與。遠曰："已取得
來，見於後園中放在。"太子急往櫪上檢看，馬在如故。侍御
史袁守一將食器數枚，就羅公遠看年命，奴擎衣襆在門外，
不覺，須臾在公遠衣箱中。諸人大驚，莫知其然。

　　歐陽通,④ 詢之子,⑤ 善書，瘦怯於父。常自矜能書，必
以象牙、犀角爲筆管，狸毛爲心，覆以秋兔毫，松烟爲墨，
末以麝香，紙必須堅薄白滑者乃書之。蓋自重其書。薛純陀
亦效歐陽草,⑥ 傷於肥鈍，亦通之亞也。

---

① "孝和"上,《廣記》卷二八五"葉法善"條有"唐"字。
② "手"，原作"合"，據《廣記》卷二八五"葉法善"條、《四庫》本改。
③ "道士"上,《廣記》卷二八五"羅公遠"條有"唐"字。
④ "歐陽"上,《廣記》卷二〇八"歐陽通"條有"唐"字。按,此條見《新唐
書》卷一九八《儒學上·歐陽詢傳》。
⑤ "之"，《廣記》卷二〇八"歐陽通"條無此字。
⑥ "陽"，《廣記》卷二〇八"歐陽通"條無此字。

　　孟知儉，①并州人，少時病，忽亡。見衙府，如平生時，不知其死，逢故人爲吏，謂曰：“因何得來？”具報之，乃知是冥途。吏爲檢尋，曰：“君平生無修福處，何以得還！”儉曰：“一生誦《多心經》及《高王經》，雖不記數，亦三四萬遍。”重檢，獲之，遂還。吏問：“欲知官乎？”曰：“甚要。”遂以簿示之，云“孟知儉合運出身，爲曹州參軍，轉鄧州司倉”，②即掩卻不許看。遂至荒榛，入一黑坑，遂活。不知“運”是何事，尋有敕募運糧，因放選，授曹州參軍。乃悟曰：“此州吾不見小書耳。”滿授鄧州司倉。去任，又選唱晋州判司，未過而卒。

　　貞觀年中，③頓丘縣有一賢者，於黄河渚上拾菜，得一樹栽子，大如指。持歸，蒔之三年，乃結子五顆，味狀如奈，又似林檎，多汁，異常酸美。送縣，縣上州，以其味奇，乃進之，賜綾一十匹。④後樹長成，漸至三百顆，每年進之，號曰“朱奈”，至今存。德、貝、博等州，取其枝接，所在豐足。人以爲從西域來，⑤礙渚而住矣。⑥

---

　　① “孟知儉”上，《廣記》卷一一二“孟知儉”條有“唐”字。
　　② “司倉”，原作“司僉”，據《廣記》卷一一二“孟知儉”條改。下“滿授鄧州司倉”之“倉”，原作“僉”，亦據《廣記》改。按，《舊唐書》卷四四《職官三》州縣官員有司倉，無論上州、中州、下州，其品階均高於參軍，而無司僉一職。
　　③ “貞觀”上，《廣記》卷四一〇“朱奈”條有“唐”字。
　　④ “賜綾”上，《廣記》卷四一〇“朱奈”條有“上”字。
　　⑤ “來”上，《廣記》卷四一〇“朱奈”條有“浮”字。
　　⑥ “住”，原作“往”，據《廣記》卷四一〇“朱奈”條改。

西晉末，有旌陽縣令許遜者，得道於豫章西山。江中有蛟爲患，① 旌陽没水，拔劍斬之。② 後不知所在。頃，漁人網得一石，甚鳴，擊之，聲聞數十里。唐朝趙王爲洪州刺史，破之，得劍一雙，視其銘，一有“許旌陽”字，一有“萬仞”字。遂有萬仞師出焉。

上元年中，③ 令九品已上佩刀礪等袋，彩帨爲魚形，結帛作之。取魚之象，④ 强之兆也。至天后朝乃絶。景雲之後又復前，結白魚爲餅。⑤

中宗令揚州造方丈鏡，⑥ 鑄銅爲桂樹，金花銀葉，帝每騎馬自照，⑦ 人馬並在鏡中。專知官高郵縣令幼臨也。⑧

睿宗先天二年正月十五、十六夜，⑨ 於京師安福門外作燈輪高二十丈，衣以錦綺，⑩ 飾以金玉，⑪ 燃五萬盞燈，簇之

---

① “蛟”下，《廣記》卷二三一“許遜”條有“蜃”字。

② “拔”，原脱，據《廣記》卷二三一“許遜”條補。

③ “上元”上，《廣記》卷二三一“唐儀”條有“唐”字。按，此條又見《舊唐書》卷三七《五行志》。

④ “之象”，《廣記》卷二三一“唐儀”條汪校云“明抄本‘之象’作‘衆鯉’”。按，《舊唐書》卷三七《五行志》作“爲魚像鯉”，則汪校所云明抄本作“衆鯉”，蓋爲“像鯉”之譌。

⑤ “景雲”至“爲餅”十二字，《廣記》卷二三一“唐儀”條作“景雲之後又復前飾”。

⑥ “中宗”上，《廣記》卷二三一“唐中宗”條有“唐”字。

⑦ “每”下，《廣記》卷二三一“唐中宗”條有“常”字。

⑧ “專知官高郵縣令幼臨也”，《廣記》卷二三一“唐中宗”條無此十字。

⑨ “睿宗”上，《廣記》卷二三六“唐睿宗”條有“唐”字。

⑩ “衣”，《廣記》卷二三六“唐睿宗”條作“被”。

⑪ “玉”，《廣記》卷二三六“唐睿宗”條作“銀”。

如花樹。① 宮女千數，衣羅綺，曳錦綉，耀珠翠，施香粉。一花冠、一巾帔，皆至萬錢，② 裝束一妓女，皆至三百貫。妙簡長安、萬年年少女婦千餘人，③ 衣服、花釵、媚子亦稱是，於燈輪下踏歌三日夜，歡樂之極，未始有之。

張易之爲母阿臧造七寶帳，④ 金銀、珠玉、寶貝之類罔不畢萃，曠古以來，未曾聞見。鋪象牙牀，織犀角簟，騾貂之褥，蜑蠶之氈，汾晉之龍鬚、河中之鳳翮以爲席。⑤ 阿臧與鳳閣侍郎李迥秀通，⑥ 逼之也。同飲以鴛盞一雙，⑦ 取其常相逐。迥秀畏其盛，嫌其老，乃荒飲無度，昏醉是務，⑧ 常頻喚不覺。出爲恒州刺史。⑨ 易之敗，阿臧入官，迥秀被坐，降爲衡州長史。⑩

---

① "籏"，《廣記》卷二三六"唐睿宗"條作"俱豎"。

② "至"，原脱，據《廣記》卷二三六"唐睿宗"條補。

③ "萬年"下，《廣記》卷二三六"唐睿宗"條有"縣"字。下"年"字，原脱，據《廣記》卷二三六"唐睿宗"條補。

④ 按，此條又見《舊唐書》卷三七《五行志》。

⑤ "河中"，《廣記》卷二三六"張易之"條作"臨河"。

⑥ "阿臧與"，原脱，據《廣記》卷二三六"張易之"條補。"通"，《廣記》卷二三六"張易之"條作"私通"。

⑦ "同飲以鴛盞一雙"，《廣記》卷二三六"張易之"條作"以鴛鴦盞一雙共飲"。

⑧ "務"，原脱，據《廣記》卷二三六"張易之"條補。

⑨ 按，《舊唐書》卷三七《五行志》云"迥秀不獲已，然心惡其老，薄之，阿臧怒，出迥秀爲定州刺史"，《舊唐書》卷六二《李迥秀傳》及《新唐書》卷九九《李迥秀傳》皆言迥秀坐贓貶"廬州刺史"，另據《新唐書》卷四《則天皇后》，知迥秀於長安四年二月被貶爲廬州刺史，疑作"廬州刺史"是。

⑩ "衡州長史"，原作"衡州刺史"，按，《新唐書·李迥秀傳》云"易之誅，貶衡州長史"，《廣記》卷二三六"張易之"條作"衡州長史"，此從《新唐書》本傳改。

　宗楚客造一宅新成①，皆是文柏爲梁，沉香和紅粉以泥壁，開門則香氣蓬勃。磨文石爲階，砌及地，着吉莫靴者，行則仰仆。楚客被建昌王推得贓萬餘貫，兄弟配流。太平公主就其宅看，嘆曰：“看他行坐處，我等虛生浪死。”一年，追入爲鳳閣侍郎。景龍中，爲中書令。韋氏之敗，斬之。②

　洛州昭成佛寺有安樂公主造百寶香爐，③高三尺，④開四門，絳橋勾欄，花草、飛禽、走獸，諸天妓樂，麒麟鸞鳳、白鶴飛仙，絲來綫去，鬼出神入，隱起鈒鏤，⑤窈窕便娟。真珠瑪瑙、琉璃琥珀、玻瓈珊瑚、琿璪琬琰，一切寶貝，用錢三萬，府庫之物，⑥盡於是矣。

　隋煬帝巡狩北邊，作大行殿七寶帳，容數百人，飾以珍寶，光輝洞徹。引匈奴啓民可汗宴會其中，可汗恍然，疑非人世之有。識者云，大行殿者，示不祥也。亦是王莽輕車之比，天心其關人事也歟！⑦

----

① 按，此條見《資治通鑑》卷二〇六《則天皇后》“聖曆元年”條。
② “斬之”，《廣記》卷二三六“宗楚客”條作“被誅”。
③ 按，此條見《新唐書》卷八三《諸帝公主·安樂公主傳》。
④ “三尺”，《類説》卷四〇作“三丈”，劉真倫《〈朝野僉載〉點校本管窺》（下）（《書品》1989 年第 2 期）以爲當作“三丈”。
⑤ “起”，原作“居”，據《廣記》卷二三六“安樂公主”條改。
⑥ “府庫”，《廣記》卷二三六“安樂公主”條作“庫藏”。
⑦ “大行殿者”至“天心其關人事也歟”二十四字，《廣記》卷二三六“隋煬帝”條作“大行殿者，不祥之兆也。是非王莽輕車之比，此實天心，非關人事也”。

　　安樂公主改爲悖逆庶人。① 奪百姓莊園,② 造定昆池四十
九里,③ 直抵南山,擬昆明池。累石爲山,以象華岳,引水
爲澗,以象天津。飛閣步簷,斜橋磴道,④ 衣以錦綉,⑤ 畫以
丹青,飾以金銀,瑩以珠玉。又爲九曲流杯池,作石蓮花臺,
泉於臺中流出,⑥ 窮天下之壯麗。⑦ 悖逆之敗,配入司農,每
日士女游觀,車馬填噎。奉敕,輒到者官人解見任,凡人決
一頓,乃止。

　　安樂公主造百鳥毛裙,⑧ 以後百官、百姓家效之,山林
奇禽異獸,搜山蕩谷,⑨ 掃地無遺,至於網羅殺獲無數。開
元中,禁寶器于殿前,禁人服珠玉、金銀、羅綺之物,⑩ 於
是采捕乃止。

　　高宗時,⑪ 有劉龍子妖言惑衆。作一金龍頭藏袖中,以
羊腸盛蜜水繞繫之。每相聚,出龍頭,言聖龍吐水,飲之百

---

①　按,此條見《新唐書》卷八三《諸帝公主・安樂公主傳》。
②　"園",《廣記》卷二三六"安樂公主"條作"田"。
③　"四十九里"上,《資治通鑑考異》景龍二年引有"方"字。
④　"橋",《廣記》卷二三六"安樂公主"條作"牆"。
⑤　"衣",《廣記》卷二三六"安樂公主"條作"被"。
⑥　"流",原作"浦",據《廣記》卷二三六"安樂公主"條改。
⑦　"窮天下之壯麗"下,《廣記》卷二三六"安樂公主"條有"言之難盡"
四字。
⑧　按,此條又見《舊唐書》卷三七《五行志》。
⑨　"蕩",原作"滿",據《廣記》卷二三六"安樂公主"條改。
⑩　"物",《廣記》卷二三六"安樂公主"條作"屬"。
⑪　"高宗"上,《廣記》卷二三八"劉龍子"條有"唐"字。

病皆差。遂轉羊腸，水於龍口中出，與人飲之，皆罔云病愈，施舍無數。遂起逆謀，事發逃走，捕訪久之，① 擒獲，斬之于市，並其黨十餘人。

東海孝子郭純喪母，每哭則群鳥大集，使驗有實，② 旌表門閭。後訪，乃是孝子每哭，即散餅食於地，③ 群鳥爭來食之。後數如此，④ 鳥聞哭聲以爲度，莫不競湊，非有靈也。

河東孝子王燧家貓犬互乳其子，州縣上言，遂蒙旌表。乃是貓犬同時產子，取貓兒置狗窠中，取狗子置貓窠內，⑤ 慣食其乳，遂以爲常，殆不可以異論也。自連理木、合歡瓜、麥分岐、禾同穗，觸類而長，實繁有徒，並是人作，不足怪也。

唐同泰於洛水得白石紫文，⑥ 云"聖母臨水，永昌帝業"，進之，授五品果毅，置永昌縣。乃是白石鑿作字，⑦ 以紫石末和藥嵌之。後并州文水縣於谷中得一石，⑧ 還如此，

---

① "久之"，《廣記》卷二三八"劉龍子"條無此二字。
② "驗"，《廣記》卷二三八"郭純"條作"檢"。
③ "散"，《廣記》卷二三八"郭純"條作"撒"。"食"，《廣記》卷二三八"郭純"條無此字。
④ "數"，原脫，據《廣記》卷二三八"郭純"條補。
⑤ "取"，原脫，據《廣記》卷二三八"王燧"條補。
⑥ "唐"，原脫，據《廣記》卷二三八"唐同泰"條補。
⑦ "白"，《廣記》卷二三八"唐同泰"條作"將"。
⑧ "文"，原作"汶"，據《廣記》卷二三八"唐同泰"條改。本條下文"改文水縣爲武興縣"之"文"字，本亦作"汶"，亦據《廣記》改。按，《舊唐書》卷三九《地理志》"汾州"條云武德三年，改浩州爲汾州，仍割并州之文水來屬。貞觀元年，文水還并州。另據同書卷六《則天皇后本紀》云"載初元年冬十月，改并州文水縣爲武興縣"，可知，作"文水"是。

有“武興”字，改文水爲武興縣。自是往往作之。後知其僞，不復采用，乃止。

襄州胡延慶得一龜，[①] 以丹漆書其腹曰“天子萬萬年”以進之。鳳閣侍郎李昭德以刀刮之並盡，奏請付法。則天曰：“此非惡心也，舍而勿問。”

則天好禎祥。拾遺朱前疑説夢，云則天髪白更黑，[②] 齒落更生，即授都官郎中。司刑寺囚三百餘人，[③] 秋分後，無計可作，乃於圜獄外羅牆角邊，[④] 作聖人迹，長五尺。至夜半，三百人一時大叫。[⑤] 内使推問，云：“昨夜有聖人見，身長三丈，面作金色，云‘汝等並冤枉，不須怕懼。[⑥] 天子萬年，即有恩赦放汝。’”把火照之，[⑦] 見有巨迹，即大赦天下，改爲大足元年。

白鐵余者，延州羈胡也，[⑧] 左道惑衆。先於深山中埋一金銅像於柏樹之下，經數年，草生其上，紿鄉人曰：[⑨] “吾昨

① 此條，《廣記》卷二三八“胡延慶”條亦收録，云出《國史補》。按，此條見《通鑑》卷二〇五《則天皇后》“長壽元年”條。

② “髪”，《廣記》卷二三八“朱前疑”條作“頭”。

③ “寺”，原作“事”，據《廣記》卷二三八“朱前疑”條改。“囚”，《廣記》卷二三八“朱前疑”條作“繫”。

④ “圜”，《廣記》卷二三八“朱前疑”條作“内”。

⑤ “三百人”，《廣記》卷二三八“朱前疑”條作“衆人”。

⑥ “怕懼”，《廣記》卷二三八“朱前疑”條作“憂慮”。

⑦ “之”，《廣記》卷二三八“朱前疑”條作“視”。

⑧ “羈”，《廣記》卷二三八“白鐵余”條作“稽”。

⑨ “紿”，《廣記》卷二三八“白鐵余”條作“詒”。

夜山下過，每見佛光。"大設齋，卜吉日以出聖佛。① 及期，
集數百人，命於非所藏處鬮，不得。乃勸曰：② "諸公不至誠
布施，③ 佛不可見。" 由是男女爭布施者百餘萬。④ 更於埋處
鬮之，⑤ 得金銅像。鄉人以爲聖，⑥ 遠近傳之，⑦ 莫不欲見。⑧
乃宣言曰：⑨ "見聖佛者，百病即愈。" 左側數百里，⑩ 老小士
女皆就之。乃以緋紫紅黃綾爲袋數十重盛像，⑪ 人聚觀者，⑫
去一重，⑬ 一迴布施，收千端乃見像。⑭ 如此矯僞一二年，鄉
人歸伏，遂作亂，自號 "光王"，⑮ 署置官職，⑯ 設長吏，⑰

---

　　① "大設齋卜吉日以出聖佛"十字，《廣記》卷二三八"白鐵余"條作"於是卜
日設齋以出聖佛"。

　　② "乃勸曰"，《廣記》卷二三八"白鐵余"條作"則詭曰"。

　　③ "公"，《廣記》卷二三八"白鐵余"條作"人"。

　　④ "由是"，《廣記》卷二三八"白鐵余"條作"是日"。

　　⑤ "更"，《廣記》卷二三八"白鐵余"條作"即"。

　　⑥ "爲"，原脱，據《廣記》卷二三八"白鐵余"條補。"聖"下，《廣記》卷二三
八"白鐵余"條有"人"字。

　　⑦ "傳之"，《廣記》卷二三八"白鐵余"條作"相傳"。

　　⑧ "不欲"，原作"能"，據《廣記》卷二三八"白鐵余"條改。

　　⑨ "乃"，《廣記》卷二三八"白鐵余"條無此字。

　　⑩ "左"上，《廣記》卷二三八"白鐵余"條有"余遂"二字。"側"，《廣記》卷
二三八"白鐵余"條作"計"。

　　⑪ "緋紫紅黃綾"，《廣記》卷二三八"白鐵余"條作"紺紫紅緋黃綾"。"盛"
下，《廣記》卷二三八"白鐵余"條有"佛"字。

　　⑫ "聚"，《廣記》卷二三八"白鐵余"條作"來"。

　　⑬ "去"下，《廣記》卷二三八"白鐵余"條有"其"字。

　　⑭ "收千端乃見像"，《廣記》卷二三八"白鐵余"條作"獲千萬乃見其像"。

　　⑮ "號"，《廣記》卷二三八"白鐵余"條作"稱"。"光王"，《廣記》卷二三八
"白鐵余"條汪校云"按《資治通鑑考異》'光王'作'月光王'"。

　　⑯ "職"，《廣記》卷二三八"白鐵余"條作"屬"。

　　⑰ "設"，原作"殺"，據《廣記》卷二三八"白鐵余"條改。

數年爲患。① 命將軍程務挺斬之。②

中郎李慶遠狡詐傾險。③ 初事皇太子，頗得出入。暫令出外，④ 即恃威權，宰相以下咸謂之要人。宰執方食即來，諸人命坐，常遣一人門外急喚，⑤ 云："殿下須使令。"⑥ 吐飯而去。⑦ 諸司皆如此。⑧ 請謁囑事，賣官鬻獄，所求必遂。東宮後稍稍疏之，仍潛入仗內食侍官飯。⑨ 晚出外腹痛，⑩ 猶詐云太子賜予食瓜太多。須臾霍出衛士所食米飯黃臭，並虀菜狼籍。⑪ 凡是小人得寵，多爲此狀也。

春官尚書閻知微和默啜，⑫ 司賓丞田歸道副焉。⑬ 至牙帳

---

① "數年爲患"，《廣記》卷二三八"白鐵余"條作"爲患數年"。

② "斬"上，《廣記》卷二三八"白鐵余"條有"討"字。

③ "傾"，《廣記》卷二三八"李慶遠"條作"輕"。

④ "令"，《廣記》卷二三八"李慶遠"條作"時"。

⑤ "常"，《廣記》卷二三八"李慶遠"條作"即"。

⑥ "須使令"，《廣記》卷二三八"李慶遠"條作"見召"。

⑦ "吐飯"上，《廣記》卷二三八"李慶遠"條有"匆忙"二字。

⑧ "此"下，《廣記》卷二三八"李慶遠"條有"計"字。

⑨ "仗"，原作"伏"，據《廣記》卷二三八"李慶遠"條改。"飯"上，《廣記》卷二三八"李慶遠"條有"之"字。

⑩ "腹痛"下，《廣記》卷二三八"李慶遠"條有"大作"二字。

⑪ "太子賜予"至"虀菜狼藉"二十五字，《廣記》卷二三八"李慶遠"條作"太子賜瓜喑之太多以致斯疾須臾霍亂吐出衛士所食糲米飯及黃臭韭虀狼藉"。

⑫ "春官"上，《廣記》卷二四〇"閻知微"條有"唐"字，《説郛》卷二有"周"字。

⑬ "副"上，《廣記》卷二四〇"閻知微"條有"爲之"二字，《説郛》卷二有"爲"字。"焉"，《説郛》卷二無此字。

下，知微舞蹈，宛轉抱默啜靴而鼻臭之。① 田歸道長揖不拜，② 默啜大怒，倒懸之。經一宿，明日將殺，③ 元珍諫：④ "大國和親使，若殺之，⑤ 不祥。"乃放之。⑥ 後與知微爭於殿庭，⑦ 言默啜必不和；知微堅執以爲和。默啜果反，陷趙、定，天后乃誅知微九族，拜歸道夏官侍郎。⑧

　　張利涉性多忘，⑨ 解褐懷州參軍。每聚會被召，必於笏上記之。時河內令耿仁惠邀之，怪其不至，親就門刺請。⑩ 涉看笏曰："公何見顧？笏上無名。"又一時晝寢驚，索馬入州。⑪ 扣刺史鄧悰門，拜謝曰："聞公欲賜責，死罪！"鄧悰曰："無此事。"涉曰："司功某甲言之。"悰大怒，乃呼州官筆以甲間構，⑫ 將杖之。甲苦訴初無此語，涉前請曰："望公舍之，恐涉是夢中見説耳。"⑬ 時人是知其性理昏惑矣。

----

① "靴而鼻臭之"，《廣記》卷二四〇"闇知微"條作"靴鼻而臭之"。

② "長揖"上，《廣記》卷二四〇"闇知微"條有"獨"字，於義爲長。

③ "殺"下，《廣記》卷二四〇"闇知微"條有"之"字。

④ "諫"下，《説郛》卷二有"曰"字。

⑤ "若"，《廣記》卷二四〇"闇知微"條無此字，《説郛》卷二作"此"字。

⑥ "放之"，《廣記》卷二四〇"闇知微"條作"得釋"。

⑦ "後"，《説郛》卷二作"及歸"。

⑧ "拜歸道夏官侍郎"下，《説郛》卷二有"右拾遺良弼使入匈奴，坐帳下，以不淨餕之。良弼食盡一槃，放歸。朝廷耻之"二十九字。

⑨ "張利涉"上，《廣記》卷二四二"張利涉"條有"唐"字。

⑩ "刺"，《廣記》卷二四二"張利涉"條作"致"。

⑪ "馬"，原脱，據《廣記》卷二四二"張利涉"條補。

⑫ "筆"，原作"董"，據《廣記》卷二四二"張利涉"條改。按，汪校云"明抄本'筆'作'集'"。"間"，原作"問"，據《廣記》卷二四二"張利涉"條改。

⑬ "恐涉"，《廣記》卷二四二"張利涉"條作"涉恐"。

五原縣令閭玄一爲人多忘。① 嘗至州，② 於主人舍坐，州佐史前過，以爲縣典也，呼欲杖之，典曰："某是州佐也。"玄一慚謝而止。③ 須臾，縣典至，一疑其州佐也，執手引坐，典曰："某是縣佐也。"又愧而止。曾有人傳其兄書者，止於階下，俄而里胥白錄人到，玄一索杖，遂鞭送書人數下。其人不知所以，訊之，玄一曰："吾大錯。"顧直典回宅取杯酒暖瘡。④ 良久，典持酒至，玄一既忘其取酒，復忘其被杖者，因便賜直典飲之。

滄州南皮縣丞郭務靜初上，⑤ 典王慶通判稟，⑥ 靜曰："爾何姓?"慶曰："姓王。"須臾，慶又來，又問何姓，慶又曰姓王。靜怪愕良久，仰看慶曰："南皮佐史總姓王。"

定州何名遠大富，⑦ 主官中三驛。每於驛邊起店停商，專以襲胡爲業，貲財巨萬，家有綾機五百張。遠年老，惑不從戎，即家貧破。及如故，即復盛。

<hr>

① "五原"，《廣記》卷二四二"閭玄一"條作"唐三原"。
② "嘗"，《廣記》卷二四二"閭玄一"條作"曾"。
③ "玄一"，《廣記》卷二四二"閭玄一"條作"一"。下同。
④ "回"，《廣記》卷二四二"閭玄一"條作"向"。"瘡"，原作"瘑"，《廣記》卷二四二"閭玄一"條作"瘡"，真大成《〈朝野僉載〉校補》以爲"'瘡'謂鞭打所致之傷口、創傷，正得其意。'瘑'應是'瘡'之形近誤字"，所言是，故據《廣記》改。
⑤ "滄州"上，《廣記》卷二四二"郭務靜"條有"唐"字。
⑥ "稟"，《廣記》卷二四二"郭務靜"條作"案"。
⑦ "定州"上，《廣記》卷二四二"何名遠"條有"唐"字。

　　長安富民羅會以剝糞爲業,^① 里中謂之 "雞肆",^② 言若雞之因剝糞而有所得也。會世副其業,家財巨萬。有士人陸景暘,^③ 會邀過,所止館舍甚麗,入內梳洗,衫衣極鮮,屏風、氈褥、烹宰無所不有。景暘問曰: "主人即如此快活,何爲不罷惡事?" 會曰: "吾中間停廢一二年,奴婢死亡,牛馬散失;復業已來,家圖稍遂。^④ 非情願也,分合如此。"

　　滕王嬰、蔣王惲皆不能廉慎,^⑤ 大帝賜諸王,名五王,^⑥ 不及二王,敕曰: "滕叔、蔣兄,自解經紀,不勞賜物,與之,^⑦ 以爲錢貫。"^⑧ 二王大慚。朝官莫不自勵,皆以取受爲贓污,有終身爲累,莫敢犯者。

---

　　① "剝糞爲業",《紺珠集》卷三、《類説》卷四〇作 "剝糞致富"。"爲",《廣記》卷二四三 "羅會" 條作 "自"。

　　② "里中",《紺珠集》卷三、《類説》卷四〇作 "人"。

　　③ "景",原作 "竟",據《廣記》卷二四三 "羅會" 條改。

　　④ "圖",《廣記》卷二四三 "羅會" 條作 "途",近是。

　　⑤ "滕王" 上,《廣記》卷二四三 "滕蔣二王" 條、《紺珠集》卷三、《類説》卷四〇有 "唐" 字。"惲",原作 "暉",《廣記》卷二四三 "滕蔣二王" 條、《類説》卷四〇作 "惲"。按,《舊唐書》卷七八有《蔣王惲傳》,故據改。又,此條見《新唐書》卷七九《高祖諸子・滕王元嬰傳》。

　　⑥ "五王",《廣記》卷二四三 "滕蔣二王" 條汪校云 "明抄本 '五' 作 '臣','臣' 下空缺三字。按《新唐書》七九《滕王元嬰傳》作 '賜諸王綵五百'。此有脱訛"。

　　⑦ "與之",《廣記》卷二四三 "滕蔣二王" 條汪校云 "明抄本 '與' 下空缺三字,無 '之' 字。按《新唐書》七九《滕王元嬰傳》作 '給麻二車'。此有脱字"。今檢《新唐書・滕王元嬰傳》云 "但下書曰 '滕叔蔣弟不須賜,給麻二車,助爲錢緡',二王大慚"。又 "大帝賜諸王" 至 "以爲錢緡" 一段,《類説》卷四〇引作 "帝每賜諸王珍物,二王獨以麻數車,令爲錢索"。故疑 "與" 下所缺三字爲 "麻二車" 或 "麻數車"。

　　⑧ "貫",《廣記》卷二四三 "滕蔣二王" 條作 "緡"。

瀛州饒陽縣令竇知範貪污，① 有一里正死，範令門內一人爲里正造像，② 各出錢一貫。範自納之，謂曰："里正有過罪，③ 先須急救。④ 範先造得一像，且以與之。"結錢二千百，⑤ 平像五寸半。⑥ 其貪皆類此。⑦ 範惟一男，⑧ 放鷹馬驚，桑枝打破其腦，⑨ 百姓快之，皆曰"千金之子易一兔之命"。

益州新昌縣令夏侯彪之初下車，⑩ 問里正曰："雞卵一錢幾顆?"⑪ 曰："三顆。"彪之乃遣取十千錢，買三萬顆。⑫ 謂里正曰："未須要，⑬ 且寄母雞抱之，⑭ 遂成三萬頭雞。經數

---

① "瀛州"上，《廣記》卷二四三"竇知範"條、《説郛》卷二有"唐"字。

② "範令門內一人爲里正造像"十一字，《説郛》卷二作"範集里正二百人爲里正造像"。

③ "有過罪"，《説郛》卷二作"地下受罪"。"過罪"，《廣記》卷二四三"竇知範"條作"罪過"。

④ "急救"，《説郛》卷二作"救急"。

⑤ "結"，《説郛》卷二作"納"。

⑥ "平像"二字，原爲一空格，據《廣記》卷二四三"竇知範"條、《説郛》卷二補。

⑦ "其貪皆類此"，《説郛》卷二無此五字。此句下，《説郛》卷二有"又臘月追百姓萬餘人獵各科二杖籠如臂回宅納上以供柴用又修城料枕舉人一具範皆納取舡載入韶博鹽萬餘石放與百姓一石一縑"一段。

⑧ "惟"下，《廣記》卷二四三"竇知範"條、《説郛》卷二均有"有"字。

⑨ "打破其腦"，《廣記》卷二四三"竇知範"條作"打傷頭破"，《説郛》卷二作"打其頭破"。

⑩ "益州"上，《廣記》卷二四三"夏侯彪之"條、《説郛》卷二均有"唐"字。

⑪ "卵"，《説郛》卷二作"子"。

⑫ "買"上，《廣記》卷二四三"夏侯彪之"條、《説郛》卷二均有"令"字。

⑬ "未須要"，《説郛》卷二作"吾未要"。"須"，《廣記》卷二四三"夏侯彪之"條作"便"。

⑭ "母雞"，《廣記》卷二四三"夏侯彪之"條、《説郛》卷二均作"雞母"。

月長成，令縣吏與我賣，① 一雞三十錢，② 半年之間成三十萬。"又問："竹笋一錢幾莖?"曰："五莖。"③ 又取十千錢付之，買得五萬莖，謂里正曰："吾未須要笋，④ 且向林中養之，至秋，竹成，一莖十錢，成五十萬。"⑤ 其貪鄙不道皆類此。⑥

汴州刺史王志愔飲食精細，⑦ 對賓下脱粟飯。商客有一騾，日行三百里，曾三十年不賣。⑧ 市人報價云："十四千。"愔曰："四千金少，更增一千。"又令買單絲羅，匹至三千。愔問："用幾兩絲?"對曰："五兩。"愔令豎子取五兩絲來，每兩別與十錢手功之直。

深州刺史段崇簡性貪暴，⑨ 到任令里正括客，⑩ 云不得稱無。上户每家取兩人，⑪ 下户取一人，以刑脅之，人懼，皆

---

① "令縣吏與我賣"，《説郛》卷二作"令便與我賣却"。
② "錢"，《説郛》卷二作"文"。
③ "五莖"上，《説郛》卷二有"一錢"二字。
④ "吾未須要笋"，《廣記》卷二四三"夏侯彪之"條作"吾未須笋"，《説郛》卷二作"未須"。
⑤ "成五十萬"，《廣記》卷二四三"夏侯彪之"條作"積成五十萬"，《説郛》卷二作"遂至五十萬"。
⑥ "鄙"，《説郛》卷二作"猥"。"類此"，《廣記》卷二四三"夏侯彪之"條、《説郛》卷二均作"此類"。
⑦ "汴州"上，《廣記》卷二四三"王志愔"條有"唐"字。
⑧ "年"，《廣記》卷二四三"王志愔"條作"千"。
⑨ "深州"上，《廣記》卷二四三"段崇簡"條有"唐"字。
⑩ "括客"上，《廣記》卷二四三"段崇簡"條有"令"字。
⑪ "每"下，《廣記》卷二四三"段崇簡"條汪校云"'家'字原闕，據明抄本補"，今據補。

妄通。通訖，簡云："不用喚客來，但須見主人。"主人到，處分每客索絹一匹，約一月之內得絹三十車。[①] 罷任，發至鹿城縣，有一車裝絹未滿載，欠六百匹，即喚里正，令滿之。里正計無所出，[②] 遂於縣令、丞、尉家一倍擧送。至都，拜柳州刺史。

安南都護崔玄信命女婿裴惟岳攝愛州刺史，[③] 貪暴，取金銀財物向萬貫。有首領取婦，裴即要障車綾，[④] 索一千匹，得八百匹，仍不肯放。捉新婦歸，戲之，三日乃放還，首領更不復納。裴即領物至揚州。安南及問至，擒之，物並納官，裴亦鎖項至安南，以謝百姓。及海口，會赦而免。

洛州司倉嚴昇期攝侍御史，[⑤] 於江南巡察，[⑥] 性嗜牛肉，[⑦] 所至州縣，烹宰極多。事無大小，[⑧] 入金則弭，凡到

① "得"，原脱，據《廣記》卷二四三"段崇簡"條補。

② "計"，原作"許"，據《廣記》卷二四三"段崇簡"條改。

③ "安南"上，《廣記》卷二四三"崔玄信"條有"唐"字。"愛州"，原作"受州"，《廣記》卷二四三"崔玄信"條汪校云"明抄本'受'作'愛'"，按《舊唐書》卷四一《地理志》云，安南都督府所管之州有愛州，"西至愛州界小黄江口，水路四百一十六里"，故據改。

④ "即"，原作"郎"，據《廣記》卷二四三"崔玄信"條改。

⑤ "洛州"上，《廣記》卷二四三"嚴昇期"條有"唐"字，《説郛》卷二、《古今説海》本、《歷代小史》本有"周"字。"司倉"，原作"司僉"，據《廣記》卷二四三《嚴昇期》條、《説郛》卷二、《古今説海》本、《歷代小史》本改。

⑥ "江南"下，《説郛》卷二、《古今説海》本、《歷代小史》本有"道"字。

⑦ "牛肉"，《説郛》卷二、《古今説海》本、《歷代小史》本作"水犢肉"。

⑧ "事無大小"，《説郛》卷二、《古今説海》本、《歷代小史》本作"小事大事"。

處，金銀爲之踊貴，故江南人謂爲“金牛御史”。①

　　張昌儀爲洛陽令，② 借易之權勢，③ 屬官無不允者。鼓聲動，④ 有一人姓薛，賫金五十兩遮而奉之。儀領金，受其狀，至朝堂，付天官侍郎張錫。數日失狀，以問儀，儀曰：“我亦不記得，有姓薛者即與。”⑤ 錫檢案内姓薛者六十餘人，⑥ 並令與官。其蠹政也如此。⑦

---

①　“謂”，《廣記》卷二四三“嚴昇期”條作“呼”。“御史”，原作“刺史”，據《廣記》卷二四三“嚴昇期”條、《紺珠集》卷三、《類説》卷四〇、《説郛》卷二、《古今説海》本、《歷代小史》本改。按，此條，《廣記》卷二四三“嚴昇期”條汪校云“明抄本作出《御史臺記》”。

②　“張昌儀”上，《廣記》卷二四三“張昌儀”條有“唐”字。按，此條見《通鑑》卷二〇六《則天皇后》“久視元年”條。

③　“借”，《廣記》卷二四三“嚴昇期”條作“恃”。

④　“鼓聲動”，原作“風聲鼓動”，據《廣記》卷二四三“嚴昇期”條改。

⑤　“有”，《廣記》卷二四三“嚴昇期”條作“但”。

⑥　“案”，原作“業”，據《廣記》卷二四三“嚴昇期”條改。

⑦　“如”，《廣記》卷二四三“張昌儀”條作“若”。

卷　四

隋辛亹爲吏部侍郎，① 選人爲之牓，略曰："柱州抑縣屈
滯鄉不申里銜恨先生，問隋吏部侍郎辛亹曰：'當今天子聖
明，群僚用命，② 外拓四方，內齊七政。而子位處權衡，職
當水鏡，居進退之首，握褒貶之柄，理應識是識非，知滯知
微，使無才者泥伏，有用者雲飛。奈何尸禄素餐，濫處上官，
黜陟失所，選補傷殘，小人在位，君子駁彈。莫不代子戰灼，
而子獨何以安？'辛亹曰：'百姓之子，萬國之人，不可皆
識，誰厚誰親，爲桀賞者不可不喜，被堯責者寧有不嗔。得
官者見喜，失官者見疾，細而論之，非亹之失。'先生曰：
'是何疾歟，是何疾歟！不識何不訪其名，官少何不簡其精。
細尋狀迹，足識法家，細尋判驗，足識文華。寧不知石中出
玉，黃金出沙。量子之才，度子之智，祇可投之四裔，以禦
魑魅。怨嗟不少，實傷和氣。'辛亹再拜而謝曰：'幸蒙先生

---

① "隋辛亹爲吏部侍郎"，按，《隋書》卷六二《趙綽傳》："刑部侍郎辛亹，嘗
衣緋褌，俗云利於官，上以爲厭蠱，將殺之。"與此言爲吏部侍郎不合。
② "命"，《四庫》本作"令"。

見責，實覺多違。謹當刮肌貫骨，改過懲非。請先生縱亶自修，舍亶之罰，如更有違，甘從斧鉞。'先生曰：'如子之輩，車載斗量，朝廷多少，① 立須相代，那得久曠天官，待子自作。急去急去，不得久住，喚取師巫，卻行無處。'亶掩泣而言曰：'罪過自招，自滅自消，豈敢更將面目，來污聖朝。'先生曳杖而歌曰：'辛亶去，吏部明，② 開賢路，遇太平。今年定知不可得，後歲依期更入京。'"

隋牛弘爲吏部侍郎，③ 有選人馬敞者，形貌最陋，弘輕之，側臥食果子，嘲敞曰："嘗聞扶風馬，謂言天上下。今見扶風馬，得驢亦不假。"敞應聲曰："嘗聞隴西牛，千石不用鞦。今見隴西牛，臥地打草頭。"弘驚起，遂與官。

陳朝嘗令人聘隋，④ 不知其使機辨深淺，乃密令侯白變形貌，着故弊衣，爲賤人供承。客謂是微賤，甚輕之，乃傍臥放氣與之言，白心頗不平。問白曰："汝國馬價貴賤?"報云："馬有數等，貴賤不同。若足伎倆，⑤ 筋脚好，形容不

---

① "少"，《廣記》卷二五三"辛亶"條汪校云"明抄本'少'作'人'"。
② "明"，原脱，據《廣記》卷二五三"辛亶"條補。
③ "侍郎"，《廣記》卷二五三"牛弘"條作"尚書"。按，據《隋書》卷二《高祖下》，知牛弘於開皇十九年九月以太常卿爲吏部尚書，《隋書》卷四九《牛弘傳》亦云牛弘官吏部尚書。
④ 此條，《廣記》卷二五三"侯白"條云出《啟顏錄》。
⑤ "足"，原作"從"，據董志翹《啟顏錄箋注》(中華書局2014年版)"傍臥放氣"條改。按，"足"，即"多"之意。

惡，堪得乘騎者，直二十千已上。① 若形容粗壯，雖無伎倆，堪駄物，直四五千已上。若粥音卜結反尾燥蹄，② 絕無伎倆，傍臥放氣，一錢不直。”使者大驚，問其姓名，知是侯白，方始愧謝。

唐高士廉掌選，③ 其人齒高，有選人自云解嘲謔，士廉時着木履，令嘲之，應聲云：“刺鼻何曾嚏，踏面不知瞋。高生兩個齒，自謂得勝人。”士廉笑而引之。

周則天朝，蕃人上封事，多加官賞，有爲右臺御史者。因則天嘗問郎中張元一曰：“在外有何可笑事？”元一曰：“朱前疑着綠，逯仁傑着朱。閻知微騎馬，④ 馬吉甫騎驢。將名作姓李千里，將姓作名吳栖梧。左臺胡御史，右臺御史胡。”胡御史，胡元禮也；御史胡，蕃人爲御史者，尋改他官。周革命，舉人貝州趙廓眇小，起家監察御史，時人謂之“臺穢”，李昭德晋之爲“中霜穀束”，元一目爲“梟坐鷹

---

　　① “若足伎倆”至“直二千已上”，《啟顏録箋注》“傍臥放氣”條作“若足伎兩，有筋腳，好形容，直卅貫已上；若形容不惡，堪得乘騎者，直廿貫已上；若形容麁壯，雖無伎兩，堪駄物，直四五貫已上”。按，《箋注》此條是據敦煌寫本輯録，文義較傳世文本爲優。

　　② “粥”，原作彌，據《啟顏録箋注》“傍臥放氣”條改。按，《箋注》云“敦煌寫本、《朝野僉載》《廣記》‘粥’皆作粥，乃‘粥’之俗訛”。

　　③ “掌”，原脱，據《廣記》卷二五四“高士廉”條補。

　　④ “閻知微”，原作“閣知微”。按，中華本趙校引岑仲勉《讀全唐詩札記》云：“以此諧音取噱，而閣馬、馬驢殊貶諧意。考《姓纂》閻姓下有‘左補闕閻知微’，乃知‘閣’爲‘閻’之誤。閻知微名較著，無知者弗審事意，遂誤改‘閻’爲‘閣’。”故據改。

架"。時同州孔魯丘爲拾遺，有武夫氣，時人謂之"外軍主帥"，元一目爲"鷙入鳳池"。蘇味道才學識度，物望攸歸，王方慶體質鄙陋，言詞魯鈍，智不逾俗，才不出凡，俱爲鳳閣侍郎。或問元一曰："蘇、王孰賢？"答曰："蘇九月得霜鷹，王十月被凍蠅。"或問其故，答曰："得霜鷹俊捷，被凍蠅頑怯。"時人謂能體物也。契丹賊孫萬榮之寇幽，① 河内王武懿宗爲元帥，引兵至趙州，聞賊駱務整從北數千騎來，② 王乃棄兵甲，南走邢州，③ 軍資器械遺於道路。聞賊已退，方更向前。④ 軍迴至都，置酒高會，元一於御前嘲懿宗曰：⑤ "長弓短度箭，蜀馬臨階騗。去賊七百里，隈牆獨自戰。⑥ 甲

　　① "契丹賊"上，《説郛》卷二、《古今説海》本、《歷代小史》本有"周"字。"幽"，《説郛》卷二、《古今説海》本、《歷代小史》本作"幽州"。
　　② "北"，原作"此"，據《廣記》卷二五四"張元一"條、《説郛》卷二、《古今説海》本、《歷代小史》本改。
　　③ "邢州"，原作"荆州"，《廣記》卷二五四"張元一"條汪校云"明抄本'荆'作'邢'"，《説郛》卷二、《古今説海》本、《歷代小史》本作"邢州"。按，趙州(今河北趙縣)距荆州(今湖北荆州市)甚遠，地望不合。又據《通鑑》卷二〇六《則天皇后》"神功元年"條云："武懿宗軍至趙州，聞契丹將駱務整數千騎將至冀州，懿宗懼，欲南遁……懿宗不從，退據相州，委棄軍資器仗甚衆。契丹遂屠趙州。"相州位於邢州(今河北邢臺市)之南，而趙州位於邢州之北，故説"南走"，故當作"邢州"爲是。今據汪校及《説郛》卷二、《古今説海》本、《歷代小史》本改。
　　④ "更"，《説郛》卷二作"便"。
　　⑤ "元一"，《説郛》卷二作"郎中張元一"。
　　⑥ "隈"，《紺珠集》卷三、《類説》卷四〇均作"偎"。

87

仗總抛卻,① 騎豬正南猭。"② 上曰:"懿宗有馬,何因騎豬?"③ 對曰:"騎豬,夾豕走也。"④ 上大笑。懿宗曰:"元一宿構,不是卒辭。"上曰:"爾叶韻與之。"⑤ 懿宗曰:"請以犇韻。"元一應聲曰:"裹頭極草草,⑥ 掠鬢不犇犇。未見桃花面皮,漫作杏子眼孔。"則天大悦,王極有慚色。懿宗形貌短醜,故曰"長弓短度箭"。周静樂縣主,河内王懿宗妹,短醜;⑦ 武氏最長,時號"大歌"。⑧ 縣主與則天並馬行,命元一咏,曰:"馬帶桃花錦,裙拖緑草羅。⑨ 定知紗帽底,⑩ 形容似大歌。"則天大笑,縣主極慚。納言婁師德長大而黑,一足蹇,元一目爲"行轍方相",⑪ 亦號爲"衛靈公",言防靈柩方相也。⑫ 天官侍郎吉頊長大,好昂頭行,視高而望遠,

---

① "總",原作"縱",《紺珠集》卷三、《類説》卷四〇、《説郛》卷二、《古今説海》本、《歷代小史》本均作"總",於義爲長,據改。

② "猭",原作"掾",《廣記》卷二五四"張元一"條汪校云"明抄本'掾'作'猭'",《紺珠集》卷三、《類説》卷四〇、《古今説海》本、《歷代小史》本作"竄",《説郛》卷二作"躥"。按,掾、猭形近,據文意當作"猭"是。今據汪校改。

③ "騎豬"下,《説郛》卷二、《古今説海》本、《歷代小史》本有"者"字。

④ "夾",原脱,據《廣記》卷二五四"張元一"條、《紺珠集》卷三、《類説》卷四〇、《説郛》卷二、《古今説海》本、《歷代小史》本補。

⑤ "叶",《廣記》卷二五四"張元一"條作"付"。

⑥ "裹",《廣記》卷二五四"張元一"條作"裏"。

⑦ "短醜"上,《廣記》卷二五四"張元一"條有"懿妹"二字。

⑧ "歌",《廣記》卷二五四"張元一"條作"哥"。下同。

⑨ "拖",《廣記》卷二五四"張元一"條作"衛"。

⑩ "紗",《廣記》卷二五四"張元一"條作"幬"。

⑪ "行",《紺珠集》卷三、《類説》卷四〇作"失"。

⑫ "言防靈柩方相也",《紺珠集》卷三、《類説》卷四〇作"言護衛靈柩亦方相也"。

目爲“望柳駱駝”。殿中侍御史元本竦體偏身，黑而且瘦，目爲“嶺南考典”。駕部郎中朱前疑粗黑肥短，身體垢膩，目爲“光禄掌膳”。東方虬身長衫短，骨面粗眉，目爲“外軍校尉”。唐波若矮短，目爲“鬱屈蜀馬”。目李昭德“卒子銳反歲胡孫”。修文學士馬吉甫眇一目，目爲“端箭師”。①郎中長孺子視望陽，目爲“呷醋漢”。汜水令蘇徵舉止輕薄，②目爲“失孔老鼠”。

　　周張元一腹粗而脚短，項縮而眼跌，吉頊目爲“逆流蝦蟆”。

　　周韶州曲江令朱隨侯，女夫李逖，游客爾朱九，並姿相少媚，廣州人號爲“三樵七肖反”。人歌曰：③“奉敕追三樵，隨侯傍道走。回頭語李郎，喚取爾朱九。”張鷟目隨侯爲“朧亂土梟”。④

　　周李詳，河内人，氣俠剛勁。初爲梓州鹽亭尉，書考日，⑤刺史問平已否，詳獨曰不平。刺史曰：“不平，君把筆

---

　　① “目”，原脱，據行文特點，當有“目”字，此“目”字應是涉上文“眇一目”而脱，故補。
　　② “汜”，原作“泥”，據《廣記》卷二五四“張元一”條改。
　　③ “歌”下，《廣記》卷二五四“朱隨侯”條有“之”字。
　　④ “梟”，原作“裊”，據《廣記》卷二五四“朱隨侯”條改。
　　⑤ “初爲梓州鹽亭尉書考日”十字，原作“初爲梓州監示尉主書考日”，中華本趙校云：“‘初爲梓州’以下當有訛誤。《後村詩話續集》引作‘李詳初爲劍南一尉’。”按：梓州屬縣有鹽亭，疑‘監示’爲‘鹽亭’之形誤，‘主’字衍。”近是。按，《後村詩話續集》引《僉載》云“李詳初爲劍南一尉，言刺史書考不平”，則“主書考日”之“主”字，當爲衍文。

考。”詳曰：“請考使君。”即下筆曰：“怯斷大事，好勾小
稽。自隱不清，疑人總濁。考中下。”刺史默然而罷。

則天革命，① 舉人不試皆與官，起家至御史、評事、拾遺、
補闕者，不可勝數。張鷟爲謠曰：② “補闕連車載，拾遺平斗
量。杷推侍御史，③ 椀脱校書郎。”④ 時有沈全交者，傲誕自
縱，露才揚已，高巾子，長布衫，南院吟之，續四句曰：“評
事不讀律，博士不尋章。麵糊存撫使，眯目聖神皇。”遂被
“杷推御史”紀先知捉向左臺，對仗彈劾，⑤ 以爲謗朝政，敗
國風，請於朝堂決杖，然後付法。則天笑曰：“但使卿等不濫，
何慮天下人語？不須與罪，即宜放卻。”先知於是乎面無色。
唐豫章令賀若瑾眼皮急，⑥ 項轅粗，鷟號爲“飽乳犢子”。

唐鄭愔曾駡選人爲“癡漢”，選人曰：“僕是吳癡，漢即
是公。”愔令咏癡，吳人曰：“榆兒復榆婦，造屋兼造車。十
七八九夜，還書復借書。”愔本姓鄭，改姓鄭，時人號爲

---

① 按，此條見《通鑑》卷二〇五《則天皇后》“長壽元年”條。

② “爲”，原作“謂”，據《廣記》卷二五五“張鷟”條改。

③ “杷”，原作“把”，《廣記》卷二五五“張鷟”條、《類説》卷四〇均作“杷”，
據改。“推”，《紺珠集》卷三作“椎”。按，杷推，杷，通“把”，用杷推，形容很多，不
稀奇。

④ “椀”，原作“腕”，《廣記》卷二五五“張鷟”條、《紺珠集》卷三、《類説》卷
四〇作“椀”，據改。

⑤ “劾”，原作“效”，據《廣記》卷二五五“張鷟”條改。

⑥ 按，“唐”字上，底本原有一墨丁。《廣記》卷二五五“張鷟”條，“唐”字上
有一空格。知此墨丁乃是作區別之用。《廣記》於“唐豫章令賀若瑾”以下內容，
不另作一條，今從之，并保留“唐”上之空格。

“鄭鄭”。

唐中書令李敬玄爲元帥討吐蕃，至樹墩城，聞劉尚書没蕃，著靴不得，狼狽而走。時將軍王杲、副總管曹懷舜等驚退，遺卻麥飯，首尾千里，[1] 地上尺餘。時軍中謡曰：“洮河李阿婆，[2] 鄯州王伯母。見賊不能鬬，[3] 總由曹新婦。”

唐禮部尚書祝欽明頗涉經史，不關時務，[4] 博碩肥腯，頑滯多疑，臺中小吏號之爲“媼”。媼者肉塊，無七竅，秦穆公時野人得之。

唐先天中，姜師度於長安城中穿渠，繞朝堂坊市，無所不至。上登西樓望之，師度堰水瀧柴栿而下，遂授司農卿。於後水漲則奔突，水縮則竭涸。又前開黄河，引水向棣州，費億兆功，百姓苦其淹漬，又役夫塞河口。[5] 開元六年，水泛溢，河口堰破，棣州百姓一概没盡。師度以爲功，官品益進。又有傅孝忠爲太史令，自言明玄象，專行矯譎。京中語曰：“姜師度一心看地，傅孝忠兩眼相天。”神武即位，知其矯，並斬之。

----

① “首”上，原有“及”字，據《廣記》卷二五五“李敬玄”條删。
② “洮河”，原作“姚河”，《廣記》卷二五五“李敬玄”條作“洮河”。按，《舊唐書》卷八一《李敬玄傳》云調露二年，“以敬玄爲洮河道大總管，兼安撫大使，仍檢校鄯州都督”，故當作“洮河”爲是，據改。
③ “能”，《廣記》卷二五五“李敬玄”條作“敢”。
④ “關”，《廣記》卷二五五“祝欽明”條作“閑”。
⑤ “口”，原脱，據《廣記》卷二五五“姜師度”條補。

　　唐姜晦爲吏部侍郎，眼不識字，手不解書，濫掌銓衡，曾無分別。選人歌曰："今年選數恰相當，都由座主無文章。案後一腔凍豬肉，所以名爲姜侍郎。"

　　唐兵部尚書姚元崇長大行急，① 魏光乘目爲"趁蛇鸛鵲"。② 黃門侍郎盧懷愼好視地，目爲"覷鼠貓兒"。③ 殿中監姜皎肥而黑，目爲"飽椹母猪"。紫微舍人倪若水黑而無鬚，④ 目爲"醉部落精"。⑤ 舍人齊處沖好眇目視，目爲"暗燭底覓虱老母"。舍人呂延嗣長大少髮，目爲"日本國使人"。又目舍人鄭勉爲"醉高麗"。⑥ 目拾遺蔡孚"小州醫博士詐諳藥性"。又有殿中侍御史王旭，⑦ 短而醜黑，目爲"烟燻地木"。⑧ 目御史張孝嵩爲"小村方相"。目舍人楊伸嗣爲"熱鏊上猢猻"。⑨ 目補闕袁輝爲"王門下彈琴博士"。目員外郎魏恬爲"祈雨婆羅門"。目李全交爲"品官給使"。目黃門

---

　　①　此句上，《紺珠集》卷三、《類説》卷四〇有"魏光乘好品題人"一句。
　　②　"趁"，《廣記》卷二五五"魏光乘"條、《紺珠集》卷三、《類説》卷四〇作"趂"。按，趂乃"趁"之俗字。"鵲"，《紺珠集》卷三、《類説》卷四〇作"雀"。
　　③　"覷"，原作"觀"，據《廣記》卷二五五"魏光乘"條改。
　　④　"鬚"下，《廣記》卷二五五"魏光乘"條有"鬢"字。
　　⑤　"精"，《廣記》卷二五五"魏光乘"條汪校云"明抄本'精'作'稽'"。
　　⑥　"目"，原作"有"，據《廣記》卷二五五"魏光乘"條改。
　　⑦　"王旭"，原無，《紺珠集》卷三、《類説》卷四〇引《僉載》云"王旭長而黑醜，號烟燻木根"，故據補。
　　⑧　"地木"，《廣記》卷二五五"魏光乘"條作"地术"，《紺珠集》卷三、《類説》卷四〇作"木根"。
　　⑨　"熱"，原作"熟"，據《廣記》卷二五五"魏光乘"條、《紺珠集》卷三、《類説》卷四〇改。

侍郎李廣爲"飽水蝦蟆"。由是坐此品題朝士，自左拾遺貶新州新興縣尉。

唐貞觀中，桂陽令阮嵩妻閻氏極妒。嵩在廳會客飲，召女奴歌，閻披髮跣足袒臂，拔刀至席，諸客驚散。嵩伏牀下，女奴狼狽而奔。刺史崔邈爲嵩作考詞云："婦強夫弱，内剛外柔。一妻不能禁止，百姓如何整肅？妻既禮教不修，夫又精神何在？"考下。省符解見任。

唐郝象賢，侍郎處俊之孫，頓丘令南容之子也。弱冠，諸友生爲之字曰"寵之"，每於父前稱字。父紿之曰："汝朋友極賢，吾爲汝設饌，可命之也。"翼日，象賢因邀致十數人，南容引生與之飲。謂曰："諺云'三公後，出死狗。'小兒誠愚，勞諸君製字，損南容之身尚可，豈可波及侍中也。"因涕泣，① 衆慚而退。"寵之"者，反語爲"癡種"也。

朱前疑淺鈍無識，② 容貌極醜，上書云"臣夢見陛下八百歲"，即授拾遺，俄遷郎中。出使迴，又上書云"聞嵩山唱萬歲聲"，即賜緋魚袋。未入五品，於綠衫上帶之，朝野莫不怪笑。後契丹反，有敕京官出馬一匹供軍者，即酬五品。前疑買馬納訖，表索緋，上怒，批其狀"即放歸丘園"，憤恚而卒。

---

① "涕泣"，《廣記》卷二五八"郝象賢"條作"泣涕"。
② "朱前疑"上，《廣記》卷二五八"朱前疑"條有"周"字。按，此條見《通鑑》卷二〇六《則天后》"神功元年"條。

　　唐王及善才行庸猥,① 風神鈍濁，爲內史時，人號爲
“鳩集鳳池”。俄遷文昌右相,② 無他政，但不許令史之驢入
臺,③ 終日迫逐,④ 無時暫舍。時人號爲“驅驢宰相”。

　　周有逯仁傑，河陽人。自地官令史出尚書，改天下帳式，
頗甚繁細，法令滋章，每村立社官，仍置平直老三員,⑤ 掌
簿案，設鎖鑰，十羊九牧，人皆散逃。而宰相淺識，以爲萬
代可行，授仁傑地官郎中。數年，百姓苦之，其法遂寢。

　　周考功令史袁琰，國忌，衆人聚會，充錄事勾當，遂判
曰：“曹司繁鬧，無時暫閑，不因國忌之辰，無以展其歡
笑。”合坐嗤之。

　　周夏官侍郎侯知一年老，敕放致仕。上表不伏，於朝堂
踴躍馳走,⑥ 以示輕便。⑦ 張惊丁憂，自請起復。吏部主事高

---

　　① “唐”，《説郛》卷二無此字。此句上，《説郛》卷二有“周鳳閣侍郎杜景佺
文筆宏瞻，知識高遠，時在鳳閣，時人號爲‘鶴鳴雞樹’”二十八字。按，“鶴鳴雞
樹”一條，《紺珠集》卷三、《類説》卷四〇引《僉載》云：“鳳閣侍郎杜景儉文章知識
並高遠，時號‘鶴鳴雞樹’。”
　　② “文昌右相”，當作“文昌左相”，按，《舊唐書》卷九〇《王及善傳》云“聖
曆二年，拜文昌左相”，《新唐書》卷一一六《王及善傳》云“改文昌左相，同鳳閣鸞
臺三品”，均言王及善爲文昌左相，疑《僉載》有誤。《類説》卷四〇引《僉載》作
“王方慶（及善）遷左丞，無他政事”，“左丞”云云，恐近是。
　　③ “之”，原作“雙”，《廣記》卷二五八“王及善”條汪校云“‘之’原作‘雙’，
據明抄本改”，此據改。
　　④ “終日”上，《説郛》卷二有“王”字。
　　⑤ “直”，原作“甚”，據《廣記》卷二五八“逯仁傑”條改。
　　⑥ “踴躍”，《紺珠集》卷三、《類説》卷四〇作“跳躍”。
　　⑦ “輕便”，《紺珠集》卷三作“輕健”，《類説》卷四〇作“輕捷”。

94

筠母喪，親戚爲舉哀，筠曰："我不能作孝。"員外郎張栖貞
被訟，詐遭母憂，不肯起對。時臺中爲之語曰："侯知一不伏
致仕，張惊自請起復，① 高筠不肯作孝，張栖貞情願遭憂。
皆非名教中人，並是王化外物。"獸心人面，不其然乎！

　　周天官選人沈子榮誦判二百道，試日不下筆。人問之，
榮曰："無非命也。今日誦判，無一相當。有一道頗同，② 人
名又別。"至來年選，判水磑，又不下筆。人問之，曰："我
誦水磑，乃是藍田，今問富平，③ 如何下筆。"聞者莫不撫
掌焉。

　　周則天內宴甚樂，河內王懿宗忽然起奏曰："臣急告君，
子急告父。"則天大驚，引問之，④ 對曰："臣封物，承前府
家自徵，近敕州縣徵送，太有損折。"則天大怒，仰觀屋椽，
良久，曰："朕諸親飲正樂，汝是親王，爲三二百戶封，幾驚
殺我。不堪作王。"令曳下。懿宗免冠拜伏，諸王救之曰：
"懿宗愚鈍，無意之失。"⑤ 上乃釋之。

　　周張衡，令史出身，位至四品，加一階，合入三品，已
團甲。因退朝，路旁見蒸餅新熟，遂市其一，馬上食之，被

---

① "惊"，原作"琮"，按上文云"張惊丁憂，自請起復"，故據改。
② "頗"，《廣記》卷二五八"沈子榮"條作"蹟"。
③ "問"下，《廣記》卷二五八"沈子榮"條有"之"字。
④ "引"下，《廣記》卷二五八"沈子榮"條有"前"字。
⑤ "之失"，《廣記》卷二五八"沈子榮"條作"矣"。

御史彈奏。則天降敕：“流外出身，不許入三品。”遂落甲。

周右拾遺李良弼自矜脣頰，好談玄理，請使北蕃説骨篤禄。匈奴以木盤盛糞飼之，臨以白刃，弼懼，食一盤並盡，乃放還。人譏之曰：“李拾遺，能拾突厥之遺。”出爲真源令。秩滿，還瀛州，遇契丹賊孫萬榮使何阿小取滄、瀛、冀、① 貝。② 良弼謂鹿城令李懷璧曰：“‘孫’者胡孫，即是獼猴，難可當也。‘萬’字者有草，即是‘草中藏’。”勸懷璧降何阿小，授懷璧五品將軍。③ 阿小敗，懷璧及良弼父子四人並爲河内王武懿宗斬之。

周春官尚書閻知微庸瑣篤怯，④ 使入蕃，受默啜封爲漢可汗。賊入恒、⑤ 定，遣知微先往趙州招慰。將軍陳令英等守城西面，⑥ 知微謂令英曰：“陳將軍何不早降下。可汗兵到

---

① “冀”，原作“冀”，《廣記》卷二五八“李良弼”條汪校云“‘冀’原作‘冀’，據明抄本改”。按，《通鑑》卷二〇五《則天皇后》“萬歲通天元年”條云孫萬榮以駱務整、何阿小爲前鋒，攻陷冀州、瀛洲，故據改。

② “貝”，原作“具”，《廣記》卷二五八“李良弼”條作“具入”，汪校云“明抄本無‘入’字”。中華本趙校云“‘具’疑當作‘貝’，指貝州”。按，據上引《通鑑》“萬歲通天元年”條、《舊唐書》卷一八三《武懿宗傳》、《新唐書》卷二〇六《武懿宗傳》、《新唐書》卷二一九《契丹傳》等諸史料，知孫萬榮攻陷之地有冀州、瀛洲，均未提及貝州。但《僉載》此條提及滄州，恐是有所據。按，底本有誤“貝”爲“具”之例，見本書卷二“王弘義”條，故亦疑此條“貝”訛爲“具”。

③ “五”，《廣記》卷二五八“李良弼”條作“三”。

④ 按，此條見《通鑑》卷二〇六《則天皇后》“聖曆元年”條。

⑤ “恒”，原作“怕”，據《廣記》卷二五八“閻知微”條改。

⑥ “將軍”上，《廣記》卷二五八“閻知微”條有“將”字。

然後降者，剪土無遺。"① 令英不答。知微城下連手踏歌，稱
"萬歲樂"。令英曰："尚書國家八座，受委非輕，翻爲賊踏
歌，無慚也？"知微仍唱曰："萬歲樂，萬歲年，不自由，萬
歲樂。"時人鄙之。

　　唐崔湜爲吏部侍郎，貪縱，兄憑弟力，父挾子威，咸受
囑求，贓污狼籍。父挹，爲司業，受選人錢，湜不知之也，
長名放之。其人訴曰："公親將賂去，何爲不與官？"湜曰：
"所親爲誰？吾捉取鞭殺。"曰："鞭即遭憂。"湜大慚。② 主
上以湜父年老，瓜初熟，賜一顆，湜以瓜遺妾，不及其父，
朝野譏之。③ 時崔、岑、鄭愔並爲吏部，京中謠曰："岑羲獠
子後，④ 崔湜令公孫。三人相比接，莫賀咄最渾。"

　　唐左衛將軍權龍襄性褊急，常自矜能詩。通天年中，爲
滄州刺史，初到，乃爲詩呈州官曰："遥看滄州城，楊柳鬱青
青。中央一群漢，聚坐打杯觚。"諸公謝曰："公有逸才。"
襄曰："不敢，趁韻而已。"又《秋日述懷》曰："簷前飛七
百，雪白後園彊。飽食房裏側，家糞集野蜋。"參軍不曉，請
釋，襄曰："鵄子簷前飛，直七百文。洗衫挂後園，⑤ 乾白如

----

　① "剪"下，原有一空格，據《廣記》卷二五八"閭知微"條刪。
　② "大"下，《廣記》卷二五八"崔湜"條下有"怒"字。
　③ "譏"，《廣記》卷二五八"崔湜"條作"誚"。
　④ "後"，原作"俊"，據《廣記》卷二五八"李良弼"條改。
　⑤ "後"，原作"笈"，《廣記》卷二五八"權龍襄"條汪校云"'後'原作'彼'，
據明抄本改"，按，此句乃釋上文"雪白後園彊"，此處當與上文相適，故據改。

雪。飽食房中側臥，家裏便轉，^① 集得野澤蜣蜋。”談者嗤
之。皇太子宴，夏日賦詩：“嚴霜白浩浩，明月赤團團。”太
子援筆爲贊曰：“龍襄才子，秦州人士。明月晝耀，嚴霜夏
起。如此詩章，趁韻而已。”襄以張易之事，出爲容山府折
衝。神龍中追入，乃上詩曰：“無事向容山，今日向東都。陛
下敕進來，令作右金吾。”又爲《喜雨詩》曰：“暗去也没
雨，明來也没雲。日頭赫赤赤，^② 地上絲氲氲。”爲瀛州刺史
日，新過歲，京中數人附書曰：“改年多感，敬想同之。”正
新喚官人集，云有詔改年號爲“多感”元年，將書呈判司已
下，衆人大笑。龍襄復側聽，怪赦書來遲。高陽、博野兩縣
競地陳牒，龍襄乃判曰：“兩縣競地，非州不裁。既是兩縣，
於理無妨。付司。權龍襄示。”典曰：“比來長官判事，皆不
著姓。”龍襄曰：“餘人不解，若不著姓，知我是誰家浪驢
也！”龍襄不知忌日，^③ 謂府史曰：^④“何名私忌？”對曰：
“父母忌日請假，^⑤ 獨坐房中不出。”襄至日，於房中靜坐，

---

①　“裏”，原作“襄”，《廣記》卷二五八“權龍襄”條汪校云“‘裏’原作‘襄’，
據明抄本改”，此據改。

②　下“赤”字，《廣記》卷二五八“權龍襄”條作“出”。

③　“知”，《紺珠集》卷三、《說郛》卷二、《古今說海》本、《歷代小史》本作
“識”。

④　“謂”，《說郛》卷二、《古今說海》本、《歷代小史》本作“問”。

⑤　“忌”，《廣記》卷二五八“權龍襄”條、《紺珠集》卷三、《說郛》卷二、《古今
說海》本、《歷代小史》本作“亡”。

有青狗突入，① 龍襄大怒，曰：“衝破我忌。”更陳牒，改作明朝，② 好作忌日。談者笑之。

李宜得本賤人，背主逃匿。③ 當玄宗起義，④ 與王毛仲等立功，宜得官至武衛將軍。舊主遇諸途，趨而避之，不敢仰視。宜得令左右命之，主甚惶懼。至宅舍，請居上坐，宜得自捧酒食，舊主流汗辭之。流連數日。遂奏云：“臣蒙國恩，榮禄過分；臣舊主卑瑣，曾無寸禄。臣請割半俸、解官以榮之。願陛下遂臣愚款。”上嘉其志，擢主爲郎將，宜得復其秩。朝廷以此多之。

蘇頲年五歲，⑤ 裴談過其父。頲方在，乃試誦庾信《枯樹賦》，將及終篇，避“談”字，因易其韻曰：“昔年移樹，依依漢陰。今看揺落，淒淒江潯。⑥ 樹猶如此，人何以任。”談駭嘆久之，知其他日必主文章也。

唐婁師德，滎陽人也，爲納言。客問浮休子曰：“婁納言何如？”答曰：“納言直而溫，寬而栗，外愚而內敏，表晦而

① “突入”下，《説郛》卷二、《古今説海》本、《歷代小史》本有“房中”二字。
② “朝”，《紺珠集》卷三、《四庫》本作“日”。
③ “匿”，《廣記》卷一六七“李宜得”條無此字。
④ 劉真倫《〈朝野僉載〉點校本管窺》（上）（《書品》1989 年第 1 期）以爲此條“語稱‘玄宗’，玄宗諡號上於上元二年”，故疑此條非《朝野僉載》原文。按，此條見《新唐書》一二一《王毛仲傳》。
⑤ 按，此條，《廣記》卷一六九“裴談”條云出《廣人物志》。
⑥ “淒”，《廣記》卷一六九“裴談”條作“愴”。

裏明。萬頃之波，渾而不濁，百煉之質，① 磨而不磷。可謂
淑人君子，近代之名公者焉。"客曰："狄仁傑爲納言，何
如？"浮休子曰："粗覽經史，薄閱文華。② 箴規切諫，有古
人之風；剪伐淫詞，有烈士之操。心神耿直，涅而不淄。膽
氣堅剛，明而能斷。晚途錢癖，和嶠之徒與！"客曰："鳳閣
侍郎李昭德可謂名相乎？"答曰："李昭德志大而器小，氣高
而智薄，假權制物，扼險淩人，剛愎有餘，而恭寬不足，非
謀身之道也。"俄伏法焉。又問："洛陽令來俊臣雍容美貌，
忠赤之士乎？"答曰："俊臣面柔心狠，行險德薄，巧辨似
智，巧諛似忠，傾覆邦家，③ 誣陷良善，其江充之徒歟！蜂
蠆害人，終爲人所害。"無何，爲太僕卿，戮于西市。又問：
"武三思可謂名王哉？"答曰："三思憑藉國親，位超袞職，
貌象恭敬，心極殘忍。外示公直，內結陰謀，弄王法以復仇，
假朝權而害物。晚封爲德静王，乃鼎賊也，不可以壽終。"竟
爲節愍太子所殺。又問："中書令魏元忠耿耿正直，近代之名
臣也？"答曰："元忠文武雙闕，名實兩空，外示貞剛，內懷
趨附。面折張食其之黨，勇若熊羆；④ 諂事武士彠之儔，怯
同駑犬。首鼠之士，進退兩端，虺蜴之夫，曾無一志。亂朝

---

① "煉"，《廣記》卷一六九"張鷟"條作"練"。
② "薄閱文華"，《廣記》卷一六九"張鷟"條作"薄閱文筆"。
③ "邦"，原作"拜"，據《廣記》卷一六九"張鷟"條改。
④ "勇"，原脱，據《廣記》卷一六九"張鷟"條補。

敗政，莫非斯人。①附三思之徒，斥五王之族，以吾熟察，
終不得其死然。"果坐事長流思州，憂恚而卒。又問："中書
令李嶠何如？"答曰："李公有三戾：性好榮遷，憎人昇進；
性好文章，憎人才筆；②性好貪濁，憎人受賂。③亦如古者有
女君，性嗜肥鮮，禁人食肉；性愛綺羅，斷人衣錦；性好淫
縱，憎人畜聲色。此亦李公之徒也。"又問："司刑卿徐有功
何如？"答曰："有功，耿直之士也，明而有胆，剛而能斷。
處陵夷之運，不偷媚以取容；居版蕩之朝，不遜辭以苟免。
來俊臣羅織者，有功出之；袁智弘鍛鍊者，有功寬之。躡虎
尾而不驚，觸龍鱗而不懼，鳳跱鴟梟之内，直以全身，豹變
豺狼之間，忠以遠害。若值清平之代，則張釋之、于定國豈
同年而語哉。"又問："司農卿趙履温何如？"答曰："履温心
不涉學，眼不識文，貌恭而性狠，智小而謀大，趍趄狗盜，
突忽豬貪。晨羊誘外，不覺其死，夜蛾覆燭，不覺其斃。頭
寄於項，④其能久乎。"後從事韋氏爲逆，夷其三族。又問：
"鄭愔爲選部侍郎，何如？"答曰："愔猲獬小子，狡猾庸人，
淺學浮詞，輕才薄德，狐蹲貴介，雉伏權門。前托俊臣，後
附張易，折支德靜之室，舐痔安樂之庭。鶺鴒栖於葦苕，鯢

---

① "非"，《廣記》卷一六九"張鷟"條作"匪"。
② "才"，《類説》卷四〇作"文"。
③ "受賂"，《類説》卷四〇作"取受"。
④ "項"，《廣記》卷一六九"張鷟"條作"頸"。

鱣游於沸鼎。既無雅量，終是凡材，以此求榮，得死爲幸。"果謀反伏誅。①

貞觀末，② 南康黎景逸居於空青山，常有鵲巢其側，③ 每飯食以喂之。後鄰近失布者誣景逸盜之，繫南康獄，月餘，劾不承。欲訊之，其鵲止於獄樓，向景逸歡喜，似傳語之狀。其日傳有赦，官司詰其來，云路逢玄衣素衿人所説。三日而赦至，④ 景逸還山，乃知玄衣素衿者，鵲之所傳也。

汝州刺史張昌期，易之弟也，恃寵驕貴，酷暴群僚。梁縣有人白云，有白鵲見。昌期令司户楊楚玉捕之。部人有鷂子七十籠，令以蠟塗爪。⑤ 至林見白鵲，有群鵲隨之，見鷂迸散，惟白者存焉。鷂竦身取之，一無損傷，而籠送之。昌期笑曰："此鵲贖君命也。"玉叩頭曰："此天活玉，不然投河赴海，不敢見公。"拜謝而去。

渤海高嶷巨富，⑥ 忽患月餘日，帖然而卒。心上仍暖，經日而蘇，云有一白衣人，眇目，把牒冥司，訟殺其妻子。嶷對："元不識此老人。"冥官云："君命未盡，且放歸。"遂

① "果"上，《廣記》卷一六九"張鷟"條有"後"字。
② "貞觀"上，《廣記》卷四六一"黎景逸"條有"唐"字。"末"，《紺珠集》卷三、《類説》卷四〇作"中"。
③ "側"，《紺珠集》卷三作"庭"。
④ "至"上，《廣記》卷四六一"黎景逸"條有"果"字。
⑤ "令"，《廣記》卷四六一"張昌期"條作"矣"，屬上讀。
⑥ "渤海"上，《廣記》卷四六一"高嶷"條有"唐"字。

悟白衣人乃是家中老瞎麻雞也。令射殺，魅遂絕。

文明以後，① 天下諸州進雌雞變爲雄者多。② 或半已化，半未化。乃則天正位之兆。

衛鎬爲縣官，下鄉，至里人王幸在家，方假寐，夢一烏衣婦人引十數小兒着黃衣，咸言乞命，叩頭再三。斯須又至。鎬甚惡其事，遂催食欲前。適所親有報曰：③ "王幸在家窮，無物設饌，有一雞見抱兒，④ 已得十餘日，將欲殺之。"鎬方悟烏衣婦人果烏雞也，遂命解放。⑤ 是夜復夢，咸欣然而去。

久視年中，越州有祖錄事，不得名，早出，見擔鵝向市中者。鵝見錄事，頻顧而鳴。祖乃以錢贖之，至僧寺，令放爲長生，鵝竟不肯入寺，但走逐祖後。經坊歷市，稠人廣衆之處，一步不放。祖收養之。左丞張錫親見説也。

漢時，鄠縣南門兩扇忽開，⑥ 忽一聲稱"駕"，一聲稱"央"。⑦ 晨夕開閉，聲聞京師。漢末惡之，令毀其門，兩扇

---

① "文明"上，《廣記》卷四六一"天后"條有"唐"字。
② "多"上，《廣記》卷四六一"天后"條有"甚"字。
③ "所"上，《廣記》卷四六一"衛鎬"條有"鎬"字。"有"，《廣記》卷四六一"衛鎬"條作"者"。
④ "雞"上，原爲一空格，據《廣記》卷四六一"衛鎬"條補。
⑤ "命"，原作"市"，據《廣記》卷四六一"衛鎬"條改。
⑥ "忽開"，《廣記》卷四六三"鴛鴦"條無此二字。
⑦ "央"，《廣記》卷四六三"鴛鴦"條作"鴦"。

化爲鴛鴦，相隨飛去。後改鄳縣爲晏城縣。[1]

天后時，左衛兵曹劉景陽使嶺南，得秦吉了鳥，[2] 雄雌各一隻，解人語。至都進之，留其雌者。雄者煩然不食，[3] 則天問曰："何無聊也?"[4] 鳥爲之言曰其配爲使者所得，今頗思之。乃呼景陽曰："卿何故藏一鳥不進?" 景陽叩頭謝罪，乃進之。則天不罪也。

峰州有一道水，從吐蕃中來，夏冷如冰雪。有魚長一二寸，來去有時，蓋水上如粥。[5] 人取烹之而食，千萬家取不可盡，不知所從來。

通川界內多獺，[6] 各有主養之，並在河側岸間。獺若入穴，插雄尾於獺穴前，[7] 獺即不敢出。去卻尾即出。取得魚，必須上岸，人便奪之。取得多，然後放令自吃，[8] 吃飽，即

---

① "後改鄳縣爲晏城縣"，晏城縣，似不妥。按，檢《中國古今地名大詞典》以"晏城"爲名之地有二。第二四三一頁："晏城，集鎮名。在浙江省桐鄉市區東南部。屬南日鎮。……相傳，春秋時爲防禦越者，吳築何、管、萱、晏四城，晏城居此，城毀名存。"同頁又云："晏城鎮，在山東省齊河縣中部。……因係春秋時齊之相晏嬰食邑，後修晏子廟，故取名晏城。"三地相去甚遠，地望不合，據首句，疑"晏"乃"鄳"字之音訛。

② "秦"，《廣記》卷四六三"劉景陽"條無此字。

③ "雄者煩然不食"，《廣記》卷四六三"劉景陽"條作"雄煩怨不食"。

④ "何"下，《廣記》卷四六三"劉景陽"條有"乃"字。

⑤ "蓋"，原作"並"，據《廣記》卷四六五"峰州魚"條改。

⑥ "通川"，《四庫》本作"通州"。

⑦ "穴"，《廣記》卷四六六"通川河"條作"孔"。

⑧ "放令"，《廣記》卷四六六"通川河"條無此二字。

鳴杖以驅之，① 還插雉尾，更不敢出。

有人見豎子在洛水中洗馬，② 頃之，見一物如白練帶，極光晶，繳豎子項三兩匝，即落水死。凡是水中及灣泊之所皆有之。③ 人澡浴洗馬死者，皆謂黿所引，非也。此名“白特”，宜慎防之，蛟之類也。

齊州有萬頃陂，④ 魚鱉水族無所不有。咸亨中，忽一僧持鉢乞食，村人長者施以蔬供，食訖而去。於時漁人網得一魚，長六七尺，絲鱗鏤甲，⑤ 錦質寶章，特異常魚。齎赴州餉遺，⑥ 至村而死。衆共剖而分之，於腹中得長者所施蔬食，儼然並在。村人遂於陂中設齋超度。自是陂中無水族，至今猶然。⑦

杭州富陽縣韓珣莊掘井，⑧ 纔深五六尺，土中得魚數十頭，土有微潤。

貞觀中，衛州板橋店主張迪妻歸寧，有衛州三衛楊貞等三人投店宿，⑨ 五更早發。夜有人取三衛刀殺張迪，其刀卻

① “杖”，《廣記》卷四六六“通川河”條作“板”。
② 此句，《廣記》卷四六七“洛水豎子”條作“有人洛水中見豎子洗馬”。
③ “所”，《廣記》卷四六七“洛水豎子”條作“間”。
④ “齊州”上，《廣記》卷四六九“萬頃陂”條有“唐”字。
⑤ “絲”，《廣記》卷四六九“萬頃陂”條作“緝”。
⑥ “齎”上，《廣記》卷四六九“萬頃陂”條有“欲”字。
⑦ “猶然”下，《廣記》卷四六九“萬頃陂”條有“絶”字。
⑧ “杭州”上，《廣記》卷四六七“韓珣”條有“唐”字。“掘”，《廣記》卷四六七“韓珣”條作“鑿”。
⑨ “店”，《廣記》卷一七一“蔣恒”條無此字。

内鞘中，貞等不知之。① 至明，店人趨貞等，② 拔刀，血狼藉，③ 囚禁拷訊，貞等苦毒，遂自誣。上疑之，差御史蔣恆覆推。至，總追店人十五以上集，爲人不足，且散，唯留一老婆年八十已上。晚放出，令獄典密覘之，曰：“婆出，當有一人與婆語者，即記取姓名，勿令漏泄。”果有一人共語者，④ 即記之。明日復爾。其人又問婆：“使人作何推勘？”如是者二日，⑤ 並是此人。恆總追集男女三百餘人，就中唤與老婆語者一人出，餘並放散。問之具伏，云與迪妻奸殺有實。奏之，敕賜帛二百段，除侍御史。

---

① “不知之”，《廣記》卷一七一“蔣恆”條作“不之知”。
② “趨”，《廣記》卷一七一“蔣恆”條作“追”。
③ “拔刀血狼藉”，《廣記》卷一七一“蔣恆”條作“視刀有血痕”。
④ “者”，《廣記》卷一七一“蔣恆”條無此字。
⑤ “二”，《廣記》卷一七一“蔣恆”條作“三”。

卷　五

　　貞觀中，左丞李行廉弟行詮前妻子忠烝其後母，① 遂私
將潛藏，云敕追入内。行廉不知，乃進狀問，② 奉敕推詰極
急。③ 其後母詐以領巾勒項卧街中，長安縣詰之，云有人詐
宣敕唤去，一紫袍人見留宿，④ 不知姓名，勒項送至街中。⑤
忠惶恐，私就卜問，被不良人疑之，執送縣。縣尉王璥引就
房内推問，不承。⑥ 璥先令一人於案褥下伏聽，⑦ 令一人走報
長史唤，⑧ 璥鎖房門而去。子母相謂曰：“必不得承。”並私
密之語。璥至開門，案下之人亦起，⑨ 母子大驚，並具承伏

---

　　① “烝”，原作“蒸”，《廣記》卷一七一“王璥”條、《四庫》本均作“烝”，據文
意當作“烝”爲是，故據改。
　　② “問”，《廣記》卷一七一“王璥”條無此字。
　　③ “極”，《廣記》卷一七一“王璥”條作“峻”。
　　④ “宿”上，《廣記》卷一七一“王璥”條有“數”字。
　　⑤ “至”，《廣記》卷一七一“王璥”條作“置”。
　　⑥ “承”，原作“允”，據《廣記》卷一七一“王璥”條改。
　　⑦ “於案褥下伏聽”，《廣記》卷一七一“王璥”條作“伏案褥下聽之”。
　　⑧ “史”，《廣記》卷一七一“王璥”條、《四庫》本均作“使”。
　　⑨ “之”，《廣記》卷一七一“王璥”條無此字。

法云。①

李傑爲河南尹，② 有寡婦告其子不孝。其子不能自理，但云“得罪於母，死所甘分”。傑察其狀，非不孝子，謂寡婦曰：“汝寡居，惟有一子，今告之，罪至死，得無悔乎？”寡婦曰：“子無賴，不順母，寧復惜乎！”傑曰：“審如此，可買棺木來取兒尸。”因使人覘其後。寡婦既出，謂一道士曰：“事了矣。”俄而棺至，傑尚冀有悔，再三喻之，寡婦執意如初。道士立於門外，密令擒之，一問承伏：③ “某與寡婦私，嘗苦兒所制，④ 故欲除之。”傑放其子，杖殺道士及寡婦，便同棺盛之。

衛州新鄉縣令裴子雲好奇策。部人王敬戍邊，留牸牛六頭於舅李進處。養五年，產犢三十頭，例十貫已上。敬還索牛，兩頭已死，只還四頭老牛，餘並非汝牛生，總不肯還。敬忿之，經縣陳牒。⑤ 子雲令送敬付獄禁，⑥ 教追盜牛賊李進。進惶怖至縣，叱之曰：“賊引汝同盜牛三十頭，藏於汝

---

① “云”，《廣記》卷一七一“王璥”條無此字。
② 按，此條見《新唐書》卷一二八《李傑傳》。
③ “問”，《廣記》卷一七一“李傑”條作“訊”。
④ “某與寡婦私嘗苦兒所制”十字，《廣記》卷一七一“李傑”條作“與寡婦私通常爲兒所制”。
⑤ “經”，《廣記》卷一七一“裴子雲”條作“投”。
⑥ “付”，原作“府”，據《廣記》卷一七一“裴子雲”條、《事類備要·外集》卷二六改。

家，喚賊共對。”乃以布衫籠敬頭，立南牆下。^① 進急，乃吐款云：“三十頭牛，總是外甥牸牛所生，^② 實非盜得。”雲遣去布衫，進見是敬，曰：“此是外甥也。”雲曰：“若是，即還他牛。”進默然。雲曰：“五年養牛辛苦，與數頭，餘並與敬。”^③ 一縣服其精察。

中書舍人郭正一破平壤，得一高麗婢，名玉素，極姝豔，令專知財物庫。正一夜須漿水粥，非玉素煮之不可。玉素乃毒之而進，正一急曰：“此婢藥我。”索土漿、甘草服解之，^④ 良久乃止。^⑤ 覓婢不得，並失金銀器物十餘事。錄奏，敕令長安、萬年捉，不良脊爛求賊鼎沸，三日不獲。不良主帥魏昶有策略，取舍人家奴，選年少端正者三人，布衫籠頭至衛。^⑥ 縛衛士四人，問十日內已來，何人覓舍人家。衛士云：“有投化高麗留書，^⑦ 遣付舍人捉馬奴，書見在。”檢云“金城坊中有一空宅”，更無語。不良往金城坊空宅，並搜之。至一宅，封鎖正密，^⑧ 打鎖破開之，婢及高麗並在其中。拷問，

① “下”上，《廣記》卷一七一“裴子雲”條有“之”字。
② “牸牛”，原作“犢牛”，《廣記》卷一七一“裴子雲”條、《事類備要·外集》卷二六作“牸牛”。按，上文作“留牸牛六頭於舅李進處”，故據改。
③ “與”，《廣記》卷一七一“裴子雲”條、《事類備要·外集》卷二六作“還”。
④ “解”，《廣記》卷一七一“郭正一”條無此字。
⑤ “止”，《廣記》卷一七一“郭正一”條作“解”。
⑥ “衛”，《廣記》卷一七一“郭正一”條作“街”。
⑦ “化”，原脱，《廣記》卷一七一“郭正一”條有“化”字。按，本條下文有“乃是投化高麗共捉馬奴藏之”，故據補。
⑧ “正”，《廣記》卷一七一“郭正一”條作“甚”。

乃是投化高麗共捉馬奴藏之，奉敕斬於東市。

　　垂拱年，則天監國，羅織事起。湖州佐史江琛取刺史裴
光判書，割字合成文理，詐爲徐敬業反書以告。差使推光，
款書是光書，疑語非光語。① 前後三使推，不能決。敕令差
能推事人，勘當取實，僉曰：“張楚金可。”乃使之。楚金憂
悶，仰卧西窗，日高，尚看之，② 字似補作。平看則不覺，
向日則見之。令喚州官集，索一瓮水，令琛投書於水中，字
一一解散，琛叩頭伏罪。敕令決一百，然後斬之。賞楚金絹
百匹。

　　懷州河内縣董行成能策賊。有一人從河陽長店盜行人驢
一頭並皮袋，天欲曉，至懷州。行成至街中見，嗤之曰：③
“個賊住，即下驢來。”即承伏。人問何以知之，行成曰：
“此驢行急而汗，非長行也；見人則引驢遠過，④ 怯也。以此
知之。”捉送縣，有頃，驢主尋踪至，⑤ 皆如其言。

　　張鷟爲陽縣尉日，⑥ 有搆架人吕元僞作倉督馮忱書，⑦ 盜

――――――――

① “疑”，原作“款”，據《廣記》卷一七一“張楚金”條改。
② “日高尚看之”，《廣記》卷一七一“張楚金”條作“日到向看之”。
③ “嗤之曰”，《廣記》卷一七一“董行成”條作“叱曰”。
④ “驢”，《廣記》卷一七一“董行成”條作“韁”。
⑤ “尋”，原脱，據《廣記》卷一七一“董行成”條補。
⑥ “陽”上，《廣記》卷一七一“張鷟”條有“河”字。按，《廣記》卷一七一“張
鷟”條汪校云“原闕出處，今見《朝野僉載》”。
⑦ “搆”，原作“稱”，《廣記》卷一七一“張鷟”條改。

糶倉糧粟。① 忱不認書，元乃堅執，不能定。鷟取呂元告牒，
括兩頭，唯留一字，問："是汝書，即注是，以字押；不是，
即注非，亦以字押。"② 元乃注曰"非"，去括，即是元牒。
且決五下。括詐馮忱書上一字，③ 以問之，注曰"是"，去
括，乃詐書也。元連項赤，叩頭伏罪。又有一客，驢繮斷，
並鞍失，三日，訪不獲，經縣告。④ 鷟推勘急，夜放驢出，
而藏其鞍，可直五千錢，⑤ 鷟曰："此可知也。"令將卻籠頭
放之，驢向舊餧處，鷟令搜其家，其鞍於草積下得之，⑥ 人
伏其計。⑦

　　張松壽爲長安令，時昆明池側有劫殺，奉敕，十日内須
獲賊，如違，所由科罪。壽至行劫處，尋踪迹，⑧ 見一老婆
樹下賣食，⑨ 至，以從騎馱來入縣，供以酒食。經三日，還
以馬送舊坐處，令一腹心人看，有人共婆語，即捉來。須臾，
一人來問，明府若爲推逐，即披布衫籠頭，送縣，一問具承，

---

① "糧"，《廣記》卷一七一"張鷟"條無此字。
② "是汝書即注是以字押不是即注非亦以字押"十八字，《廣記》卷一七一
"張鷟"條作"是汝書即注是字不是即注非字"。
③ "括"上，《廣記》卷一七一"張鷟"條有"又"字。
④ "經縣告"，《廣記》卷一七一"張鷟"條作"告縣"。
⑤ "錢"，原作"已來"，據《廣記》卷一七一"張鷟"條改。
⑥ "之"，原脱，據《廣記》卷一七一"張鷟"條補。
⑦ "計"，《廣記》卷一七一"張鷟"條作"能"。
⑧ "迹"，《廣記》卷一七一"张松壽"條作"緒"。
⑨ "老婆"下，《廣記》卷一七一"张松壽"條有"於"字。

並贓並獲。① 時人以爲神明。

元嘉少聰俊。左手畫圓，右手畫方，口誦經史，目數群羊，兼成四十字詩，一時而就，足書五言一絕。② 六事齊舉，代號"神仙童子"。

并州人毛俊誕一男，四歲，則天召入内試字，《千字文》皆能暗書，賜衣裳，放還。人皆以爲精魅所托，其後不知所終。

納言婁師德，鄭州人，爲兵部尚書，使并州，接境諸縣令隨之。日高至驛，恐人煩擾驛家，令就廳同食。尚書飯白而細，諸人飯黑而粗，呼驛長嗔之曰："飯何爲兩種者?"③ 驛將恐，④ 對曰："邂逅浙米不得，⑤ 死罪。"尚書曰："有卒客無卒主人，⑥ 亦復何損。"遂換取粗飯食之。檢校營田，往梁州，先有鄉人姓婁者爲屯官，犯贓，⑦ 都督許欽明欲決殺令衆，鄉人謁尚書，欲救之，尚書曰："犯國法，師德當家兒

---

① "贓"，原作"賊"，據《廣記》卷一七一"張松壽"條改。
② "一"，《廣記》卷一七五"元嘉"條無此字。
③ "飯何爲兩種者"，《廣記》卷一七六"婁師德"條作"汝何爲兩種待客"。
④ "驛"下，原有"客"字，據《廣記》卷一七六"婁師德"條刪。
⑤ "浙米"，或認爲乃"折米"之誤。(參見真大成：《〈朝野僉載〉校補》，《文史》2014 年第 2 輯。)
⑥ "有"，原脱，據文意補。(參見趙庶洋：《〈朝野僉載〉匡補》，《書品》2011 年第 3 期。)
⑦ "贓"，《廣記》卷一七六"婁師德"條作"賦"。

子亦不能舍，何況渠。"明日宴會，都督與尚書俱坐，尚書曰：①"聞有一人犯國法，云是師德鄉里。師德實不識，但與其父爲小兒時共牧牛耳。都督莫以師德寬國家法。"都督遽令脱枷至，尚書切責之曰："汝辭父娘，求覓官職，不能謹潔，知復奈何。"將一楪槌餅與之曰："噇卻，作個飽死鬼去。"都督從此舍之。後爲納言、平章事，又檢校屯田，行有日矣。諸執事早出，婁先足疾，待馬未來，於光政門外横木上坐。須臾，有一縣令，不知其納言也，因訴身名，遂與之並坐。令有一子，②遠覷之，走告曰："納言也。"令大驚，起曰："死罪！"納言曰："人有不相識，法有何死罪。"令因訴云。有左嵒，以其年老眼暗奏解，"某夜書表狀亦得，眼實不暗"。納言曰："道是夜書表狀，何故白日裏不識宰相？"令大慚，曰："願納言莫説向宰相，納言南無佛不説。"公左右皆笑。使至靈州，果驛上食訖，索馬，判官諧：'意家漿水，亦索不得，全不抵承。'③納言曰："師德已上馬，與公料理。"往呼驛長，責曰："判官與納言何別，不與供給？索杖來。"驛長惶怖拜伏，納言曰："我欲打汝一頓，大使打驛將，細碎事，徒浼卻名聲。若向你州縣道，你即不存生命。

---

① "都督與尚書俱坐尚書曰"，《廣記》卷一七六"婁師德"條作"都督與尚書曰犯國法俱坐"。
② "子"，《廣記》卷一七六"婁師德"條作"丁"。
③ "抵"，《廣記》卷一七六"婁師德"條作"祇"。

且放卻。"驛將跪拜流汗，狼狽而走。婁目送之，謂判官曰："與公躓頓之矣。"衆皆怪嘆。其行事皆此類。浮休子曰：司馬徽、劉寬無以加也。

英公李勣爲司空，① 知政事，有一番官者參選被放，來辭英公。公曰："明朝早向朝堂見我來。"② 及期而至，郎中並在傍，番官至辭。英公頻眉，謂之曰："汝長生不知事尚書、侍郎，我老翁不識字，無可教汝，何由可得留，深負愧汝。努力好去。"侍郎等惶懼，遽問其姓名，令南院看榜。須臾引入，注與吏部令史。英公時爲宰相，有鄉人嘗過宅，爲設食，食，③ 客裂卻餅緣，英公曰："君大少年。此餅，犁地兩遍熟，④ 概下種鋤塒收刈打揚訖，磑羅作麵，然後爲餅。少年裂卻緣，是何道？此處猶可，若對至尊前，公作如此事，參差斫卻你頭。"客大慚悚。浮休子曰：宇文朝，華州刺史王羆，有客裂餅緣者，羆曰："此餅大用功力，然後入口。公裂之，只是未飢，且擎卻。"客愕然。又臺使致羆食飯，使人割瓜皮大厚，投地，羆就地拾起以食之。使人極悚息。今輕薄年少裂餅緣、割瓜侵瓤，以爲達官兒郎，通人之所不爲也。⑤

①　"英公"上，《廣記》卷一七六"李勣"條有"唐"字。
②　"朝"，《四庫》本作"日"。
③　"食"，《廣記》卷一七六"李勣"條無此字。
④　"犁"，原作"掣"，據《廣記》卷一七六"李勣"條改。
⑤　"今輕薄少年"至"所不爲也"二十五字，原脱，據《廣記》卷一七六"李勣"條補。

刑部尚書李日知自爲畿赤，①　不曾行杖罰，②　其事亦濟。③　及爲刑部尚書，④　有令史受敕三日，忘不行者，尚書索杖剥衣，唤令史總集，欲決之。責曰：“我欲笞汝一頓，恐天下人稱你云：‘撩得李日知嗔，喫李日知杖。’你亦不是人，妻子亦不禮汝。”遂放之。自是令史無敢犯者，設有稽失，衆共謫之。⑤

兵部郎中朱前疑貌醜，其妻有美色。天后時，洛中殖業坊西門酒家有婢，蓬頭垢面，傴肩皤腹，寝惡之狀，舉世所無。而前疑大悦之，殆忘寝食。乃知前世言宿瘤蒙愛，信不虚也。夫人世嗜欲，一何殊性。前聞文王嗜昌歜，楚王嗜芹菹，屈到嗜芰，曾晳嗜羊棗，宋劉雍嗜瘡痂，本傳曰：“雍詣前吳興太守孟靈休，靈休脱襪，粘炙瘡痂墜地，雍俯而取之餐焉。”宋明帝嗜蜜漬蠁蚳，⑥　每啖數升。是知海上逐臭之

---

① “刑部”上，《廣記》卷一七六“李日知”條有“唐”字。按，此條見《通鑑》卷二一〇《玄宗紀》“先天元年”條。
② “行杖罰”，原作“打杖行罰”，據《廣記》卷一七六“李日知”條改。
③ “亦”，《廣記》卷一七六“李日知”條作“克”。
④ “爲”，原脱，據《廣記》卷一七六“李日知”條補。
⑤ “謫”，《廣記》卷一七六“李日知”條作“責”。
⑥ “蠁蚳”，疑當作“鮧鰍”。按，《南史》卷三《宋明帝紀》云“以蜜漬鮧鰍，一食數升”，賈思勰《齊民要術》卷八《作醬法》“作鮧鰍法”條亦云“昔漢武帝逐夷，至於海濱。聞有香氣而不見物，令人推求。乃是漁父，造魚腸於坑中，以至土覆之。香氣上達。取而食之，以爲滋味。逐夷得此物，因名之。蓋魚腸醬也”，或疑“蠁”爲“蜑”之訛。（參見真大成：《〈朝野僉載〉校補》，《文史》2014 年第 2 輯。）

談，陳君愛醜之説，何足怪歟！夫亦其癖也。①

太宗時，西國進一胡，善彈琵琶。作一曲，琵琶弦撥倍粗。上每不欲番人勝中國，乃置酒高會，使羅黑黑隔帷聽之，一遍而得。謂胡人曰："此曲吾宮人能之。"取大琵琶，遂於帷下令黑黑彈之，不遺一字。胡人謂是宮女也，驚嘆辭去。西國聞之，降者數十國。

王沂者，平生不解弦管。忽旦睡，至夜乃寤，索琵琶弦之，成數曲：一名《雀啅蛇》，一名《胡王調》，一名《胡瓜苑》。人不識聞，聽之者莫不流淚。其妹請學之，乃教數聲，須臾總忘，不復成曲。

周有婆羅門僧惠範，奸矯狐魅，挾邪作蠱，趑趄鼠黠，②左道弄權。則天以爲聖僧，賞賚甚重。太平以爲梵王，接納彌優，生其羽翼，長其光價。孝和臨朝，常乘官馬，往還宮掖。太上登極，從以給使，出入禁門，每入，即賜綾羅金銀器物。氣岸甚高，風神傲誕，内府珍寶，積在僧家。矯説袄祥，妄陳禍福。神武斬之，京師稱快。

道士史崇玄，③懷州河内縣縫靴人也。後度爲道士，矯

① "夫亦其癖也"，《廣記》卷二〇一"朱前疑"條作"天與其癖也"，於義爲長。
② "趑"，原作"咨"，據《廣記》卷二八八"惠範"條改。
③ "道士"上，《廣記》卷二八八"史崇玄"條有"唐"字。按，此條又見《新唐書》卷八三《諸帝公主·金仙公主傳》）。

假人也，① 附太平爲太清觀主。金仙、玉真出俗，立爲尊師。每入内奏請，賞賜甚厚，無物不賜。授鴻臚卿，衣紫羅裙帔，握象笏，佩魚符，出入禁闥，公私避路。神武斬之，京中士女相賀。②

嶺南風俗，家有人病，先殺雞鵝等以祀之，將爲修福。若不差，即次殺猪狗以祈之。③ 不差，即次殺太牢以禱之。更不差，即是命，不復更祈。死則打鼓鳴鐘於堂，比至葬訖。初死，且走，④ 大叫而哭。

景雲中，⑤ 有長髮賀玄景，自稱“五戒賢者”。同爲妖者十餘人，於陸渾山中結草舍，幻惑愚人子女，傾家產事之。紿云：至心求者，必得成佛。玄景爲金簿袈裟，獨坐暗室，令愚者竊視，云佛放光，衆皆攝伏。⑥ 緣於懸崖下燒火，遣數人於半崖間，披紅碧紗爲仙衣，隨風習揚，⑦ 令衆觀之。誑曰：“此仙也。”各令着仙衣以飛就之，即得成道。剋日設齋，飲中置莨菪子，與衆餐之。女子好髮者，截取爲剃頭，串仙衣，臨崖下視，眼花恍忽，推崖底，一時燒殺，没取資

① “矯”，原作“僑”，據《廣記》卷二八八“史崇玄”條改。（參見趙庶洋：《點校本〈朝野僉載〉匡補》，《書品》2011 年第 3 期。）
② “京”下，《廣記》卷二八八“史崇玄”條有“師”字。
③ “次”，《廣記》卷二八八“嶺南淫祀”條作“刺”。
④ “且”，《廣記》卷二八八“嶺南淫祀”條作“但”。
⑤ “景雲”上，《廣記》卷二八八“賀玄景”條有“唐”字。
⑥ “攝”，《廣記》卷二八八“賀玄景”條作“懾”。
⑦ “揚”，《廣記》卷二八八“賀玄景”條作“颺”。

117

財。事敗，官司來檢，灰中得焦拳尸骸數百餘人，[①] 敕決殺玄景，縣官左降。

景龍中，[②] 瀛州進一婦人，身上隱起浮圖塔廟諸佛形像。按察使進之，授五品。其女婦留內道場，逆韋死後，不知去處。

周證聖元年，[③] 薛師名懷義，造功德堂一千尺於明堂北。其中大像高九百尺，鼻如千斛船，中容數十人並坐，夾紵以漆之。五月十五，[④] 起無遮大會於朝堂。掘地深五丈，[⑤] 以亂彩爲宮殿臺閣，屈竹爲胎，張施爲楨蓋。又爲大像金剛，並坑中引上，詐稱從地涌出。又刺牛血，畫作大像頭，頭高二百尺，誑言薛師膝上血作之，觀者填城溢郭，士女雲會。內載錢拋之，更相踏藉，老少死者非一。至十六日，張像於天津橋南，設齋。二更，功德堂火起，延及明堂，飛焰沖天，洛城光如晝日。其堂作仍未半，已高七十餘尺，又延燒金銀庫，鐵汁流液，平地尺餘，人不知錯入者，便即焦爛。其堂煨燼，尺木無遺。至曉，乃更設會，暴風欻起，裂血像爲數百段。浮休子曰：梁武帝舍身同泰寺，百官傾庫物以贖之。

---

① "骸"，原作"柩"，據《廣記》卷二八八"賀玄景"條改。
② "景龍"上，《廣記》卷二八八"瀛州婦人"條有"唐"字。
③ 按，此條見《通鑑》卷二〇五《則天皇后》"天冊萬歲元年"條。
④ 上"五"字，《廣記》卷二八八"薛懷義"條作"正"。
⑤ "深五丈"，《廣記》卷二八八"薛懷義"條作"五丈深"。

其夜欻電霹靂，風雨晦明，① 寺浮圖佛殿一時盪盡。非理之事，豈如來本意哉！

景雲中，② 西京霖雨六十餘日。有一胡僧名寶嚴，自云有術法，能止雨。設壇場，誦經咒。其時禁屠宰，寶嚴用羊二十口、馬兩匹以祭。祈請經五十餘日，其雨更盛。於是斬逐胡僧，其雨遂止。

周聖曆年中，③ 洪州有胡超僧，出家學道，隱白鶴山，微有法術，自云數百歲。則天使合長生藥，所費巨萬，三年乃成。自進藥於三陽宮，則天服之，以爲神妙，望與彭祖同壽，改元爲久視元年。放超還山，賞賜甚厚。服藥之後三年而則天崩。

則天時，④ 調貓兒與鸚鵡同食器食，⑤ 命御史彭先覺監，遍示百官及天下考使。傳看未遍，貓兒飢，遂咬殺鸚鵡以餐之，則天甚愧。武者國姓，殆不祥之徵也。

裴炎爲中書令，⑥ 時徐敬業欲反，令駱賓王畫計，取裴炎同起事。賓王足踏壁，靜思食頃，乃爲謠曰：“一片火，兩片火，緋衣小兒當殿坐。”教炎莊上小兒誦之，並都下童子皆

---

① “晦明”，《廣記》卷二八八“薛懷義”條作“瞑晦”。
② “景雲”上，《廣記》卷二八八“胡僧寶嚴”條有“唐”字。
③ 按，此條見《通鑑》卷二〇六《則天皇后》“久視元年”條。
④ 按，此條見《通鑑》卷二〇六《則天皇后》“長壽元年”條。
⑤ “與”，《廣記》卷二八八“調貓兒鸚鵡”條無此字。上“食”字，《廣記》卷二八八“調貓兒鸚鵡”條無。
⑥ “裴炎”上，《廣記》卷二八八“駱賓王”條有“唐”字。

唱。炎乃訪學者令解之。召賓王至，數啗以寶物錦綺，皆不言。又賂以音樂、女妓、① 駿馬，亦不語。乃將古忠臣烈士圖共觀之，② 見司馬宣王，賓王歘然起曰：“此英雄丈夫也。”即説自古大臣執政，多移社稷，炎大喜。賓王曰：“但不知謡讖何如耳。”炎以謡言“片火緋衣”之事白，賓王即下，北面而拜曰：“此真人矣。”遂與敬業等合謀。揚州兵起，炎從内應，書與敬業等合謀，③ 唯有“青鵝”，④ 人有告者，⑤ 朝臣莫之能解，⑥ 則天曰：“此‘青’字者，十二月，‘鵝’字者，我自與也。”遂誅炎，敬業等尋敗。

逆韋之妹、⑦ 馮太和之妻，號“七姨”，信邪見，豹頭枕以辟邪，白澤枕以去魅，作伏熊枕以爲宜男。太和死，嗣虢王娶之。韋之敗也，虢王斬七姨頭送朝堂，⑧ 則知辟邪之枕無效矣。⑨

後魏高流之爲徐州刺史，⑩ 決溥沱河水繞城。⑪ 破一古

---

① “女妓”，《廣記》卷二八八“駱賓王”條作“妓女”。
② “將”，原作“對”，據《廣記》卷二八八“駱賓王”條改。
③ “合謀”，《廣記》卷二八八“駱賓王”條無此二字。
④ “青鵝”下，《廣記》卷二八八“駱賓王”條有“字”字。
⑤ “人”下，原有空格，據《廣記》卷二八八“駱賓王”條删。
⑥ “臣”，原作“廷”，據《廣記》卷二八八“駱賓王”條改。
⑦ “逆韋”上，《廣記》卷二八八“馮七姨”條有“唐”字。
⑧ “斬”，《廣記》卷二八八“馮七姨”條、《四庫》本作“斫”。
⑨ “則”，《廣記》卷二八八“馮七姨”條作“即”。
⑩ “徐州”，原作“除州”，據《廣記》卷三九一“高流之”條、《類説》卷四〇改。
⑪ “決溥沱河水繞城”，《類説》卷四〇作“河決水遶城”，近是，此“河”乃黄河。按，溥沱河在河北省西部，出山西省繁峙縣東之泰戲山，穿割太行山，東流入河北平原，在獻縣與滹陽河匯合爲子牙河。至天津會北運河入海，離徐州尚遠。

墓，得銘曰：“吾死後三百年，^① 背底生流泉，賴逢高流之，遷吾上高原。”流之爲造棺槨衣物，^② 取其柩而改葬之。

東都豐都市在長壽寺之東北。^③ 初築市垣，掘得古冢，土藏，無磚甓，^④ 棺木陳朽，觸之便散。尸上着平上幘，朱衣。得銘云“筮道居朝，龜言近市，五百年間，於斯見矣”。當時達者參驗，是魏黃初二年所葬也。

寇天師謙之，^⑤ 後魏時得道者也，常刻石爲記，藏於嵩山。上元初，有洛州郜城縣民，因采藥於山，得之以獻。縣令樊文言於州，州以上聞，高宗皇帝詔藏於内府。^⑥ 其銘記文甚多，奧不可解，略曰“木子當天下”；又曰“止戈龍”；又曰“李代代，不移宗”；又曰“中鼎顯真容”；又曰“基千萬歲”。所謂“木子當天下”者，蓋言唐氏受命也。“止戈龍”者，言太后臨朝也，^⑦ 止戈爲武，武，天后氏也。“李代代，不移宗”者，謂中宗中興，再新天地。“中鼎顯真容”

---

① “吾”，《類説》卷四〇無此字，據文體，近是。

② “之”，原脱，據《廣記》卷三九一“高流之”條、《類説》卷四〇補。

③ “寺”，原作“市”，據《廣記》卷三九一“豐都冢”條改。按，《唐會要》卷四八“寺”條云：“長壽寺。嘉善坊。長壽元年，武后稱齒髮生變，大赦，改元，仍置長壽寺。”長壽寺在東都嘉善坊内。

④ “磚”，原作“砧”，據《廣記》卷三九一“豐都冢”條改。

⑤ 此條，《廣記》卷三九一“樊欽賁”條云出《宣室志》。按，劉真倫《〈朝野僉載〉點校本管窺》（上）（《書品》1989 年第 1 期）以爲此條“語稱玄宗”，疑非《朝野僉載》原文。

⑥ “宗”，原作“宣”，據《廣記》卷三九一“樊欽賁”條、《四庫》本改。

⑦ “太”，《廣記》卷三九一“樊欽賁”條作“天”。

者，實中宗之廟諱，真爲睿聖之徽謚，得不信乎？“基千萬歲”者，基，玄宗名也，千萬歲，蓋曆數久長也。後中宗御位，樊文男欽賁以石記本上獻，上命編於國史。

辰州東有三山，鼎足直上，各數千丈。古老傳曰：鄧夸父與日競走，至此煮飯，此三山者，夸父支鼎之石也。

寶曆元年乙巳歲，① 資州資陽縣清弓村，山有大石，可三間屋大。從此山下，忽然吼踊，下山越澗，卻上坡，可百步。其石走時，有鋤禾人見之，各手把鋤，② 趁至所止。其石高二丈。

趙州石橋甚工，磨礲密緻如削焉。望之如初月出雲，③ 長虹飲澗。上有勾欄，皆石也，勾欄並有石獅子。龍朔年中，高麗諜者盜二獅子去，後復募匠修之，莫能相類者。至天后大足年，默啜破趙、定州，賊欲南過，至石橋，馬跪地不進，但見一青龍臥橋上，奮迅而怒，賊乃遁去。

永昌年，太州敷水店南西坡，④ 白日飛四五里，直塞赤

---

① 劉真倫《〈朝野僉載〉點校本管窺》（上）（《書品》1989 年第 1 期）以爲“寶曆爲中唐敬宗年號”，故疑此條非《朝野僉載》原文。

② “把”，《廣記》卷三九八“走石”條作“執”。

③ “月”，原作“日”，據《廣記》卷三九八“石橋”條、《紺珠集》卷三、《類説》卷四〇、《事類備要·別集》卷七改。

④ “太州”，《紺珠集》卷三作“泰州”。劉真倫《〈朝野僉載〉點校本管窺》（下）（《書品》1989 年第 2 期）據《類説》卷四〇以爲當作“秦州”，誤。按，全國稱太州者有幾，據《舊唐書》卷三七《五行志》：“永昌中，華州敷水店西南坡，白晝飛四五里，直抵赤水，其坡上樹木禾黍，宛然無損。”此太州，當在華州。唐垂拱元年（685）改華州置，治所在鄭縣（今陝西渭南市華州區）。神龍元年（705）復改爲華州。上元元年（760）又改爲太州。

水，坡上桑畦麥隴依然仍舊。①

　　鄒駱駝，長安人，先貧，常以小車推蒸餅賣之。每勝業坊角有伏磚，車觸之即翻，塵土涴其餅，駝苦之，乃將钁劚去十餘磚，下有瓷甖，容五斛許，② 開看，有金數斛，於是巨富。其子昉，與蕭佺交厚，時人語曰："蕭佺駙馬子，鄒昉駱駝兒。非關道德合，只爲錢相知。"

　　先天年，③ 洛下人牽一牛奔，④ 腋下有一人手，⑤ 長尺餘，巡坊而乞。

　　隋文皇帝時，大宛國獻千里馬，駿曳地，號曰"師子驄"。⑥ 上置之馬群，陸梁，人莫能制。上令並群驅來，謂左右曰："誰能馭之?"郎將裴仁基曰："臣能制之。"遂攘袂向前，去十餘步，踴身騰上，一手撮耳，一手摳目，馬戰不敢動，乃鞴乘之。朝發西京，暮至東洛。後隋末，不知所在。唐文武聖皇帝敕天下訪之，同州刺史宇文士及訪得其馬，老於朝邑市麵家挽磑，⑦ 駿尾焦禿，皮肉穿穴，及見之悲泣。帝自出長樂坡，馬到新豐，向西鳴躍。帝得之甚喜，齒口並

---

①　"仍舊"，《紺珠集》卷三、《類說》卷四〇作"不動"。

②　"容"下，原有空格，據《廣記》卷四〇〇"鄒駱駝"條刪。

③　"先天"上，《廣記》卷四三四"洛下人"條有"唐"字。

④　"奔"，《廣記》卷四三四"洛下人"條、《説郛》卷二無此字。

⑤　"腋下"上，《説郛》卷二有"左"字。

⑥　"師"下，原有一空格，據《廣記》卷四三五"隋文帝獅子驄"條刪。

⑦　"挽"，原作"撓"，據《廣記》卷四三五"隋文帝獅子驄"條改。

平，飼以鍾乳，仍生五駒，皆千里足也。後不知所在矣。

德州刺史張納之一白馬，①其色如練，父雄爲荊州刺史，常乘。雄薨，子敬之爲考功郎中，改壽州刺史，又乘此馬。敬之薨，弟納之從給事中、②相府司馬改德州刺史，入爲國子祭酒，出爲常州刺史，至今猶在。計八十餘年，極肥健，行驟脚不散。

廣平宋察娶同郡游昌女。察，先代胡人也，歸漢三世矣。忽生一子，深目而高鼻，疑其非嗣，將不舉。須臾，赤草馬生一白駒，察悟曰：“我家先有白馬，種絶已二十五年，今又復生。吾曾祖貌胡，今此子復其先也。”遂養之。故曰“白馬活胡兒”，此其謂也。

東海有蛇丘，③地險，多漸洳，衆蛇居之，無人民。蛇或有人頭而蛇身。④

嶺南有報冤蛇，人觸之，即三五里隨身即至。若打殺一蛇，則百蛇相集，將蜈蚣自防，乃免。

顧渚山頰石洞有緑蛇，⑤長可三尺餘，大類小指，好栖樹杪。視之若鞶帶，纏於柯葉間。無螫毒，見人則空

---

① “納”，《廣記》卷四三五“張納之”條汪校云“明抄本‘納’作‘訥’”。
② “納”，原作“訥”，據《廣記》卷四三五“張納之”條改。
③ 此條，《廣記》卷四五六“蛇丘”條云出《方中記》。
④ “有”，《廣記》卷四五六“蛇丘”條無此字。
⑤ 此條，《廣記》卷四五六“緑蛇”條云出《顧渚山記》。

中飛。

山南五溪黔中皆有毒蛇，烏而反鼻，蟠於草中。其牙倒勾，去人數步，直來，疾如繳箭，①螫人立死。中手即斷手，中足即斷足，不然，則全身腫爛，百無一活，謂蝮蛇也。有黃喉蛇，好在舍上，無毒，不害人，唯善食毒蛇。食飽，垂頭直下滴沫，地噴起，變爲沙虱，中人爲疾。額上有“大王”字，衆蛇之長，常食蝮蛇。

種黍，來蛇，燒殺羊角及頭髮，則蛇不敢來。

隋絳州夏縣樹提家新造宅，欲移入。②忽有蛇無數，從室中流出門外，其稠如箔上蠶，蓋地皆遍。時有行客，云解符鎮，取桃枝四枝書符，繞宅四面釘之，蛇漸退，符亦移就之。蛇入堂中心，有一孔，大如盆口，蛇入並盡。令煎湯一百斛灌之。經宿，以鍬掘之，深數尺，③得古銅錢二十萬貫。因陳破鑄新錢，遂巨富。蛇乃是古銅之精。

開元四年六月，郴州馬嶺山側有白蛇，長六七尺，黑蛇長丈餘。須臾，二蛇鬥，白者吞黑蛇，到粗處，口兩嗌皆裂，血流滂沛。黑蛇頭入，嗌白蛇肋上作孔，頭出二尺餘。俄而兩蛇並死。後十餘日，大雨，山水暴漲，漂破五百餘家，失三百餘人。

---

① “繳”，《廣記》卷四五六“毒蛇”條作“激”。
② “人”，原作“之”，據《廣記》卷四五七“樹提家”條改。
③ “數”，原脫，據《廣記》卷四五七“樹提家”條補。

左補闕畢乾泰，① 瀛州任丘人。父母年五十，自營生藏
訖。至父年八十五，又自造棺，稍高大，嫌藏小，更加磚二
萬口。開藏欲修之，有蛇無數。時正月尚寒，蟄未能動，取
蛇投一空井中，仍受蛇不盡。其蛇金色。泰自與奴開之，尋
病而卒。月餘，父母俱亡。此開之不得其所也。

滄州東光縣寶觀寺常有蒼鶻集重閣。每有鴿數千，鶻冬
中每夕取一鴿以暖足，至曉，放之而不殺。自餘鷹鶻不敢
侮之。②

太宗養一白鶻，③ 號曰“將軍”。取鳥，常驅至於殿前，
然後擊殺，故名“落雁殿”。上恒令送書，從京至東都與魏
王，仍取報，日往反數迴。亦陸機黃耳之徒歟！

上元中，華容縣有象入莊家中庭臥。其足下有槎，人爲
出之，象乃伏，令人騎。入深山，以鼻尌土，④ 得象牙數十，
以報之。

吏部侍郎鄭愔，⑤ 初托附來俊臣。俊臣誅，即托張易

---

① “左補闕”上，《廣記》卷四五七“畢乾泰”條有“唐”字。
② “侮”，《廣記》卷四六〇“寶觀寺”條作“侵”。
③ “太宗”上，《廣記》卷四六〇“落雁殿”條有“唐”字。
④ “尌”，《廣記》卷四四一“華容莊象”條作“掊”。
⑤ “吏部”上，《廣記》卷二四〇“鄭愔”條有“唐”字。按，此條見《通鑑》卷
二一〇《睿宗紀》“景雲元年”條。

之。① 易之被戮，托韋庶人。② 後附譙王，竟被斬。③

　　太子少保薛稷，④ 雍州長史李晉，中書令崔湜、蕭至忠、⑤ 岑羲等，並外飾忠鯁，内藏諂媚，翕肩屏氣，⑥ 舐痔折肢。⑦ 附太平公主，⑧ 並騰遷雲路，咸自以爲得志，保泰山之安。⑨ 七月三日，破家身斬，⑩ 何異鷦鷯栖於葦苕，⑪ 大風忽起，巢折卵破。⑫ 後之君子，可不鑒哉！

　　趙履温爲司農卿，⑬ 諂事安樂公主，氣勢迴山海，呼吸變霜雪。客謂張文成曰："趙司農何如人？"曰："猖獗小人，心佞而險，行僻而驕，折支勢族，舐痔權門，諂於事上，傲於接下，猛若飢虎，⑭ 貪如餓狼。性愛食人，終爲人所食。"爲公主奪百姓田園，造定昆池，言定天子昆明池也，用庫錢

----

① "托"，《廣記》卷二四〇"鄭愔"條作"附"。
② "托"，《廣記》卷二四〇"鄭愔"條作"即附"。
③ "斬"，《廣記》卷二四〇"鄭愔"條作"誅"。
④ "太子少保"上，《廣記》卷二四〇"薛稷"條有"唐"字。
⑤ "蕭至忠"，原作"蕭志忠"，《廣記》卷二四〇"薛稷"條作"蕭至忠"。按《舊唐書》卷九二、《新唐書》卷一二三均有《蕭至忠傳》，故當作"蕭至忠"是，據改。
⑥ "翕"，《廣記》卷二四〇"薛稷"條作"脅"。
⑦ "舐"上，《廣記》卷二四〇"薛稷"條有"而"字。
⑧ "附"上，《廣記》卷二四〇"薛稷"條有"阿"字。
⑨ "保泰山之安"，《廣記》卷二四〇"薛稷"條作"泰山之安也"。
⑩ "破家身斬"，《廣記》卷二四〇"薛稷"條作"家破身戮"。
⑪ "鷦鷯"，《廣記》卷二四〇"薛稷"條作"鷦鷯"。
⑫ "破"，《廣記》卷二四〇"薛稷"條作"壞"。
⑬ "趙履温"上，《廣記》卷二四〇《趙履温》條有"唐"字。按，此條見《新唐書》卷八三《諸帝公主·安樂公主傳》。
⑭ "飢"，《廣記》卷二四〇"趙履温"條作"虓"。

百萬億。斜襄紫衫，爲公主背挽金犢車，險詖皆此類。誅逆韋之際，上御承天門，履温詐喜，舞蹈稱萬歲。上令斬之，刀劍亂下，與男同戮。人割一臠，肉骨俱盡。

天后時，① 張岌諂事薛師，掌擎黃幰，随薛師後，於馬傍伏地，承薛師馬鐙。侍御史郭霸嘗來俊臣糞穢，② 宋之問捧張易之溺器。並偷媚取容，實名教之大弊也。③

天后時，④ 太常博士吉頊父哲，⑤ 易州刺史，以贓坐死。頊於天津橋南要内史魏王承嗣，拜伏稱死罪。承嗣問之，曰："有二妹，堪事大王。"承嗣然之，⑥ 即以犢車載入。⑦ 三日不語，承嗣怪，問之，二人曰：⑧ "兒父犯國法，⑨ 憂之，無復聊賴。"承嗣既幸，免其父極刑，遂進頊籠馬監，⑩ 俄遷中丞、吏部侍郎，不以才升，二妹請求承嗣故也。⑪

---

① "天后"上，《廣記》卷二四〇"張岌"條有"唐"字。
② "嘗"，原作"甞"，據《廣記》卷二四〇"張岌"條改。
③ "大弊"，《廣記》卷二四〇"張岌"條作"罪人"。
④ 此條，《廣記》卷二四〇"吉頊"條汪校云"原闕出處，明抄本作出《朝野僉載》"。按，此條見《新唐書》卷一一七《吉頊傳》。
⑤ "哲"，原作"晢"，據《廣記》卷二四〇"吉頊"條改。另參見本書卷三"唐冀州長史吉哲"條校記。
⑥ "然"，《廣記》卷二四〇"吉頊"條作"諾"。
⑦ "即以"，原作"遂"，據《廣記》卷二四〇"吉頊"條改。
⑧ "承嗣怪問之二人曰"，《廣記》卷二四〇"吉頊"條作"承嗣問其故對曰"。
⑨ "兒"，《廣記》卷二四〇"吉頊"條無此字。
⑩ "遂"，《廣記》卷二四〇"吉頊"條無此字。
⑪ 此句，《廣記》卷二四〇"吉頊"條作"二妹請求耳"。

　　天后内史宗楚客性詔佞。① 時薛師有嫪毒之寵，遂爲作
《傳》二卷，論薛師之聖，從天而降，不知何代人也，釋迦
重出，觀音再生。期年之間，位至内史。

　　天后梁王武三思爲張易之作傳，② 云是王子晋後身。於
緱氏山立廟，詞人才子佞者爲詩以咏之，舍人崔融爲最。周
年，易之族，③ 佞者並流於嶺南。

　　崔湜詔事張易之與韋庶人。④ 及韋氏誅，附太平，⑤ 有
馮子都、董偃之寵。妻美，與二女並進儲闈，得爲中書侍郎
平章事。⑥ 或有人榜之曰：⑦ “托庸才於主第，進艷婦於
春宫。”

　　燕國公張説，⑧ 倖佞人也。前爲并州刺史，詔事特進王

① “天后”上，《廣記》卷二四〇“宗楚客”條有“唐”字。
② “天后”上，《廣記》卷二四〇“崔融”條有“唐”字。
③ “周年易之族”，《廣記》卷二四〇“崔融”條作“後易之赤族”。
④ 按，此條見《廣記》卷二四〇“崔湜”條。此條於“湜詔事張易之”上有“唐
崔挹子湜，桓敬懼武三思饞間，引湜爲耳目。湜乃反以桓敬等計潛告三思。尋爲
中書令。湜又説三思，盡殺五王，絶其歸望。先是，湜爲兵部侍郎，挹爲禮部侍郎，
父子同爲南省副貳，有唐以來，未之有也。上官昭容屢出外，湜詔附之。玄宗誅蕭
至忠後，所司奏宫人元氏款稱。與湜曾密謀進鴆，乃賜湜死，年四十。初，湜與張
説有隙，説爲中書令，議者以爲説搆陷之。湜美容儀，早有才名，弟液、澺及從兄
滬，並有文翰，列居清要，每私宴之際，自比王謝之家，謂人曰：吾之門地及出身歷
官，未嘗不爲第一，丈夫當先據要路以制人，豈能默默受制於人。故進取不已”一
段。按，此段稱“玄宗”，張鷟不及知玄宗謚號，故疑此非《僉載》内容，僅移録於
此，不入正文。
⑤ “附”上，《廣記》卷二四〇“崔湜”條有“復”字。
⑥ “得”，原脱，據《廣記》卷二四〇“崔湜”條補。
⑦ “或有人榜之曰”，《廣記》卷二四〇“崔湜”條作“有牓之曰”。
⑧ “燕國”上，《廣記》卷二四〇“張説”條有“唐”字。

毛仲，餉致金寶不可勝數。後毛仲巡邊，會説於天兵軍大
設，① 酒酣，恩敕忽降，授兵部尚書、同中書門下三品。説
謝訖，② 便把毛仲手起舞，嗅其靴鼻。

　　將軍高力士特承玄宗恩寵。③ 遭母喪，④ 左金吾大將軍程
伯獻、少府監馮紹正二人直就力士母喪前披髮哭，⑤ 甚於己
親。朝野聞之，不勝恥笑。⑥

　　前侍御史王景融，⑦ 瀛州平舒人也。⑧ 遷父靈柩就洛州，
於隧道掘着龍窟，⑨ 大如瓮口。景融俯而觀之，有氣如烟直
上，衝損其目，⑩ 遂失明，旬日而暴卒。⑪

---

　　① “兵”，原作“雄”，中華本趙校云：“《通鑑》開元九年《考異》引作‘天兵
軍’，是。”按，《舊唐書》卷三八《地理志》云：“河東節度使……統天兵、大同、橫野、
岢嵐等四軍。”另據《舊唐書》卷九七《張説傳》云：“開元七年，檢校并州大都督府
長史，兼天兵軍大使，攝御史大夫。”可知，作“天兵”爲是，據《通鑑》“開元九年”條
《考異》引《僉載》改。“設”，《廣記》卷二四〇“張説”條作“宴”。
　　② “謝”上，《廣記》卷二四〇“張説”條有“拜”字。
　　③ “將軍”上，《廣記》卷二四〇“程伯獻”條有“唐”字。按，《廣記》云此條
出自《譚賓錄》。余嘉錫《四庫提要辨證》云“此條見《廣記》卷二四〇引《譚賓
錄》。駕既卒於開元時，不應知玄宗之謚”，是。
　　④ “母”，《廣記》卷二四〇“程伯獻”條作“父”。
　　⑤ “力士母”，《廣記》卷二四〇“程伯獻”條作“其”。“哭”上，《廣記》卷二
四〇“程伯獻”條有“而”字。
　　⑥ “恥”，《廣記》卷二四〇“程伯獻”條作“其”。
　　⑦ “前侍御史”上，《廣記》卷四二〇“王景融”條有“唐”字。
　　⑧ “平舒”，原作“平野”，《廣記》卷四二〇“王景融”條作“平舒”。按，《舊
唐書》卷三九《地理志》：“漢東平舒縣，屬渤海郡。後去‘東’字。隋不改。武德四
年，屬景州。貞觀元年，屬瀛州。”平舒爲瀛州屬縣，故當作“平舒”是，據改。
　　⑨ “隧”，《廣記》卷四二〇“王景融”條作“埏”。
　　⑩ “損”，《廣記》卷四二〇“王景融”條無此字。
　　⑪ “暴”，《廣記》卷四二〇“王景融”條無此字。

卷　六

　　天寶中，① 萬年主簿韓朝宗嘗追一人，來遲，決五下。將過縣令，令又決十下。其人患天行病而卒。後於冥司下狀，言朝宗，遂被追至。② 入烏頭門，③ 極大，至中門前，一雙桐樹，門邊一閣，垂簾幕，窺見故御史洪子輿坐。子輿曰："韓大何爲得此來？"朝宗云："被追來，不知何事。"子輿令早過大使，入屏牆，見故刑部尚書李乂。朝宗參見，云："何爲決殺人？"朝宗訴云："不是朝宗打殺，縣令重決，由患天行病自卒，非朝宗過。"又問："縣令決汝，何牽他主簿！朝宗無事。然亦縣丞，悉見例皆受行杖。"亦決二十，④ 放還。朝宗至晚始蘇，脊上青腫，疼痛不復可言，一月已後始可。於後巡檢坊曲，遂至京城南羅城，有一坊，中一宅，門向南開，

---

　　① 劉真倫《〈朝野僉載〉點校本管窺》（上）（《書品》1989 年第 1 期）以爲"鷟壽不至此，不得預知"，故疑此條非《朝野僉載》原文。

　　② "遂"上，《廣記》卷三八〇"韓朝宗"條有"宗"字。

　　③ "頭"，《廣記》卷三八〇"韓朝宗"條作"頸"。

　　④ "亦"，原作"木"，《廣記》卷三八〇"韓朝宗"條作"亦"，汪校云"'亦'原作'木'，據明抄本改"，今據改。

宛然記得追來及乞杖處。① 其宅中無人居，② 問人，云此是公主凶宅，人不敢居。乃知大凶宅皆鬼神所處，信之。

神鼎師不肯剃頭，③ 食醬一斗。每巡門乞物，得粗布破衣亦着，得紬錦羅綺亦着。於利貞師座前聽，問貞師曰："萬物定否？"貞曰："定。"鼎曰："闍梨言若定，何因高岸爲谷，深壑爲陵；④ 有死即生，有生即死；萬物相糾，六道輪迴？何得爲定耶！"貞曰："萬物不定。"鼎曰："若不定，何不喚天爲地，喚地爲天，喚月爲星，喚星爲月？何得爲不定！"貞無以應之。時張文成見之，謂曰："觀法師即是菩薩行人也。"鼎曰："菩薩得之不喜，失之不悲，打之不怒，罵之不嗔，此乃菩薩行人也。鼎今乞得即喜，不得即悲，打之即怒，罵之即嗔。以此論之，去菩薩遠矣。"

空如禪師者，不知何許人也。少慕修道，父母抑婚，以刀割其勢，乃止。後成丁，徵庸課，遂以麻蠟裹臂，以火蓺之，遂成廢疾。⑤ 入陸渾山，坐蘭若，虎不爲暴。⑥ 山中偶見野猪與虎鬥，以藜杖揮之，曰："檀越，不須相爭！"即弭耳

---

① "乞"，《廣記》卷三八〇"韓朝宗"條作"喫"。按，此處"乞"字用作"喫"字，二字在元明俗文學作品中有混用的現象。（參見江藍生：《被動關係詞"吃"的來源初探》，《中國語文》1989 年第 5 期。）

② "中"，《廣記》卷三八〇"韓朝宗"條作"空"。

③ "神鼎師"上，《廣記》卷九七"神鼎"條有"唐"字。

④ "壑"，《廣記》卷九七"神鼎"條作"谷"。

⑤ "遂"，《廣記》卷九七"空如禪師"條無此字。

⑥ "爲"，《廣記》卷九七"空如禪師"條無此字。

分散。① 人皆敬之，無敢議者。②

　　司刑司直陳希閔以非才任官，③ 庶事凝滯。④ 司刑府史目之爲"高手筆"，言秉筆支額，半日不下，故名"高手筆"。又號"按孔子"，言竄削至多，紙面穿穴，故名"按孔子"。

　　衢州龍游縣令李凝道性褊急，⑤ 姊男年七歲，故惱之，即往逐之，不及，遂餅誘得之，咬其胸背流血，姊救之，得免。又乘驢於街中，⑥ 有騎馬人靴鼻撥其膝，遂怒，大駡，將毆之，馬走，遂無所及。忍惡不得，遂嚼路傍棘子流血。⑦

　　貞觀中，⑧ 冀州武彊縣丞堯君卿失馬。既得賊，枷禁未決，君卿指賊面而駡曰："老賊，吃虎膽來，敢偷我物！"賊舉枷擊之，應時腦碎而死。

---

① "弭耳"，《廣記》卷九七"空如禪師"條無此二字。
② "議"，《廣記》卷九七"空如禪師"條作"喋"。
③ "司刑司直"，《廣記》卷四九三"陳希閔"條作"司刑司丞"。"非"上，原有"才"字，據《廣記》卷四九三"陳希閔"條删。
④ "凝"，原作"疑"，據《廣記》卷四九三"陳希閔"條、《四庫》本改。
⑤ "衢州"上，《廣記》卷二四四"李凝道"條有"唐"字。按，此條云"衢州龍游縣"，恐有誤，據《舊唐書》卷四〇《地理志》，貞觀八年置龍丘縣，屬婺州，垂拱二年，屬衢州。另據同書卷四一《地理志》，知龍游縣屬嘉州。故"衢州""龍游縣"當有一誤，或疑"龍游"爲"龍丘"之誤。（參見趙庶洋：《點校本〈朝野僉載〉匡補》，《書品》2011 年第 3 期。）
⑥ "街"，《四庫》本作"市"。
⑦ "流血"，《廣記》卷二四四"李凝道"條作"血流"。
⑧ "貞觀"上，《廣記》卷二四四"堯君卿"條有"唐"字。

　　開元中，蕭穎士方年十九，① 擢進士。② 至二十餘，該博三教。其賦性躁忿浮戾，③ 舉無其比。常使一僕杜亮，每一決責，皆由非義。④ 平復，遵其指使如故。⑤ 或勸亮曰："子傭夫也，何不擇其善主，而受苦若是乎？"亮曰："愚豈不知，但愛其才學博奧，以此戀戀不能去。"卒至於死。

　　高崔巍善弄癡，⑥ 大帝令給使捺頭向水下，⑦ 良久，出而笑之。帝問，曰："見屈原，云：'我逢楚懷王無道，乃沈汨羅水。汝逢聖明主，何爲來？'"帝大笑，⑧ 賜物百段。

　　秋官侍郎狄仁傑嘲秋官侍郎盧獻曰：⑨ "足下配馬乃作

---

　　① 劉真倫《〈朝野僉載〉點校本管窺》（上）（《書品》1989年第1期）以爲"據《登科記》，事在開元二十三年，蕭已前卒，不及預知"，故疑此條非《朝野僉載》原文。

　　② "開元中蕭穎士方年十九擢進士"十三字，《廣記》卷二四四"蕭穎士"條作"唐蕭穎士開元中年十九擢進士第"。又，"蕭"字，原脱，據《廣記》卷二四四"蕭穎士"條補。

　　③ 此句，《廣記》卷二四四"蕭穎士"條作"性急躁忿戾"。又"戾"字，原作"淚"，據《廣記》卷二四四"蕭穎士"條改。

　　④ "皆由非義"，《廣記》卷二四四"蕭穎士"條作"以待調養"。

　　⑤ "遵"，原作"遭"，據《廣記》卷二四四"蕭穎士"條改。

　　⑥ "高崔巍"上，原有"敬宗時"三字。按，余嘉錫《四庫提要辨證》云"考《酉陽雜俎》續集卷四《貶誤篇》及《廣記》卷二百四十九引《朝野僉載》，並只云散樂高崔巍善弄癡，無'敬宗時'三字，則此條實原書所有。特傳寫有誤，不得執此爲疑案"，是，故據《酉陽雜俎·續集》卷四《貶誤》及《廣記》卷二四九"高崔巍"條刪。"高崔巍"上，《廣記》卷二四九"高崔巍"條有"唐散樂"三字，《酉陽雜俎·續集》卷四《貶誤》有"散樂"二字。"善"，原作"喜"，據《酉陽雜俎·續集》卷四《貶誤》、《廣記》卷二四九"高崔巍"條改。

　　⑦ "捺"，原作"撩"，據《廣記》卷二四九"高崔巍"條改。

　　⑧ "帝大笑"，《酉陽雜俎》續集卷四《貶誤篇》作"帝不覺驚起"。

　　⑨ "秋官"上，《廣記》卷二五〇"狄仁傑"條有"唐"字。

　　驢。”獻曰：“中劈明公，①乃成二犬。”傑曰：“狄字犬傍火也。”獻曰：“犬邊有火，乃是煮熟狗。”

　　吏部侍郎李安期，②隋内史德林之孫，安平公百藥之子，性好機警。③常有選人被放，④訴云：“羞見來路。”安期問：“從何關來？”“從蒲津關來。”安期曰：“取潼關路去。”選者曰：“恥見妻子。”安期曰：“賢室本自相諳，亦應不笑。”⑤又一選人引銓，安期看判曰：“第書稍弱。”⑥對曰：“昨墜馬損足。”安期曰：“損足何廢好書？”爲讀判曰：“向看賢判，⑦非但傷足，⑧兼似内損。”其人慚而去。又選士姓杜名若，注芳洲官，⑨其人慚而不伏。安期曰：“君不聞芳洲有杜若？”其人曰：“可以贈名公。”曰：“此期非彼期。”若曰：“此若非彼若。”安期笑，爲之改注。又一吳士，前任有酒狀，安期曰：“君狀不善。”吳士曰：“知暗槍已入。”安期曰：“爲君

　　①　“明公”下，《廣記》卷二五〇“狄仁傑”條有“姓”字，汪校云：“‘姓’字原闕，據明抄本補。”
　　②　“吏部”上，《廣記》卷二五〇“李安期”條有“唐”字。
　　③　“好”，《廣記》卷二五〇“李安期”條無此字。
　　④　“常”，《廣記》卷二五〇“李安期”條作“嘗”。
　　⑤　“應”，原脱，據《廣記》卷二五〇“李安期”條補。
　　⑥　“第”，原作“弟”，據《廣記》卷二五〇“李安期”條改。
　　⑦　“賢”，原作“弟”，《廣記》卷二五〇“李安期”條汪校云“‘賢’原作‘第’，據明抄本改”，今據改。
　　⑧　“傷”，《廣記》卷二五〇“李安期”條汪校云“明抄本‘傷’作‘損’”。
　　⑨　“注”，原作“任”，據《廣記》卷二五〇“李安期”條改。

拔暗槍。"答曰:"可憐美女。"① 安期曰:"有精神選,還君好官。"對曰:"怪來晚。"安期笑而與官。

尹神童每説:② 伯樂令其子執《馬經》畫樣以求馬,經年無有似者。歸以告父,乃更令求之。③ 出見大蝦蟆,謂父曰:"得一馬,略與相同,而不能具。"伯樂曰:"何也?"對曰:"其隆顱跌目脊郁縮,但蹄不如累趨爾。"伯樂曰:"此馬好跳躑,不堪也。"子笑乃止。

安南有象,能默識人之是非曲直,其往來山中,遇人相爭,④ 有理者即過。負心者,以鼻卷之,擲空中數丈,以牙接之,應時碎矣。莫敢競者。

安南武平縣封溪中有猩猩焉,如美人,解人語,知往事。以嗜酒故,以屐得之,檻百數同牢。欲食之,衆自推肥者相送,流涕而別。時餉封溪令,以柸蓋之,令問何物,猩猩乃籠中語曰:"唯有僕並酒一壺耳。"令笑而愛之,養畜,能傳送言語,人不如也。

前御史王義方出萊州司户參軍,⑤ 去官歸魏州,以講授

①　"女",《廣記》卷二五〇"李安期"條汪校云"明抄本無'女'字"。
②　"尹"上,《廣記》卷二四九"尹神童"條有"唐"字。
③　"乃",《廣記》卷二四九"尹神童"條無此字。
④　"能默識人"至"遇人相爭"十八字,原爲兩空格,《廣記》卷四四一"雜説"條汪校云"'能默識之'至'遇人相爭'十八字,原空闕,據黄本補",今據補。
⑤　"前御史"上,《廣記》卷四四八"王義方"條有"唐"字。"出",《廣記》卷四四八"王義方"條作"黜"。

爲業。時鄉人郭無爲頗有法術，教義方使野狐。義方雖呼得之，[1] 不伏使，卻被群狐競來惱，每擲磚瓦以擊義方。或正誦讀，即裂其書碎。[2] 聞空中有聲云："有何神術，而欲使我乎！"義方竟不能禁止，無何而卒。

并州石艾、壽陽二界，有妒女泉，有神廟，泉灢水深沈，[3] 潔澈千丈。祭者投錢及羊骨，皎然皆見。俗傳妒女者，介之推妹，與兄競，去泉百里，寒食不許舉火，[4] 至今猶然。女錦衣紅鮮，裝束盛服，及有人取山丹、百合經過者，必雷風電雹以震之。

景龍末，韋庶人專制，故安州都督、贈太師杜鵬舉時尉濟源縣，爲府召至洛城修籍。一夕暴卒，親賓具小殮，[5] 夫人尉遲氏，敬德之孫也，性通明強毅，曰："公算術神妙，自言官至方伯，今豈長往耶！"安然不哭。洎二日三夕，乃心上稍溫，翌日，徐蘇。數日方語，云初見兩人持符來召，遂相引出徽安門。[6] 門隙容寸，過之尚寬，直北上邙山，可十餘里，有大坑，視不見底。使者令入，[7] 鵬舉大懼，使者曰：

---

① "雖"下，《廣記》卷四四八"王義方"條有"能"字。
② "裂其書碎"，《廣記》卷四四八"王義方"條作"裂碎其書"。
③ "泉灢水深沈"，原作"泉水沉"，據《廣記》卷二九一"妒女廟"條改。
④ "舉"，《廣記》卷二九一"妒女廟"條作"斷"。
⑤ "具"上，《廣記》卷三〇〇"杜鵬舉"條有"將"字。
⑥ "出徽安門"，《廣記》卷三〇〇"杜鵬舉"條作"徽安門出"。
⑦ "者"，原作"人"，據《廣記》卷三〇〇"杜鵬舉"條改。

"可閉目。"執手如飛。須臾，足已履地。尋小徑東行，凡數十里，天氣昏慘，如冬凝陰。遂至一廨，牆宇宏壯，使者先入。有碧衣官出，趨拜頗恭，既退引入，碧衣者踞坐案後，命鵬舉前。旁有一狗，① 人語曰："誤，姓異名同，② 非此官也。"答使者，改符令去。有一馬，半身兩足，跳梁而前曰："往爲鵬舉所殺，今請理冤。"鵬舉亦醒然記之，訴云："曾知驛，敕使將馬令殺，非某所願。"碧衣命吏取按，審然之，馬遂退。旁見一吏，揮手動目，教以事理，意相庇脫。證既畢，③ 遂揖之出，碧衣拜送門外，云："某是生人，安州編戶，少府當爲安州都督，故先施敬，願自保持。"言訖，而向所教之吏趨出，云姓韋名鼎，亦是生人，在上都務本坊。自稱向來有力，祈錢十萬。鵬舉辭不能致，鼎云："某雖生人，今於此用紙錢，易致耳。"遂許之。又囑云："焚時願以物藉之，幸不着地，兼呼韋鼎，某即自使人受。"鼎又云："既至此，豈不要見當家簿書？"遂引入一院，題云"戶部"，房廊四周，簿帳山積，當中三間，架閣特高，覆以赤黃幃帕，金字榜曰"皇籍"。餘皆露架，④ 往往有函，⑤ 紫色蓋之，韋鼎

---

① "旁"，原作"傍"，據《廣記》卷三〇〇"杜鵬舉"條改。下同。
② "異"，原爲空格，中華本趙校云"缺字當是'異'字，今據補。
③ "證"上，《廣記》卷三〇〇"杜鵬舉"條有"所"字。
④ "露"下，原有"往"字，據《廣記》卷三〇〇"杜鵬舉"條刪。
⑤ 下"往"字，原脫，據《廣記》卷三〇〇"杜鵬舉"條補。

云：“宰相也。”因引詣杜氏籍，書籤云“濮陽房”，有紫函
四，發開卷，鵬舉三男，時未生者，籍名已俱。遂求筆，①
書其名於臂。意願踟蹰，更欲周覽，② 韋鼎云：“既不住，③
亦要早歸。”遂引出，令一吏送還。吏云：“某苦飢，不逢此
便，④ 無因得出，願許別去，冀求一食。但尋此道，自至其
所。”留之不可，鵬舉遂西行。道左，忽見一新城，異香聞數
里，環城皆甲士持兵。鵬舉問之，甲士云：“相王於此上天，
有四百天人來送。”鵬舉曾爲相王府官，忻聞此説，牆有大
隙，窺見分明。天人數百，圍繞相王，滿地彩雲，並衣仙服，
皆如畫者。相王前有女人，執香爐引，行近窺諦，⑤ 衣裙帶
狀似剪破，一如雁齒狀。相王戴一日，光明輝赫，徑可丈
餘。⑥ 相王後凡有十九日，纍纍成行，大光明皆如所戴。須
臾，有緋騎來迎，甲士令鵬舉走，遂至故道，不覺已及徽安
門。門閉，⑦ 過之，⑧ 亦如去時容易，爲群犬遮齧，行不可

---

① “遂”，原作“述”，《廣記》卷三〇〇“杜鵬舉”條汪校云“‘遂’原作‘述’，
據明抄本改”，今據改。
② “周”，原作“固”，據《廣記》卷三〇〇“杜鵬舉”條改。
③ “住”，原作“往”，《廣記》卷三〇〇“杜鵬舉”條汪校云“‘住’原作‘往’，
據明抄本改”，今據改。
④ “便”，原作“使”，據《廣記》卷三〇〇“杜鵬舉”條改。
⑤ “諦”，原作“帝”，《廣記》卷三〇〇“杜鵬舉”條汪校云“‘諦’原作‘帝’，
據明抄本改”，今據改。
⑥ “徑”，《廣記》卷三〇〇“杜鵬舉”條作“近”。
⑦ “門”，原脱，據《廣記》卷三〇〇“杜鵬舉”條補。
⑧ “過”上，《廣記》卷三〇〇“杜鵬舉”條有“閑”字。

進。至家，見身在牀上，躍入身中，遂瘥。臂上所記，如朽木書，字尚分明。遂焚紙錢十萬，呼贈韋鼎。心知卜代之數，中興之期，遂以假故，來謁睿宗。上握手曰：“豈敢忘德。”尋求韋鼎，適卒矣。及睿宗登極，拜右拾遺，詞云：“思入風雅，靈通鬼神。”敕宮人妃子數十同其妝服，①令視執爐者，鵬舉遙識之，乃太平公主也。問裙帶之由，公主云：“方熨龍袞，②忽爲火迸，驚忙之中，不覺爇帶，倉惶不及更服。”公主歔欷陳賀曰：“聖人之興，固自天也。”鵬舉所見，先睿宗龍飛前三年，故鵬舉墓志云：“及睿宗踐祚，陰隤祥符。啓聖期於化元，定成拜於幽數。”③後果爲安州都督。④一説，⑤鵬舉得釋，後入一院，⑥問簾下者爲誰，曰魏元忠也。有頃，敬揮人，⑦下馬，衆接拜之，云是大理卿，對推事。見武三思着枷；韋溫、宗楚客、趙履溫等着鎖；李嶠露頭散腰立。

---

①“妃子”，《廣記》卷三〇〇“杜鵬舉”條作“妃主”。按，中華本趙校云“下言太平公主亦在其中，則作‘妃主’爲是”。

②“熨”，原作“慰”，據《廣記》卷三〇〇“杜鵬舉”條改。

③“拜”，《廣記》卷三〇〇“杜鵬舉”條作“命”。

④以上內容，《廣記》卷三〇〇“杜鵬舉”條云“出處士蕭時和作傳”。

⑤“一説”上，底本有一空格。按，《廣記》卷三〇〇“杜鵬舉”條於“一説，鵬舉得舉”條上，有“又”字，以別於“杜鵬舉”條，疑此空格乃是明人輯錄《僉載》時，刪“又”字之後所保留。“一説”以下內容，《廣記》卷三〇〇“杜鵬舉”條另作一段。另參見余嘉錫《四庫提要辨證》卷一七《朝野僉載》六卷》條。

⑥“後”，《廣記》卷三〇〇“杜鵬舉”條作“復”。

⑦“人”，《廣記》卷三〇〇“杜鵬舉”條作“至”，汪校云“‘至’原作‘人’，據明抄本改”。

聞元忠等云“今年大計會”。至六月，誅逆韋，宗、趙、韋等並斬，嶠解官歸第，皆如其言。

柴紹之弟某，① 有材力，輕趫迅捷，踴身而上，挺然若飛，十餘步乃止。太宗令取趙公長孫無忌鞍韉，仍先報無忌，令其守備。其夜，見一物如鳥，飛入宅內，割雙韉而去，追之不及。又遣取丹陽公主鏤金函枕，② 飛入房內，以手捻土公主面上，③ 舉頭，即以他枕易之而去。至曉乃覺。嘗着吉莫靴走上磚城，④ 直至女牆，⑤ 手無攀引。⑥ 又以足踏佛殿柱，⑦ 至簷頭，捻椽覆上。越百尺樓閣，了無障碍。太宗奇之，⑧ 曰：“此人不可處京邑。”出爲外官。時人號爲“壁龍”。太宗嘗賜長孫無忌七寶帶，直千金，時有大盜段師子從屋上上椽孔間而下，露，拔刀，謂曰：“公動即死。”遂於函中取帶去，以刀拄地，踴身椽孔間出。

---

① “柴紹”上，《廣記》卷一九一“柴紹弟”條、《説郛》卷二、《古今説海》本、《歷代小史》本有“唐”字。

② “函枕”，原作“枕函”，據《廣記》卷一九一“柴紹弟”條改。

③ “土”，原作“上”，據《廣記》卷一九一“柴紹弟”條改。

④ “走”，《説郛》卷二無此字。

⑤ “直”，《廣記》卷一九一“柴紹弟”條作“且”。

⑥ “攀”，《説郛》卷二、《古今説海》本、《歷代小史》本作“扳”。

⑦ “踏”，《廣記》卷一九一“柴紹弟”條作“蹈”，《説郛》卷二、《古今説海》本、《歷代小史》本作“指”。“佛殿柱”上，《説郛》卷二、《古今説海》本、《歷代小史》本有“緣”字。

⑧ “太宗”，《説郛》卷二、《古今説海》本、《歷代小史》本作“文武睿聖皇帝”。

天后時將軍李楷固，① 契丹人也，善用緡索。李盡忠之敗也，麻仁節、張玄遇等並被緡。將麋鹿狐兔，走馬遮截，放索緡之，百無一漏。鞍馬上弄弓矢矛矟，如飛仙。② 天后惜其材，不殺，用以爲將。稍貪財好色，出爲潭州喬口鎮守將，憤恚而卒。

宋令文者，③ 有神力。禪定寺有牛觸人，莫之敢近，築圍以闌之。令文怪其故，遂袒褐而入。牛竦角向前，令文接兩角拔之，應手而倒，頸骨皆折而死。又以五指撮碓觜壁上書，得四十字詩。爲太學生，以一手挾講堂柱起，以同房生衣於柱下壓之。許重設酒，乃爲之出。令文有三子：長之問，有文譽；次之遜，善書；次之悌，有勇力。之悌後左降朱鳶，會賊破驩州，以之悌爲總管擊之。募壯士，得八人。之悌身長八尺，被重甲，直前大叫曰："獠賊，動即死。"賊七百人，一時俱到，大破之。

彭博通者，④ 河間人也，身長八尺。曾於講堂階上臨階而立，取鞋一鞴，以臂夾，令有力者後拔之，鞋底中斷，博通脚終不移。牛駕車正走，博通倒曳車尾，卻行數十步，橫

---

① "天后"上，《廣記》卷一九一"李楷固"條有"唐"字。
② "如"上，《廣記》卷一九一"李楷固"條有"狀"字。
③ "宋令文"上，《廣記》卷一九一"宋令文"條有"唐"字。按，此條見《新唐書》卷二〇二《文藝中·宋之問傳》。
④ "彭博通"上，《廣記》卷一九一"彭博通"條有"唐"字。

拔車轍深二尺餘，① 皆縱橫破裂。曾游瓜埠江，② 有急風，張帆，博通捉尾纜挽之，不進。

定襄公李宏，③ 虢王之子，身長八尺。曾獵，有虎搏之，④ 蹭而臥，虎坐其上。奴走馬傍過，虎跳攫奴後鞍，宏起，引弓射之，中臂而死。⑤ 宏及奴一無所傷。

忠武將軍辛承嗣輕捷，⑥ 曾解鞍絆馬，脫衣而臥，令一人百步走馬持槍而來。承嗣轡馬解絆，着衣擐甲，上馬盤槍，逆拒刺馬，擒人而還。承嗣曾與將軍元帥獎馳騁，⑦ 一手捉鞍橋，雙足直上捉蜻蜓，走馬二十里。與中郎裴紹業於青海被吐蕃圍，⑧ 謂紹業曰："相隨帶將軍共出。"紹業懼，不敢。承嗣曰："爲將軍試之。"單馬持槍，⑨ 所向皆靡，卻迎紹業出。承嗣馬被箭，乃跳下，奪賊壯馬乘之，一無損傷。裴旻與幽州都督孫佺北征，⑩ 被奚賊圍之。⑪ 旻馬上立走，輪刀雷

---

①　"餘"，《廣記》卷一九一"彭博通"條無此字。

②　"埠"，《廣記》卷一九一"彭博通"條作"步"。

③　"定"上，《廣記》卷一九一"李宏"條有"唐"字。

④　"有"，《廣記》卷一九一"李宏"條作"遇"。

⑤　"中臂而死"，《廣記》卷一九一"李宏"條作"而斃"。

⑥　"忠武"上，《廣記》卷一九一"辛承嗣"條有"唐"字。

⑦　"曾"，《廣記》卷一九一"辛承嗣"條作"後"。

⑧　"圍"上，《廣記》卷一九一"辛承嗣"條有"所"字。

⑨　"單"，原作"軍"，據《廣記》卷一九一"辛承嗣"條改。

⑩　"與"，原作"爲"，《廣記》卷一九一"辛承嗣"條作"與"，本書卷一有"孫佺爲幽州都督"一條，故作"與"是，據改。按，此條見《新唐書》卷二〇二《文藝中·張旭傳》。

⑪　"圍之"，《廣記》卷一九一"辛承嗣"條作"所圍"。

發，箭若星流，應刀而斷。賊不敢取，蓬飛而去。

貞觀中，①恒州有彭闥、高瓚，二人鬥豪，時於大酺場上兩朋竟勝，②闥活捉一豚，從頭咬至項，放之地上，仍走。瓚取貓兒從尾食之，腸肚俱盡，仍鳴喚不止。闥於是乎帖然心伏。

梁庾信從南朝初至北方，文士多輕之。信將《枯樹賦》以示之，於後無敢言者。時溫子昇作《韓陵山寺碑》，信讀而寫其本，南人問信曰："北方文士何如?"信曰："唯有韓陵山一片石堪共語，薛道衡、盧思道少解把筆，自餘驢鳴犬吠，③ 聒耳而已。"

盧照鄰字昇之，④ 范陽人。弱冠，拜鄧王府典籤，王府書記，一以委之。王有書十二車，照鄰總披覽，略能記憶。後爲益州新都縣尉，秩滿，婆娑於蜀中，放曠詩酒，故世稱"王楊盧駱"。照鄰聞之，曰："喜居王後，恥在駱前。"時楊之爲文，⑤ 好以古人姓名連用，如"張平子之略談，⑥ 陸士衡之所記，潘安仁宜其陋矣，仲長統何足知之"，號爲"點鬼簿"。駱賓王文，好以數對，如"秦地重關一百二，漢家離

① "貞觀"上，《廣記》卷一九一"彭闥高瓚"條有"唐"字。
② "時於"，《廣記》卷一九一"彭闥高瓚"條作"於時"。
③ "犬"，《廣記》卷一九八"庾信"條作"狗"。
④ "盧照鄰"上，《廣記》卷一九八"盧照鄰"條有"唐"字。
⑤ "時楊之爲文"，《類説》卷四〇作"楊炯爲文"。
⑥ "略談"，《類説》卷四〇作"談略"。

宮三十六”，時人號爲“算博士”。如盧生之文，時人莫能評其得失矣。① 惜哉！不幸有冉耕之疾，著《幽憂子》以釋憤焉，文集二十卷。

北齊蘭陵王有巧思，爲舞胡子，王意所欲勸，② 胡子則捧盞以揖之，人莫知其所由也。

幽州人劉交戴長竿高七十尺，③ 自擎上下。有女十二，甚端正，於竿上置定，跨盤獨立。見者不忍，女無懼色。後竟爲撲殺。

巧人張崇者，④ 能作灰畫腰帶鉸具，每一胯大如錢，灰畫燒之，見火即隱起，作龍魚鳥獸之形，莫不悉備。

則天如意中，海州進一匠，造十二辰車。迴轅正南，則午門開，馬頭人出。四方迴轉，不爽毫厘。又作木火通，鐵盞盛火，輾轉不翻。⑤

韓王元嘉有一銅樽，⑥ 背上貯酒而一足倚，⑦ 滿則正

---

① “如盧生之文時人莫能評其得失矣”十四字，《後村詩話續集》卷三作“盧生之文古今粲粲文質彬彬”。
② “所欲”，《廣記》卷二二五“蘭陵王”條作“欲所”。
③ “幽州”，《廣記》卷二二六“劉交”條作“幽州”。
④ “巧人”上，《廣記》卷二二六“張崇”條有“唐”字。
⑤ “輾”，原作“晨”，據《廣記》卷二二六“十二辰車”條改。
⑥ “銅樽”，《紺珠集》卷三、《類説》卷四〇作“銅鶴樽”。
⑦ “貯”，《紺珠集》卷三、《類説》卷四〇作“注”。“而”，《紺珠集》卷三、《類説》卷四〇作“則”。

立,① 不滿則傾。② 又爲銅鳩，氈上摩之，熱則鳴，如真鳩之聲。

洛州殷文亮曾爲縣令，性巧好酒，刻木爲人，衣以繒彩，酌酒行觴，皆有次第。又作妓女，唱歌吹笙，皆能應節。飲不盡，即木小兒不肯把；飲未竟，則木妓女歌管連催。③ 此亦莫測其神妙也。

將作大匠楊務廉甚有巧思，常於沁州市内刻木作僧，手執一碗，自能行乞。碗中錢滿，關鍵忽發，自然作聲云“布施”。市人競觀，欲其作聲，施者日盈數千矣。

郴州刺史王琚刻木爲獺，沉於水中取魚，引首而出。蓋獺口中安餌，爲轉關，以石縋之則沉。魚取其餌，關即發，口合則銜魚，石發則浮出矣。

薛眘惑者，善投壺，龍躍隼飛，矯無遺箭。置壺於背後，卻反矢以投之，百發百中。

天后朝,④ 地官郎中周子恭忽然暴亡，見大帝於殿上坐，裴子儀侍立。子恭拜，問爲誰，曰：“周子恭追到。”帝曰：“我喚許子儒，何爲錯將子恭來！”即放去。子恭蘇，問家中曰：“許侍郎好在否?”時子儒爲天官侍郎，已病，其夜卒，

---

① “立”，《類説》卷四〇無此字。
② “傾”，《類説》卷四〇作“欹”。“傾”下，《紺珠集》卷三有“側”字。
③ “連”下，原有“理”字，據《廣記》卷二二六“殷文亮”條删。
④ “天后”上，《廣記》卷三八四“周子恭”條有“唐”字。

則天聞之，馳驛向并州，問裴子儀，儀時爲判官，[①]無恙也。

　　張易之將敗也，母韋氏阿藏在宅坐，[②]家人報云有車馬騎從甚多，至門而下。疑其內官也，藏出迎之，無所見。又野狐數十擎飯瓮牆頭而過，未旬日而禍及。垂拱之後，諸州多進雌雞化爲雄雞者，則天之應也。

　　神龍中，[③]戶部尚書李承嘉不識字，不解書。爲御史大夫，兼洛州長史，名判司爲狗，罵御史爲驢，威振朝廷。西京造一堂新成，坊人見野狐無數，直入宅。須臾，堂舍四裂，瓦木一聚，判事筆管手中直裂，別取筆，復裂如初。數日，出爲藤州員外司馬，卒。

　　大定年中，[④]太州赤水店有鄭家莊，[⑤]有一兒，[⑥]年二十餘，日晏，於驛路上見一青衣女子獨行，姿容姝麗。問之，云欲到鄭縣，待三婢未來，躊躕伺候。此兒屈就莊宿，[⑦]安置廳中，借給酒食，將衣被同寢。至曉，門久不開，呼之不

---

　　① “儀”，原脫，據《廣記》卷三八四“周子恭”條補。
　　② “阿藏”上，《廣記》卷三六一“張易之”條有“號”字。按，此條見《新唐書》卷三四《五行志一》。
　　③ “神龍”上，《廣記》卷三六一“李承嘉”條有“唐”字。按，此條見《新唐書》卷三四《五行志一》。
　　④ “大定年中”，《說郛》卷二、《古今說海》本、《歷代小史》本作“周大足年中”。
　　⑤ “太州”，《廣記》卷三六一“泰州人”條、《說郛》卷二、《古今說海》本、《歷代小史》本作“泰州”。
　　⑥ “兒”，原作“鬼”，《廣記》卷三六一“泰州人”條作“兒”，《說郛》卷二、《古今說海》本、《歷代小史》本作“兒郎”，下文有“此兒”語，故此據《廣記》改。
　　⑦ “此兒”，《說郛》卷二、《古今說海》本、《歷代小史》本作“郎君”。

應。於窗中窺之，唯有腦骨頭顱在，餘並食訖。家人破户入，^①於梁上暗處見一大鳥，沖門飛出。^②或云是羅刹魅也。^③

懷州刺史梁載言晝坐廳事，^④忽有物如蝙蝠，從南飛來，直入口中，翕然似吞一物。腹中遂絞痛，數日而卒。

壽安男子不知姓名，肘拍板，鼻吹笛，口唱歌，能半面笑半面啼。一鳥犬解人語，應口所作，與人無殊。

越州兵曹柳崇忽瘍生於頭，呻吟不可忍。於是召術士夜觀之，云：“有一婦女綠裙，問之不應，在君窗下，急除之。”崇訪窗下，止見一瓷妓女，極端正，綠瓷爲飾。遂於鐵臼搗碎而焚之，瘡遂愈。

永徽中，^⑤張鷟築馬槽廠，宅正北掘一坑丈餘。時陰陽書云：子地穿，必有人墮井死。^⑥鷟有奴名永進，淘井土崩，壓而死。又鷟故宅，有一桑，高四五丈，無故枯死，尋而祖亡殁。後有明陰陽云“喬木先枯，衆子必孤”，此其驗也。

徐敬業舉兵，^⑦有大星蓬蓬如筐籠，經三宿而失。俄而

---

① “家人破户入”，《説郛》卷二、《古今説海》本、《歷代小史》本作“家人破户入，一物不見”。
② “出”，《説郛》卷二、《古今説海》本、《歷代小史》本作“去”。
③ “是”，《説郛》卷二、《古今説海》本、《歷代小史》本無此字。
④ “懷州”上，《廣記》卷三六一“梁載言”條有“唐”字。“廳事”下，原有三空格，據《廣記》卷三六一“梁載言”條刪。
⑤ “永徽”上，《廣記》卷一四二“張鷟”條有“唐”字。
⑥ “人”，原脱，據《廣記》卷一四二“張鷟”條補。
⑦ “徐敬業”上，《廣記》卷一四三“徐敬業”條有“唐”字。

敬業敗。

司刑卿杜景佺授并州長史，① 馳驛赴任。其夜有大星如
斗，落於庭前，至地而没。佺至并州祁縣界而卒。② 群官迎
祭，迴所上食爲祭盤。

將軍黑齒常之鎮河源軍，③ 城極嚴峻。有三口狼入營，
繞官舍，不知從何而至，軍士射殺。黑齒忌之，④ 移之外。
奏討三曲党項，奉敕許，遂差將軍李謹行充替。謹行到軍，
旬日病卒。

天官侍郎顧琮新得三品，⑤ 有子婿來謁。時大門造成，
琮乘馬至門，鼓鼻蹯地不進。鞭之，跳躍而入，從騎亦如之。
有頃，門無故自倒，琮不悦，遂病。郎中、員外以下來問疾，
琮云："未合入三品，爲諸公成就至此，自知不起矣。"旬中
而薨。⑥

張易之初造一大堂甚壯麗，⑦ 計用數百萬。紅粉泥壁，
文柏帖柱，琉璃沉香爲飾。夜有鬼書其壁曰"能得幾時"，
令削去，明日復書之。前後六七，易之乃題其下曰"一月即

① "司刑卿"上，《廣記》卷一四三"杜景佺"條有"唐"字。
② "祁"，原作"祈"，據《廣記》卷一四三"杜景佺"條改。（參見趙庶洋：《點校本〈朝野僉載〉匡補》，《書品》2011年第3期。）
③ "將軍"上，《廣記》卷一四二"黑齒常之"條有"唐"字。
④ "忌"，《廣記》卷一四二"黑齒常之"條作"惡"。
⑤ "天官"上，《廣記》卷一四三"顧琮"條有"唐"字。
⑥ "中"，《廣記》卷一四三"顧琮"條作"日"。
⑦ "張易之"上，《廣記》卷一四三"張易之"條有"唐"字。

足”。自是不復更書。經半年，易之藉没，入官。

崔玄暐初封博陵王，① 身爲益府長史，受封。令所司造
輅，初成，有大風吹其蓋傾折，識者以爲不祥。無何，弟暈
爲雲陽令，部人殺之雍州衙内。暐三從以上長流嶺南。斯亦
咎徵之先見也。

瀛州饒陽人宋善威曾任一縣尉，② 嘗晝坐，忽然取鞋衫
笏走，出門迎接，拜伏引入。諸人不見，但聞語聲。威命酒
饌樂飲，仍作詩曰：“月落三株樹，日映九重天。良夜歡宴
罷，暫別庚申年。”後威果至庚申年卒。③

開元三年，④ 有熊晝日入廣府城内，經都督門前過，軍
人逐十餘里，射殺之。後月餘，都督李處鑑死。自後長史朱
思賢被告反，禁身半年，纔出，即卒。司馬宋慶賓、⑤ 長史
竇崇嘉相繼而卒。

開元四年，⑥ 尚書考功院廳前一雙桐樹忽然枯死。旬日，
考功員外郎邵某卒。尋而麴先沖爲郎中，判邵舊案。月餘，

---

① “暐”，原作“暉”，《廣記》卷一四三“崔玄暐”條作“暐”。按，《舊唐書》卷
九一、《新唐書》卷一二〇均有《崔玄暐傳》，其事與傳合，又下文作“暐三從以上長
流嶺南”，故據改。按，此條見《新唐書》卷三五《五行志二》。“崔玄暐”上，《廣
記》卷一四三“崔玄暐”條有“唐”字。
② “瀛州”上，《廣記》卷一四三“宋善威”條有“唐”字。
③ “卒”上，《廣記》卷一四三“宋善威”條有“而”字。
④ “開元”上，《廣記》卷一四三“李處鑑”條有“唐”字。
⑤ “慶”，原作“草”，據《廣記》卷一四三“李處鑒”條改。按，清陸心源《唐
文續拾》卷二有《宋慶賓敕》。
⑥ “開元”上，《廣記》卷一四三“麴先沖”條有“唐”字。

西邊樹又枯死，省中憂之。未幾，而先沖又卒。

源乾曜爲宰相，① 移政事牀。時姚元崇歸休，及假滿來，見牀移，忿之。曜懼，下拜。玄宗聞之而停曜。宰相諱移牀，移則改動，曜停後，元崇亦罷，此其驗也。

梁簡文王之生，② 志公謂武帝曰：“此子與冤家同年生。”其年侯景生於雁門，亂梁，誅蕭氏略盡。

魏徵爲僕射，③ 有二典事之長參，④ 時徵方寢，二人窗下平章。⑤ 一人曰：“我等官職，總由此老翁。”一人曰：“總由天上。”⑥ 徵聞之，遂作一書，遣“由此老翁”人者送至侍郎處，云“與此人一員好官”。其人不知，出門心痛，⑦ 憑“由天上”者送書。明日引注，“由老人”者被放，⑧ “由天上”者得留。徵怪之，問焉，具以實對，⑨ 乃嘆曰：“官職禄料由

---

① “源乾曜”上，《廣記》卷一四三“源乾曜”條有“唐”字。劉真倫《〈朝野僉載〉點校本管窺》（上）（《書品》1989 年第 1 期）以爲“語稱玄宗”，故疑此條非《朝野僉載》原文。
② “王”，《廣記》卷一四六“寶志”條無此字。
③ “魏徵”上，《廣記》卷一四六“魏徵”條有“唐”字。
④ “長參”，《新編分門古今類事》卷三“魏鄭窗下”條作“甚謹”。
⑤ “時徵方寢二人窗下平章”十字，《新編分門古今類事》卷三“魏鄭窗下”條作“一日方晝寢二人窗下相與言”。
⑥ “總由”上，《新編分門古今類事》卷三“魏鄭窗下”條有“不然”二字。
⑦ “心痛”上，《新編分門古今類事》卷三“魏鄭窗下”條有“忽”字。
⑧ “由老人”，《新編分門古今類事》卷三“魏鄭窗下”條作“由此翁”。
⑨ “具以實對”，《新編分門古今類事》卷三“魏鄭窗下”條作“具以心痛憑送書去告”。

天者,① 蓋不虛也。"②

　　婁師德爲揚州江都尉,③ 馮元常亦爲尉,共見張囧藏。藏曰:④"二君俱貴,馮位不如婁。馮唯取錢多,即官益進;⑤婁若取一錢,官即落。"⑥ 後馮爲浚儀尉,多肆慘虐,巡察以爲強,奏授雲陽尉。又緣取錢事雪,以爲清強監察。婁竟不敢取一錢,⑦ 位至台輔,家極貧匱。馮位至尚書左丞,後得罪,賜自盡。婁至納言卒。

　　王顯與文武皇帝有嚴子陵之舊,⑧ 每掣褌爲戲,將帽爲歡。帝微時,常戲曰:"王顯抵老不作繭。"及帝登極,而顯謁,奏曰:"臣今日得作繭耶?"帝笑曰:"未可知也。"召其三子,皆授五品,顯獨不及。謂曰:"卿無貴相,朕非爲卿惜也。"曰:"朝貴而夕死足矣。"時僕射房玄齡曰:"陛下既有龍潛之舊,何不試與之?"帝與之三品,取紫袍、金帶賜之,

---

①　"料",《新編分門古今類事》卷三"魏鄭窗下"條作"秩"。

②　此句下,《新編分門古今類事》卷三"魏鄭窗下"條有"昔夫子不語怪力亂神,王肅謂神不由正,無益于教化,斯怪亂也。今《異兆》所錄,貴賤貧富、生死窮達皆至神冥冥獨運而成功,非智力然也。使見之者知命而不憂,豈無益于教乎,覽者詳之"一段。

③　"婁師德"上,《廣記》卷一四六"婁師德"條有"唐"字。

④　"藏",《廣記》卷一四六"婁師德"條作"囧藏"。

⑤　"即",《廣記》卷一四六"婁師德"條無此字。

⑥　"落",《廣記》卷一四六"婁師德"條作"敗"。

⑦　"竟",原作"見",據《廣記》卷一四六"婁師德"條改。

⑧　"王顯"上,《廣記》卷一四六"王顯"條、《新編分門古今類事》卷一〇"王顯夕死"條有"唐"字。

其夜卒。①

太宗極康豫，② 太史令李淳風見上，③ 流涕無言。上問之，對曰："陛下夕當晏駕。"太宗曰："人生有命，亦何憂也。"留淳風宿。太宗至夜半，奄然入定，見一人云："陛下暫合來，還即去也。"帝問："君是何人？"對曰："臣是生人判冥事。"太宗入見，冥官問六月四日事，④ 即令還。向見者又迎送引導出。淳風即觀玄象，不許哭泣，須臾，乃瘥。至曙，求昨所見者，令所司與一官，遂注蜀道一丞。⑤ 上怪，問之，選司奏，奉進止與此官。上亦不記，旁人悉聞，方知官皆由天也。

王無导好博戲，⑥ 善鷹鷂。文武聖皇帝微時，與無导蒲戲爭彩，有李陽之宿憾焉。帝登極，导藏匿不出。帝令給使將一鷂子於市賣之，索錢二十千。导不知也，⑦ 酬錢十八貫，

---

① "卒"上，《新編分門古今類事》卷一〇"王顯夕死"條有"暴"字。此句下，《新編分門古今類事》卷一〇"王顯夕死"條有"嗚呼，靡顔膩理，哆嗎顚額，形之異也。朝秀晨終，龜鶴千歳，年之殊也。聞言如響，智昏菽麥，神之辨也。因知三者定乎造化，至於壽夭窮達，獨曰由人，不亦蔽乎"一段。
② "太宗"上，《廣記》卷一四六"授判冥人官"條有"唐"字。
③ "李"，原脫，據《廣記》卷一四六"授判冥人官"條補。
④ "冥官"，《廣記》卷一四六"授判冥人官"條作"判官"。按，敦煌寫本有《唐太宗入冥記》，與此故事大體相似，而較此更爲詳盡。（參見黃征、張涌泉：《敦煌變文校注》卷二《唐太宗入冥記》，中華書局1997年版。）
⑤ "遂"，原作"送"，據《廣記》卷一四六"授判冥人官"條改。
⑥ "王"上，《廣記》卷一四六"王無导"條有"唐"字。
⑦ "知"上，《廣記》卷一四六"王無导"條有"之"字。

給使以聞。帝曰：“必王無导也。”遂召至，惶懼請罪。帝笑
而賞之，^① 令於春明門待諸州庸車三日，^② 並與之。导坐三
日，屬灞橋破，唯得麻三車，更無所有。帝知其薄命，^③ 更
不復賞。頻請五品，帝曰：“非不與卿，惜卿不勝也。”固
請，乃許之，其夜遂卒。

---

① “而”，原脱，據《廣記》卷一四六“王無导”條補。
② “庸”，原作“麻”，《廣記》卷一四六“王無导”條作“庸”。按，此“麻”字當
涉下文“唯得麻三車”而誤，今據《廣記》改。
③ “薄命”，《廣記》卷一四六“王無导”條作“命薄”。

附　録：補　輯

　　唐武德年中邠州西南慈烏川有郝積者，素有信敬，見群鹿常在山上逐去還來，異之。掘鹿所止處，得石像高一丈四尺許，移出川中村內，至今現存。(《法苑珠林》卷二二)

　　魯般者，[①] 肅州燉煌人，莫詳年代，巧侔造化。於涼州造浮圖，作木鳶，每擊楔三下，乘之以歸。無何，其妻有姙，[②] 父母詰之，妻具説其故。父後伺得鳶，擊楔十餘下，乘之，遂至吳會。吳人以爲妖，遂殺之。般又爲木鳶乘之，遂獲父尸。怨吳人殺其父，於肅州城南作一木仙人，舉手指東南，吳地大旱三年。卜曰：般所爲也。齎物具千數謝之。[③] 般爲斷一手，其日吳中大雨。[④] 國初，土人尚祈禱其木仙。六國時，公輸般亦爲木鳶，以窺宋城。(《酉陽雜俎·續集》

---

　　① 按，"魯般"上，《酉陽雜俎·續集》有"今人每睹棟宇巧麗,必強謂魯般奇工也,至兩都,寺中亦往往托爲魯般所造,其不稽古如此。據《朝野僉載》云"一段。可見,此條爲《朝野僉載》文字。
　　② "姙",《酉陽雜俎續集》卷四作"袵",據《廣記》卷二二五"魯般"條改。
　　③ "具千數",《廣記》卷二二五"魯般"條作"巨千"。
　　④ "日",《廣記》卷二二五"魯般"條作"月"。

卷四，《太平廣記》卷二二五《魯般》）

隋末，有昝君謨善射，閉目而射，應口而中，云：志其目則中目，志其口則中口。有王靈智學射於謨，以爲曲盡其妙，欲射殺謨，獨擅其美。謨執一短刀，①箭來輒截之。唯有一矢，謨張口承之，遂齧其鏑。笑曰：“學射三年，未教汝齧鏃法。”（《酉陽雜俎·續集》卷四、《太平廣記》卷二二七《昝君謨》、②《事類備要·前集》卷五七、《紺珠集》卷三、《類説》卷四〇）

僞周藤州録事參軍袁思中，平之子，能於刀子鋒杪倒箸。揮蠅起，拈其後脚，百不失一。（《酉陽雜俎·續集》卷四）

崔渾爲侍御史，清白温恭，能盡色養父母。母小不康，輒祈幽請以身代，母嘗有疾，渾跪請病受已。③有頃，覺疾從十指入，俄而遍身，母所苦遂愈。丁父艱，勺飲不入口，毀脊骨立。無何，不勝哀而卒，朝野傷心。（《太平御覽》卷四一一、《紺珠集》卷三、《類説》卷四〇、《説郛》卷二）

蘇頲爲中書舍人，父右僕射瓌卒，頲哀毀過禮。有敕起復，頲表固辭不起。上使黄門侍郎李日知就宅喻旨，終坐無言，乃奏曰：“臣見瘠病羸疲，殆不勝哀。臣不忍言，恐其殞絶。”上惻然，不之逼也。故時人語曰：“蘇瓌有子，李嶠無

---

① “謨”字下，《紺珠集》卷三、《類説》卷四〇有“時無弓矢”四字。
② “昝”，原作“督”，據《酉陽雜俎》改。
③ “受”，《説郛》卷二作“授”，近是。

兒。"(《太平御覽》卷四一四)

　　唐越州山陰縣有智禪師，院內有池，恒贖生以放之。有
一鼉，長三尺，恒食其魚，禪師患之，取鼉送向禹王廟前池
中。至夜還來，禪師咒之曰："汝勿食我魚，即從汝在此。"
鼉於是出外放糞，皆是青泥。禪師每至池上，喚鼉即出，於
師前伏地。經數十年，漸長七八尺。禪師亡後，鼉亦不復見。
(《太平廣記》卷九八《智者禪師》)

　　梁武帝蕭衍殺南齊主東昏侯，以取其位，誅殺甚衆。東
昏死之日，侯景生焉。後景亂梁，破建業，武帝禁而餓終，
簡文幽而壓死，誅梁子弟，略無子遺。時人謂景是東昏侯之
後身也。(《太平廣記》卷一二〇《梁武帝》)

　　唐趙公長孫無忌奏別敕長流，以爲永例。後趙公犯事，
敕長流嶺南，至死不復迴。此亦爲法之弊。(《太平廣記》卷
一二一《長孫無忌》)

　　唐冀州刺史王瑱，性酷烈，時有敕使至州，瑱與使語，
武彊縣尉蘭獎曰："日過，移就陰處。"瑱怒，令典獄撲之，
項骨折而死。至明日，獄典當州門限垂脚坐，門扇無故自發，
打雙脚脛俱折。瑱病，見獎來，起，自以酒食求之，不許。
瑱惡之，迴面向梁，獎在屋梁。旬日而死。(《太平廣記》卷
一二一《王瑱》)

　　唐左史江融耿介正直。揚州徐敬業反，被羅織，酷吏周
興等枉奏殺之，斬於東都都亭驛前。融將被誅，請奏事引見，

興曰："囚何得奏事！"融怒叱之曰："吾無罪枉戮，死不舍汝。"遂斬之，尸乃激揚而起，蹭蹬十餘步，行刑者踏倒，還起坐；如此者三，乃絕。雖斷其頭，似怒不息。無何周興死。（《太平廣記》卷一二一《江融》條）

唐鳳閣侍郎李昭德，威權在己，宣出一敕云："自今已後，公坐徒，私坐流，經恩百日不首，依法科罪。"昭德先受孫萬榮賄財，奏與三品。後萬榮據營州反，貨求事敗，頻經恩赦，以百日不首，准贓斷絞。（《太平廣記》卷一二一《李昭德》）

唐洛州司馬弓嗣業、洛陽令張嗣明，造大枷，長六尺、闊四尺、厚五寸，倚前，人莫之犯。後嗣明及嗣業，資遣逆賊徐真北投突厥，事敗，業等自著此枷，百姓快之也。（《太平廣記》卷一二一《弓嗣業》）

唐秋官侍郎周興，與來俊臣對推事。俊臣別奉，① 進止鞫興，興不知之也。及同食，謂興曰："囚多不肯承，若爲作法？"興曰："甚易也。取大甕，以炭四面炙之，令囚人處之其中，何事不吐！"即索大甕，以火圍之，起謂興曰："有內狀勘老兄，請兄入此甕。"興惶恐叩頭，咸即款伏。斷死，放流嶺南。所破人家，流者甚多，爲讎家所殺。傳曰"多行無禮必自及"，信哉！（《太平廣記》卷一二一《周興》）

---

① 汪校云："'奉'原本作'奏'，據明抄本改。"

附 錄：補 輯

　　唐魚思咺有沈思，極巧。上欲造匭，召工匠，無人作得者。咺應制爲之，甚合規矩，遂用之。無何，有人投匭言咺，云徐敬業在揚州反，咺爲敬業作刀輪以衝陣，殺傷官軍甚衆。推問具承，誅之。爲法自斃，乃至於此。（《太平廣記》卷一二一《魚思咺》）

　　唐索元禮爲鐵籠頭以訊囚。后坐贓賄，不承，使人曰："取公鐵籠頭。"禮即承伏。（《太平廣記》卷一二一《索元禮》）

　　唐張楚金爲秋官侍郎，奏反逆人持敕免死，[①] 家口即絞斬及配没入官爲奴婢等，並入律。後楚金被羅織反，持敕免死，男子十五以上斬，妻子配没。識者曰：爲法自斃，所謂交報也。（《太平廣記》卷一二一《張楚金》）

　　唐京兆尹崔日知處分長安、萬年及諸縣左降流移人，不許暫停，有違晷刻，所由決杖。無何，日知貶歙縣丞，被縣家催，求與妻子別不得。（《太平廣記》卷一二一《崔日知》）

　　唐太宗之代，有《秘記》云，[②] 唐三代之後，即女主武王代有天下。太宗密召李淳風以詢其事，淳風對曰："臣據玄象推算，其兆已成。然其人已生在陛下宮內，從今不踰四十年，當有天下，誅殺唐氏子孫，殆將殲盡。"帝曰："求而殺

------

①　汪校云："'持'，明抄本作'特'，下同。"

②　按，《廣記》卷一六三云出《談賓錄》，汪校云"明抄本作出《朝野僉載》"，趙守儼作存疑。今暫錄於此。

之如何?”淳風曰:“天之所命,不可廢也。王者不死,雖求恐不可得。且據占已長成,復在宮内,已是陛下眷屬。更四十年,又當衰老,老則仁慈,其於陛下子孫,或不甚損。今若殺之,即當復生,更四十年,亦堪御天下矣。少壯嚴毒,殺之爲血讐,即陛下子孫無遺類矣。”(《太平廣記》卷一六三《天后》)

唐太宗問光禄卿韋某,須無脂肥羊肉充藥。韋不知所從得,乃就侍中郝處俊宅問之。俊曰:“上好生,必不爲此事。”乃進狀自奏:“其無脂肥羊肉,須五十口肥羊,一一對前殺之,其羊怖懼,破脂並入肉中。取最後一羊,則極肥而無脂也。”上不忍爲,乃止。賞處俊之博識也。(《太平廣記》卷一九七《郝處俊》)

咸亨中,貝州潘彦好雙陸,每有所詣,局不離身。曾泛海,遇風船破,彦右手挾一板,左手抱雙陸局,口銜雙陸骰子。二日一夜至岸,兩手見骨,局終不舍,骰子亦在口。(《太平廣記》卷二〇一《潘彦》)

潤州興國寺,苦鳩鴿栖梁上,穢污尊容,僧繇乃東壁上畫一鷹,西壁上畫一鷂,皆側首向簷外看。自是鳩鴿等不復敢來。(《太平廣記》卷二一一《張僧繇》)

江嶺之間有飛蠱,其來也有聲,不見形,如鳥鳴啾啾唧唧然。中人即爲痢,便血,醫藥多不差,旬日間必不救。(《太平廣記》卷二二〇《飛蠱》)

　　唐乾封年中，有人於鎮州東野外見二白兔，捕之，忽卻入地，絶迹不見。乃于入處掘之，纔三尺許，獲銅劍一雙，古制殊妙。于時長吏張祖宅以聞。（《太平廣記》卷二三一《張祖宅》）

　　裴冕代杜鴻漸秉政，① 小吏以俸錢文簿白之。冕顧子弟，喜見于色，其嗜財若此。冕性本侈靡，好尚車服，名馬數百金鑄者十匹。② 每會客，滋味品數多有不知名者。（《太平廣記》卷二三七《裴冕》）

　　成都有丐者詐稱落泊衣冠，③ 弊服繿縷，常巡成都市鄽，見人即展手希一文，云失墜文書，求官不遂。人皆哀之，爲其言語悲嘶，形容顇顭。居於早遷橋側。後有勢家，於所居旁起園亭，欲廣其池館，遂強買之。及闢其圭竇，則見兩間大屋，皆滿貯散錢，計數千萬，鄰里莫有知者。成都人一概呼求事官人爲“乞措大”。（《太平廣記》卷二三八《成都丐者》）

_____

　　① “杜鴻漸”，原作“裴鴻漸”，據《舊唐書》卷一一三《裴冕傳》改。按，此條，《廣記》卷二三七云“出《朝野僉載》”，汪校云“明抄本作出《盧氏雜記》”。考《舊唐書》卷一一三《裴冕傳》，裴冕於天寶初才以門蔭再遷渭南縣尉，其代人秉政之事，張鷟恐不及見。故此條不當出《僉載》。

　　② 汪校云：“明抄本無‘鑄’字。‘者’作‘常’。”按，此事又見《舊唐書》卷一一三、《新唐書》卷一四〇《裴冕傳》。“名馬數百金鑄者十匹”一句，《舊唐書》本傳作“名馬在櫪，直數百金者常十數”，《新唐書》本傳作“櫪馬直數百金者常十數”。

　　③ 此條，《廣記》卷二三八云“出《朝野僉載》”，汪校云“明抄本作出《王氏見聞》”。

　　唐户部郎侯味虛著《百官本草》。① 題御史曰：大熱，有
毒。又朱書云：大熱，有毒，主除邪佞，杜奸回，報冤滯，
止淫濫，尤攻貪濁，無大小皆搏之。畿尉簿爲之相，畏還使，
惡爆直，忌按權豪。出於雍洛州諸縣，其外州出者尤可用，
日炙乾硬者爲良。服之，長精神，減姿媚，久服，令人冷峭。
(《太平廣記》卷二五五《侯味虛》)

　　唐天授年，彭城劉誠之粗險不調，高言庫語，凌上忽下，
恐嚇財物，口無關鑰，妄説祅災。從萬年縣尉常彥瑋索錢一
百千，云：“我是劉果毅，當與富貴。”彥瑋進狀告之，上令
二給使先入彥瑋房中，下簾坐窗下聽之。有頃，誠之及盧千
仞至，於廳上坐，談話，彥瑋引之説國家長短，無所忌諱。
給使一一紙筆抄之以進。上怒，令金吾捕捉，親問之，具承，
遂腰斬誠之，千仞處絞，授彥瑋侍御史。(《太平廣記》卷二
六三《劉誠之》)

　　唐老三衛宗玄成，邢州南和人。祖齊，黃門侍郎。玄成
性粗猛，稟氣凶豪，凌轢鄉村，橫行州縣。紀王爲邢州刺史，
玄成與之抗行。李備爲南和令，聞之，每降階引接，分庭抗
禮，務在招延，養成其惡。屬河朔失稔，開倉賑給，玄成依
勢，作威鄉墅，強乞粟一石。備與客對，不命。玄成乃門外

① 此條，《廣記》卷二五五云“出《朝野僉載》”，汪校云“明抄本作出《御史
臺記》”。

揚聲，奮臂直入，備集門内典正一百餘人，舉牒推窮，強乞是實。初令項上著鎖，後卻鎖上著枷。文案既周，且決六十，杖下氣絶，無敢言者。(《太平廣記》卷二六三《宗玄成》)

　　孟神爽，揚州人。禀性狼戾，執心鴆毒。巡市索物，應聲即來，入邸須錢，隨口而至。長史、縣令，高揖待之；丞、尉、判司，頷之而已。張潛爲揚州刺史，聞其暴亂，遣江都縣令店上捉來，拖入府門，高聲唱"速付法曹李廣業推鞫"，密事並虚，准敕杖百，杖下卒。(《太平廣記》卷二六三《孟神爽》)

　　則天之廢廬陵也，飛騎十餘人於客户坊同飲。有一人曰："早知今日無功賞，不及扶豎廬陵。"席上一人起出，北門進狀告之。席未散，並擒送羽林，鞫問皆實。告者授五品，言者斬，自餘知反不告，坐絞。(《太平廣記》卷二六三《飛騎席人》)

　　周令史韓令珪耐羞恥，厚貌強梁，王公貴人皆呼次第，平生未面亦強干之。曾選，於陸元方下引銓。時舍人王勵奪情，與陸同廳而坐。珪佯驚曰："未見王五。"勵便降階，①憫然。② 令珪顐眉蹙刺，相慰而去。陸與王有舊，對面留住，問勵是誰，莫之識也。後嚇人事敗，於朝前堂決杖，遥呼河

────────────

　　①　汪校云："階,原作'皆',據黃本改。"
　　②　汪校云："然,原作'默',據黃本改。"

內王曰："大哥何不相救！"懿宗目之曰："我不識汝。"催杖苦鞭，杖下取死。(《太平廣記》卷二六三《韓令珪》)

唐李宏，汴州浚儀人也，凶悖無賴，狠戾不仁。每高鞍壯馬，巡坊歷店，嚇庸調租船綱典，動盈數百貫，強貸商人巨萬，竟無一還。商旅驚波，行綱側膽。任正理爲汴州刺史，上十餘日，① 遣手力捉來，責情決六十，杖下而死。工商客生酺飲相歡，遠近聞之，莫不稱快。(《太平廣記》卷二六三《李宏》)

唐長孫昕，皇后之妹夫，與妻表兄楊仙玉乘馬，二十餘騎並列瓜撾，② 於街中行。御史大夫李傑在坊內參姨母，僮僕在門外，昕與仙郎使奴打傑左右。傑出來，並波按頓。須臾，金吾及萬年縣官並到，送縣禁之。昕妻父王開府將二百百騎，劫昕等去。傑與金吾、萬年以狀聞上，奉敕斷昕殺。積杖至數百而卒。(《太平廣記》卷二六三《長孫昕》)

張易之兄弟驕貴，強奪莊宅、奴婢、姬妾，不可勝數。昌期於萬年縣街內行，逢一女人，婿抱兒相逐。昌期馬鞭撥其頭巾，女婦罵之。昌期顧謂奴曰："橫馱將來。"婿投匭三四狀，並不出。昌期捉送萬年縣，誣以他罪，決死之。昌儀常謂人曰："丈夫當如此：今時千人推我不能倒；及其敗也，

---

① 汪校云："十，原作'下'，據黃本改。"
② 汪校云："'並列'二字，原空缺，據黃本補。"

萬人擎我不能起。”俄而事敗，兄弟俱斬。(《太平廣記》卷
二六三《張易之兄弟》)

　　唐荆州刺史權懷恩，^① 無賴，除洛州長史，州差參軍劉
犬子迎。至懷州路次拜，懷恩突過，不與語。步趁二百餘步，
亦不遣乘馬。犬子覺不似，乃自上馬馳之。至驛，令脱靴訖，
謂曰：“洛州幾箇參軍？”對曰：“正員六人，員外一人。”懷
恩曰：“何得有員外？”對曰：“餘一員，遣與長史脱靴。”懷
恩驚曰：“君誰家兒？”對曰：“阿父爲僕射。”懷恩憮然而
去。僕射劉仁軌謂曰：“公草裏刺史，至神州不可以造次。參
軍雖卑微，^② 豈可令脱靴耶？”懷恩慚，請假不復出。旬日爲
益州刺史。^③(《太平廣記》卷二六三《權懷恩》)

　　唐洛陽丞宋之愻，太常主簿之問弟，羅織殺駙馬王同皎。
初，之愻謟附張易之兄弟，出爲兗州司倉，遂亡而歸，王同
皎匿之於小房。同皎，慷慨之士也，忿逆韋與武三思亂國，
與一二所親論之，每至切齒。之愻於簾下竊聽之，遣侄曇上
書告之，以希韋之旨。武三思等果大怒，奏誅同皎之黨。兄
弟並授五品官，之愻爲光禄丞，之問爲鴻臚丞，曇爲尚衣奉
御。天下怨之，皆相謂曰：“之問等緋衫，王同皎血染也。”
誅逆韋之後，之愻等長流嶺南。客謂浮休子曰：“來後臣之徒

---

①　“荆州”，原作“邢州”，據《紺珠集》卷三改。
②　汪校云：“‘微’原作‘維’，據黄本改。”
③　此條，《紺珠集》卷三亦引，但文字較《廣記》爲略。

如何?"對曰:"昔有師子王,於深山獲一豺,將食之,豺曰:'請爲王送二鹿以自贖。'師子王喜。周年之後,無可送,王曰:'汝殺衆生亦已多,今次到汝,汝其圖之。'豺默然無應,遂齚殺之。俊臣之輩,何異豺也!"(《太平廣記》卷二六三《宋之愻》)

周御史彭先覺無面目。如意年中,斷屠極急,先覺知巡事,定鼎門草車翻,得兩羫羊。門家告御史,先覺進狀,奏請合宮尉劉緬專當屠,不覺察,決一頓杖,肉付南衙官人食。緬惶恐,縫新褌待罪。明日,則天批曰:"御史彭先覺奏決劉緬,不須。其肉乞緬吃卻。"舉朝稱快。先覺於是乎慚。(《太平廣記》卷二六三《彭先覺》)

唐衢州盈川縣令楊炯,詞學優長,恃才簡倨,不容于時。每見朝官,目爲麒麟楦許怨,① 人問其故,楊曰:"今餔樂假弄麒麟者,② 刻畫頭角,脩飾皮毛,覆之驢上,巡場而走。及脱皮褐,還是驢馬。無德而衣朱紫者,與驢覆麟皮何別矣!"(《太平廣記》卷二六五《盈川令》,亦見《類説》卷四〇)

---

① "許怨"下,疑脱"反"字,"許怨"乃"楦"之注音,由注文摻入正文。(參見趙庶洋:《〈朝野僉載〉匡補》,《書品》2011年第3期。)《紺珠集》卷三、《類説》卷四〇則無此二字。
② "餔樂",《紺珠集》卷三、《類説》卷四〇無此二字。劉真倫《〈朝野僉載〉點校本管窺》(下)(《書品》1989年第2期)以爲當删。

　　後趙石勒將麻秋者，太原胡人也，植性虓險鴆毒。有兒啼，母輒恐之"麻胡來"，啼聲絕。至今以爲故事。(《太平廣記》卷二六七《麻秋》，亦見《類説》卷四〇)

　　盧夫人，房玄齡妻也。[1] 玄齡微時，病且死，謂曰："吾病革，君年少，不可寡居，善事後人。"盧泣，入幃中，剔一目示玄齡，明無他。會玄齡良愈，禮之終身。□按《妒婦記》亦有夫人，何賢於微時而妒於榮顯邪？予於是而有感。(《太平廣記》卷二七〇《盧夫人》)

　　玉英，唐時符鳳妻也，尤姝美。[2] 鳳以罪徙儋州，至海南，爲獠賊所殺，脅玉英私之。對曰："一婦人不足以事衆男子，請推一長者。"賊然之，乃請更衣。有頃，盛服立於舟上，罵曰："受賊辱，不如死。"遂自沉於海。(《廣記》卷二七〇《符鳳妻》)

　　趙州刺史高叡妻秦氏，默啜賊破定州郡，至趙州，長史已下開門納賊。叡計無所出，與秦氏仰藥而詐死。昇至啜所，良久，啜以金獅子帶、紫袍示之，曰："降，我與爾官，不降即死。"叡視而無言，但顧其婦秦氏。秦氏曰："受國恩，報在此。今日受賊一品，何足爲榮！"俱合眼不語。經兩日，賊知不可屈，乃殺之。(《太平廣記》卷二七一《高叡妻》)

---

　　[1]　此條，《廣記》卷二七〇原闕出處，汪校云"許刻本作出《朝野僉載》"。
　　[2]　此條，《廣記》卷二七〇原闕出處，汪校云"許刻本作出《朝野僉載》"。

　　王湛判冥事。初，叔玄式任荆州富陽令，取部內人吳實錢一百貫。後誣以他事，決殺之以滅口。式帶別優，並有上下考，五選不得官，以問湛，白爲叔檢之。經宿曰：“叔前任富陽令日，合有負心事。其案見在，冥司判云：殺人之罪，身後科罰。取錢一百貫，當折四年祿。”叔曰：“誠有此事，吾之罪也。”（《太平廣記》卷三二九《王湛》）

　　舒綽，東陽人，稽古博文，尤以陰陽留意，善相冢。吏部侍郎楊恭仁欲改葬其親，①求善圖墓者五六人，並稱海內名手，停於宅，共論藝，互相是非，恭仁莫知孰是。乃遣微解者馳往京師，於欲葬之原取所擬之地四處，各作曆，記其方面高下形勢，各取一斗土，並曆封之。恭仁隱曆出土，令諸生相之，取殊不同。言其行勢，與曆又相乖背。綽乃定一土堪葬，操筆作曆，言其四方形勢，與恭仁曆無尺寸之差，諸生雅相推服。各賜絹十匹遣之。綽曰：“此所擬處，深五尺之外有五穀，若得一穀，即是福地，公侯世世不絕。”恭仁即將綽向京，令人掘深七尺，得一穴，如五石瓮大，有粟七八斗。此地經爲粟田，蟻運粟下入此穴。當時朝野之士以綽爲聖。葬竟，賜細馬一匹，物二百段。綽之妙能，今古無比。（《太平廣記》卷三八九《舒綽》）

　　隋內史令李德林，深州饒陽人也，使其子卜葬於饒陽城

東，遷厝其父母。遂問之，其地奚若，曰："卜兆云葬後當出
八公。其地東村西郭，南道北堤。"林曰："村名何？"答曰：
"五公。"林曰："唯有三公在。此其命也，知復云何！"遂葬
之。子伯藥，[1] 孫安期，並襲安平公。至曾孫，與徐敬業反，
公遂絶。(《太平廣記》卷三八九《李德林》)

　唐郝處俊爲侍中死，葬訖，有一書生過其墓，嘆曰："葬
壓龍角，其棺必斫。"後其孫象賢坐不道，斫俊棺，焚其尸，
俊髮根入腦骨，皮托毛著髑髏，亦是奇毛異骨，貴相人也。[2]
(《太平廣記》卷三八九《郝處俊》)

　唐英公徐勣初卜葬，繇曰："朱雀和鳴，子孫盛榮。"張
景藏聞之，[3] 私謂人曰："所占者過也。此所謂朱雀悲哀，棺
中見灰。"後孫敬業揚州反，弟敬貞答款曰："敬業初生時，
於蓐下掘得一龜，[4] 云大貴之象。英公令秘而不言，果有大
變之象。"則天怒，斫英公棺，焚其尸，灰之應也。(《太平
廣記》卷三八九《徐勣》)

　江東江西山中，多有楓木人，於楓樹下生，似人形，長
三四尺。夜雷雨，即長與樹齊，見人即縮依舊。曾有人合笠

---

① "伯藥"，疑當作"百藥"。
② 此條，《紺珠集》卷三、《類説》卷四〇亦引，但文字較略，"後其孫象賢坐
不道"以下文字均無。
③ "張景藏"，疑作"張憬藏"，參見本書卷一"周郎中裴珪妾趙氏"條校記。
④ 汪校云："蓐，原作'葬'，據明抄本改。"

於首，① 明日看，笠子挂在樹頭上。旱時欲雨，② 以竹束其頭，楔之即雨。③ 人取以爲式盤，④ 極神驗，⑤ 楓木棗地是也。（《太平廣記》卷四〇七《楓生人》，亦見《説郛》卷二）

唐河東裴同父患腹痛數年，不可忍，囑其子曰："吾死後，必出吾病。"子從之，出得一物，大如鹿條脯，懸之久乾。有客竊之，其堅如骨，削之，文彩焕發，遂以爲刀欛子佩之。在路放馬，抽刀子割三稜草，坐其上，欛盡消成水。客怪之，回以問同，同泣，具言之。後病狀同者，服三稜草汁多驗。（《太平廣記》卷四一四《荆三稜》）

永淳年，嵐勝州兔暴，千萬爲群，食苗並盡，不知何物變化。及暴已，即並失卻，莫知何所。異哉！（《太平廣記》卷四四三《嵐州》）

唐初已來，百姓多事狐神，房中祭祀以乞恩，食飲與人同之，事者非一主。當時有諺曰："無狐魅，不成村。"（《太平廣記》卷四四七《狐神》）

唐國子監助教張簡，河南緱氏人也。曾爲鄉學講《文

---

① 汪校云："'首'字，原闕，據明抄本、陳校本補。"此句，《説郛》卷二作"曾有人合以笠子"。
② "旱時"上，《説郛》卷二有"土人"二字。
③ "楔"，《説郛》卷二作"楔"。
④ "盤"，《説郛》卷二無此字。
⑤ "神"，《説郛》卷二無此字。

選》，有野狐假簡形，講一紙書而去。須臾，簡至，弟子怪問
之，簡異曰：“前來者必野狐也。”講罷歸舍，見妹坐絡絲，
謂簡曰：“適煮菜冷，兄來何遲？”簡坐，久待不至，乃責其
妹，妹曰：“元不見兄來。此必是野狐也，更見即殺之。”明
日又來，見妹坐洛絲，謂簡曰：“鬼魅適向舍後。”簡遂持
棒，見真妹從廁上出來，遂擊之。妹號叫曰：“是兒。”簡不
信，因擊殺之。問絡絲者，化爲野狐而走。（《太平廣記》卷
四四七《張簡》）

泉建州進蚺蛇膽，五月五日取時膽。兩柱相去五六尺，
繫蛇頭尾，以杖於腹下來去扣之，膽即聚。以刀剖取，藥封
放之，不死，復更取，看肋下有痕，即放。（《太平廣記》卷
四五六《蚺蛇膽》）

唐魏伶爲西市丞，養一赤嘴烏，每於人衆中乞錢。人取
一文，而銜以送伶處，日收數百，時人號爲“魏丞烏”。
（《太平廣記》卷四六二《魏伶》，亦見《紺珠集》卷三、
《類説》卷四〇）

劍南彭蜀間有鳥大如指，五色畢具。有冠似鳳，食桐花，
每桐結花即來，桐花落即去，不知何之。俗謂之“桐花鳥”，
極馴善，止於婦人釵上，客終席不飛。人愛之，無所害也。
（《太平廣記》卷四六三《桐花鳥》）

真臘國有葛浪山，高萬丈，半腹有洞。先有浪鳥，狀似
老鴟，大如駱駝，人過即攫而食之，騰空而去，百姓苦之。

真臘王取大牛肉，中安小劍子，兩頭尖利，令人戴行，鳥攫
而吞之，乃死，無復種矣。（《太平廣記》卷四六三《真臘國
大鳥》）

百舌春囀夏至，① 唯食蚯蚓。正月後凍開，蚓出而來；
十月後，蚓藏而往。蓋物之相感也。（《太平廣記》卷四六三
《百舌》、《苕溪漁隱叢話后集》卷八《杜子美四》）

嶺南羅州辯州界內，水中多赤鼈，其大如匙，而赫赤色。
無問禽獸水牛，入水即被曳深潭，吸血死。或云蛟龍使曳之，
不知所以然也。（《太平廣記》卷四六七《羅州赤鼈》）

唐天后中，尚食奉御張思恭進牛窟利上蚰蜒，大如筋。
天后以玉合貯之，召思恭示曰：“昨窟利上有此，極是毒物。
近有雞食烏百足蟲忽死，② 開腹，中有蚰蜒一抄，諸蟲並盡，
此物不化。朕昨日以來，意惡不能食。”思恭頓首請死，敕免
之，與宰夫並流嶺南。（《太平廣記》卷四七四《張思恭》）

唐開元四年，河南北蝝為災，飛則翳日，大如指，食苗
草樹葉，連根並盡。敕差使與州縣相知驅逐，采得一石者與
一石粟；一斗，粟亦如之，掘坑埋卻。埋一石則十石生，卵
大如黍米，厚半寸蓋地。浮休子曰：昔文武聖皇帝時，繞京
城蝗大起，帝令取而觀之，對仗選一大者，祝之曰：“朕政刑

---

① “至”，《苕溪漁隱叢話後集》（人民文學出版社 1962 年版）卷八《杜子美
四》引《藝苑雌黃》所引《朝野僉載》作“止”。

② 汪校云：“‘雞’字，原空闕，據黃本補。”

乖僻，仁信未孚，當食我心，無害苗稼。"遂吞之。須臾，有鳥如鸛，百萬爲群，拾蝗一日而盡。此乃精感所致。天若偶然，則如勿生；天若爲屬，埋之滋甚。當明德慎罰，以答天譴，奈何不見福修以禳災，而欲逞殺以消禍！此宰相姚元崇失變理之道矣。①（《太平廣記》卷四七四《蝗》）

煬帝令朱寬征留仇國，還，獲男女口千餘人，並雜物產，與中國多不同。緝木皮爲布，甚細白，幅闊三尺二三寸。亦有細斑布，幅闊一尺許。又得金荆榴數十斤，木色如真金，密緻而文彩盤蹙，有如美錦。甚香極精，可以爲枕及案面，雖沉檀不能及。彼土無鐵，朱寬還至南海郡，留仇中男夫壯者，多加以鐵鉗鎖，恐其道逃叛。還至江都，將見，爲解脫之，皆手把鉗，叩頭惜脫，甚於中土貴金。人形短小，似崑崙。（《太平廣記》卷四八二《留仇國》）

滄州南皮丞郭務靜性糊塗，與主簿劉思莊宿於逆旅，謂莊曰："從駕大難。靜嘗從駕，失家口三日，於侍官幕下討得之。"莊曰："公夫人在其中否？"靜曰："若不在中，更論何事！"又謂莊曰："今大有賊。昨夜二更後，靜從外來，有一賊忽從靜房內走出。"莊曰："亡何物？"靜曰："無之。"莊曰："不亡物，安知其賊？"靜曰："但見其狼狽而走，不免致疑耳。"（《太平廣記》卷四九三《郭務靜》）

---

① "姚元崇"，原作"姚文崇"，汪校云"明抄本'文'作'元'"，據改。

是月，大雪，蘇味道以爲瑞，帥百官入賀。殿中侍御史王求禮止之曰：“三月雪爲瑞雪，臘月雷爲瑞雷乎？”味道不從，既入。求禮獨不賀，進言曰：“今陽和布氣，草木發榮，而寒雪爲災，豈得誣以爲瑞？賀者皆諂諛之士也。”太后爲之罷朝。[1]（《資治通鑑》卷二〇七《則天皇后》“長安元年”條）

薛訥與左監門衛將軍杜賓客、定州刺史崔宣道等將兵六萬。[2]（《資治通鑑》卷二一一《玄宗皇帝》“開元二年”條）

劉仁願以仁軌檢校帶方州刺史。（《資治通鑑考異》卷一〇）

（王）孝傑將四十萬衆，被賊誘退，逼就懸崖，漸漸挨排，一一落澗。坑深萬丈，尸與崖平，匹馬無歸，單兵莫返。（《資治通鑑考異》卷一一）

（來）俊臣嘗以三月三日萃其黨於龍門，豎石題朝士姓名以卜之，令投石遥擊，倒者則先令告。至暮，投李昭德不中。（《資治通鑑考異》卷一一）

突厥破（孫）萬榮新城，群賊聞之失色，衆皆潰散。

---

① 按，《通鑑》卷二〇七《則天皇后》“長安元年”條引《考異》曰：“《統紀》在延載元年，《僉載》在久視二年。《統紀》云‘左拾遺’，《僉載》云‘侍御史’，《御史臺記》云‘殿中侍御史’。《統紀》云‘味道無以對’，《舊傳》云‘求禮止之，味道不從’。今年從《僉載》，官從《臺記》，事則參取諸書。”

② 按，《通鑑》卷二一一《玄宗皇帝》“開元二年”條引《考異》曰：“《舊傳》云‘兵二萬’，《僉載》云‘八萬人皆没’。今從《唐紀》。”按，以上兩條，《通鑑》取《僉載》之說而未引全文。兩條所叙之事今均不見於各本《僉載》。

174

（《資治通鑑考異》卷一一）

韋氏遭則天廢廬陵之後，后父韋玄貞與妻女等並流嶺南，被首領寧氏大族逼奪其女，不伏，遂殺貞夫妻，七娘等並奪去。及孝和即位，皇后當途，廣州都督周仁軌將兵誅寧氏，走入南海，軌追之，殺掠並盡。韋后隔簾拜，以父事之，用爲并州長史。後阿韋作逆，軌以黨與誅。（《資治通鑑考異》卷一二）

周仁軌過秋分一日平曉斬之，有敕舍之而不及。（《資治通鑑考異》卷一二）

（王）琚以詔諛自進，未周年爲中書侍郎。其母氏聞之，自洛赴京，戒之曰：“汝徒以諂媚險詖取容，色交自達，朝廷側目，海内切齒。吾嘗恐汝家墳隴無人守之。”琚慚懼，表請侍母。上初大怒，後許之。（《資治通鑑考異》卷一二）

紫微舍人倪若水贓至八百貫，因諸王内宴，姚元崇諷之曰：“倪舍人正直，百司嫉之，欲成事，何不爲上言之？”諸王入，衆共救之，遂釋，一無所問。主書趙誨受蕃餉一刀子，或直六七百錢，元崇宣敕處死。後有降，崇乃批曰：“別敕處死者，決一百，配流。”大理決趙誨一百不死，夜遣給使縊殺之。（《資治通鑑考異》卷一二）

唐儉事太宗，甚蒙寵遇，每食，非儉至不餐。數年後，特憎之，遣謂之曰：“更不須相見，見即欲殺。”隋文帝重高熲，初甚愛，後不願見，見之則怒。（《後村詩話·續集》

卷三）

薛師有巧性，常入宮闈。補闕王求禮上表曰："太宗時，羅黑黑能彈琵琶，① 遂閹爲給使，以教宮人。今陛下要懷義入內，臣請閹之，庶宮闈不亂。"表寢不出。（《後村詩話·續集》卷三）

少府監裴匪躬奏賣苑中官馬糞，② 歲得錢二十萬貫。劉仁軌曰："恐後代稱唐家賣馬糞。"遂寢。（《後村詩話·續集》卷三）

尚書左丞張庶廉子利涉，③ 爲懷州參軍，刺史鄧惲曰："名父出如此物。"（《後村詩話·續集》卷三）

張易之、昌宗目不識字，手不解書，謝表及和御製，皆諂附者爲之。所進《三教珠英》，乃崔融、張説輩之作，而

---

① 下"黑"字，原脱。按，本書卷二"太宗時西國進一胡"條作"羅黑黑"，《通鑑》卷二〇三《則天皇后》"垂拱二年"條云"太后托言懷義有巧思，故使入禁中營造。補闕長社王求禮上表，以爲：'太宗時，有羅黑黑善彈琵琶，太宗閹未給使，使教宮人。陛下若以懷義有巧性，欲宮中驅使者，臣請閹之，庶不亂宮闈。'表寢不出"，與《後村詩話續集》所引，基本相同，疑《通鑑》此條乃據《僉載》而來。故據補。

② "裴匪躬"，原作"裴匪舒"。按，《舊唐書》卷六《則天皇后本紀》云"尚方監裴匪躬作潛謁皇嗣，腰斬於都市"，又，同書卷七五《蘇良嗣傳》云"時尚方監裴匪躬檢校京苑，將鬻苑中果菜以收其利"。另據同書卷四二《職官志》可知，垂拱元年二月，改少府監爲尚方監。同書卷四四《職官志》"少府監"條又云，神龍年間又復爲少府監。故當以"裴匪躬"爲是，據《舊唐書》改。

③ 此條，余嘉錫《四庫提要辨證》卷一七《朝野僉載》條云："宋劉克莊《後村詩話續集》卷三引此書二十二條……尚書左丞張庶廉子利涉一條，此條當是今本卷三張利涉善忘條中佚文。"

易之竊名爲首。（《後村詩話·續集》卷三）

逆葦詩什，並上官昭容所製。昭容，上官儀孫女，博涉經史，研精文筆，班婕妤、左嬪無以加。（《後村詩話·續集》卷三）

賀蘭敏之爲《封東岳碑》，張昌齡所作也。《劉子》書，咸以爲劉勰所撰，乃渤海劉晝所製。晝無位，博學有才，竊取其名，人莫知也。（《後村詩話·續集》卷三）

民部尚書唐儉與太宗棋，爭道。上大怒，出爲潭州。蓄怒未泄，謂尉遲敬德曰："唐儉輕我，我欲殺之，卿爲我證驗有怨言指斥。"敬德唯唯。明日，對仗云云，敬德頓首曰："臣實不聞。"頻問，確定不移。上怒，碎玉珽於地，奮衣入。良久索食，引三品以上皆入宴，上曰："敬德今日利益者各有三，唐儉免枉死，朕免枉殺，敬德免曲從，三利也。朕有怒過之美，儉有再生之幸，敬德有忠直之譽，三益也。"賞敬德一千段，群臣皆稱萬歲。（《後村詩話·續集》卷三）

魏元宗忤二張，出爲端州高要尉。二張誅，入爲兵部尚書、中書令、左右僕射，不能復直言。古人有言："妻子具則孝衰，爵祿厚則忠衰。"（《後村詩話·續集》卷三）

三豹俱用，覺魏祚之陵夷；五侯並封，知漢圖之圮缺。周公孔子，請伏殺人，伯夷叔齊，求承行動。牽羊付虎，未有出期；縛鼠與貓，終無脫口。（《後村詩話·續集》卷三）

太歲在午，人馬食土。歲在辰巳，貨妻賣子。歲在申酉，

乞漿得酒。(《五色綫》卷下)

開元初，石鯨吼，歲大熟。(《白孔六帖》卷七、《古今合璧事類備要・前集》卷九)

龐帝師養一牸牛、一赤犢子，前後生五犢，得絹一百匹，及翻轉至萬匹，時號"金犢子"。(《白孔六帖》卷九六，亦見《錦綉萬花谷・後集》卷三九)

漢發兵用銅虎符。及唐初，爲銀兔符，以兔子爲符瑞故也。又以鯉魚爲符瑞，遂爲銅魚符以珮之。至僞周，① 武姓也，玄武，龜也，又以銅爲龜符。(《演繁露》卷一〇，亦見《紺珠集》卷三、《類説》卷四〇、《説郛》卷二)

浙西軍將張韶爲蚯蚓所咬，其形如大風，眉鬚皆落，每夕蚯蚓鳴於體，有僧教以濃作鹽湯，浸身數遍，差。(《醫説》卷七《治蚯蚓咬》)

滕王爲隆州刺史，多不法。參軍裴聿諫之止。② 王怒，令左右摑搨。他日，聿入，計具訴于帝。問聿："曾被幾搨?"聿曰："前後八搨。"即令遷階。③ 聿歸，嘆曰："何其命薄，若言九搨，當入五品矣。"聞者哂之，號"八搨將軍"。(《紺珠集》卷三，亦《類説》卷四〇)

---

① "周"，原脱，據《古今説海》本、《歷代小史》本補。
② "諫之止"，《類説》卷四〇作"諫正之"。
③ "即令遷階"，《類説》卷四〇作"遂令進八階"。

　　馬周微時，入都，至新豐逆旅，① 遇貴公子飲酒，不顧
周。周即市斗酒，獨飲之，餘以濯足。②（《紺珠集》卷三，
亦見《類説》卷四〇）

　　唐徐彥伯爲文，③ 多變易求新。以鳳閣爲鸜閣，④ 以龍門
爲虬戶，以金谷爲銑溪，以玉山爲瓊岳，以芻狗爲卉犬，以
竹馬爲篠驂，以月兔爲魄兔，以風牛爲飈犢，⑤ 後進效之，
謂之"澀體"。（《紺珠集》卷三，亦見《類説》卷四〇）

　　張鷟號"青錢學士"，謂之萬選萬中。⑥ 時有明經董方
畢，⑦ 九上不第，號"白蠟明經"，與鷟爲對。（《紺珠集》
卷三，亦見《類説》卷四〇）

　　唐拱州有畜猪而致富，因號猪爲烏金。⑧（《紺珠集》卷
三，亦見《類説》卷四〇）

　　陳思王有鵲尾杓，直而長，⑨ 置之酒樽。凡王欲勸者，呼
之，尾則指其人。（《紺珠集》卷三，亦見《類説》卷四〇）

---

　　① "馬周微時入都至新豐逆旅"十一字，《類説》卷四〇作"馬周初入京至灞
上逆旅"。
　　② "濯足"下，《類説》卷四〇有"衆異之"三字。
　　③ "唐"，《類説》卷四〇無此字。
　　④ "鸜閣"，《類説》卷四〇作"鸜欄"。
　　⑤ "以風牛爲飈犢"，《類説》卷四〇作"以赤牛爲炎犢"。
　　⑥ "謂之"，《類説》卷四〇作"以其"。
　　⑦ "方"，《類説》卷四〇作"萬"。
　　⑧ "拱州"，劉真倫《〈朝野僉載〉點校本管窺》（下）（《書品》1989 年第 2 期）
作"扶州"。此條，《類説》卷四〇作"唐拱州有人畜猪致富，號猪爲烏金"。
　　⑨ "直而長"，《類説》卷四〇作"柄長而直"。

陸餘慶爲洛州長史，善論事而謬於判決。① 時嘲之曰：
"説事則喙長三寸，② 判事則手重五斤。"信有之矣。③（《紺
珠集》卷三，亦見《類説》卷四〇）

殷安常謂人曰：④ "自古聖賢，⑤ 不過五人。伏羲以八卦
窮天地之旨，一也。"乃屈一指。"神農植百穀，濟萬民，二
也"，乃屈二指。"周公制禮作樂，百代常行，三也"，乃屈
三指。"孔子前知無窮，卻知無極，拔乎其萃，出乎其類，⑥
四也"，乃屈四指。自是之後，無屈得安指者。良久，曰：
"並安五也。"不遜如此。⑦（《紺珠集》卷三，亦見《類説》
卷四〇）

有神巫能結壇召虎，人有疑罪，令登壇。有罪者，虎傷；
無罪者，不顧。名虎笫。（《紺珠集》卷三，亦見《類説》卷
四〇）

---

① "判決"，《類説》卷四〇作"決判"。
② "説"，《類説》卷四〇作"論"。"寸"，《類説》卷四〇作"尺"。
③ "信有之矣"，《類説》卷四〇作"其子曰筆頭無力嘴頭硬"。按，本書卷二
"尚書右丞陸餘慶"條云："尚書右丞陸餘慶轉洛州長史，其子嘲之曰：'陸餘慶，筆
頭無力觜頭硬。一朝受詞訟，十日判不竟。'送案褥下。餘慶得而讀之，曰：'必是
那狗。'遂鞭之。"所記之事，與此條略同，而文字差異頗大。《紺珠集》與《類説》所
引《僉載》文字往往只截取片段，故而頗疑此條"補輯"與本書卷二"尚書右丞陸餘
慶"條均屬一條內容。現分作兩條看。
④ "常謂人曰"，《類説》卷四〇作"嘗曰"。
⑤ "自古聖賢"，《類説》卷四〇作"百世聖賢"。
⑥ "拔乎其萃出乎其類"八字，《類説》卷四〇作"拔萃出類"。
⑦ "不遜"上，《類説》卷四〇有"其"字。

　　唐有士人，姓方，好矜門第。① 但姓方貴人，必認爲親，② 或戲之曰："豐邑公相何親?"遽曰："再從伯父。"戲者笑曰："既是方相侄，只堪嚇鬼。"豐邑坊，造凶器出賣之所也。（《紺珠集》卷三，亦見《類説》卷四〇）

　　唐孟弘微對宣宗曰："陛下何以不知有臣，不以文字召用?"帝怒曰："朕耳冷，不知有卿。"翼日，③ 諭輔臣："此人躁妄，欲求内相。"黜之。④ （《紺珠集》卷三，亦見《類説》卷四〇）

　　江陵，在唐號"衣冠藪澤"，⑤ 人言"琵琶多於飯甑，措大多於鯽魚"。（《紺珠集》卷三，亦見《類説》卷四〇）

　　張説女嫁盧氏，嘗爲舅求官，説不語。他日復問説，⑥ 但指支牀龜。女欣然告其夫曰：⑦ "舅得詹事。"⑧ 後果然。⑨ （《唐語林》卷三，亦見《紺珠集》卷三、《類説》卷四〇）

　　侯思止食籠餅，必令縮葱，加肉，號"縮葱侍郎"。⑩ 籠餅，即饅頭也。（《紺珠集》卷三，亦見《類説》卷四〇）

---

① "第"，《紺珠集》卷三作"地"，據《類説》卷四〇改。
② "親"，《類説》卷四〇作"親戚"。
③ "翼日"，《類説》卷四〇作"翊日"。
④ "黜"上，《類説》卷四〇有"乃"字。
⑤ "在唐"，《類説》卷四〇無此二字。
⑥ "他日復問説"，《類説》卷四〇無此五字。
⑦ "告"上，《類説》卷四〇有"歸"字。
⑧ "詹事"下，《類説》卷四〇有"矣"字。
⑨ "後"字，《類説》卷四〇無此字。
⑩ "號"上，《類説》卷四〇有"因"字。

柳亨飲未嘗醉，有白雞蓋，取其迅速。（《紺珠集》卷三）

王幼臨造，並照人馬。① （《紺珠集》卷三）

鵲夜傅枝，月暈繞鑾，皆主有赦。蟻聚爲市，必雨。（《類説》卷四〇）

夜半，天漢中有黑氣相逐，俗謂"黑猪渡河"，雨候也。（《類説》卷四〇）

正月三白，田公笑啞啞。② （《類説》卷四〇、《古今事文類聚·前集》卷四）

唐景龍中，洛下霖雨百餘日，宰相不能調陰陽，乃閉坊市北門，卒無效，滂溢至甚。人歌曰："禮賢不解開東閣，爕理惟能閉北門。"（《詩話總龜》卷三七）

唐劉仁軌爲左僕射，天下號爲"解事僕射"。（《説郛》卷二）

周挽郎裴最於天官試，問目曰："山陵事畢，各還所司，供葬羽儀，若爲處分?"最判曰："大行皇帝，奉敕昇遐，凡是羽儀，皆科官造。即宜貯納，以待後需。"殿十選。（《説

---

① 按，本書卷三"中宗令揚州造方丈鏡"條云："中宗令揚州造方丈鏡，鑄銅爲桂樹，金花銀葉，帝每騎馬自照，人馬並在鏡中。專知官高郵縣令幼臨也。"與此條所記，似爲一事，但此條文字過於簡略，故仍與本書卷三所記判爲兩條。

② 此條，《古今事文類聚前集》卷四作："正月三白，田公笑嚇嚇。西北人諺曰：'要宜麥，見三白。'"

郛》卷二)

隋末，深州諸葛昂性豪俠，渤海高瓚聞而造之，爲設雞
肫而已。瓚小其用，明日大設，屈昂數十人，烹猪羊等長八
尺，薄餅闊丈餘，裹餤粗如庭柱，盆作酒碗行巡，自爲金剛
舞以送之。昂至後日屈瓚，屈客數百人，大設，車行酒，馬
行炙，挫碓斬膾，磑檀蒜蘁，唱夜叉歌，師子舞。瓚明日設，
烹一奴子十餘歲，呈其頭顱手足，座客皆攪喉而吐之。昂後
日報設，先令愛妾行酒，妾無故笑，昂叱下。須臾蒸此妾坐
銀盤，仍飾以脂粉，衣以綾羅，① 遂擘骸肉以啖瓚，諸人皆
掩目。昂於妳房間撮肥肉食之，盡飽而止。瓚羞之，夜遁而
去。昂富，後遭離亂，狂賊來求金寶，無可給，縛於椽上，
炙殺之。②（《說郛》卷二)

唐滕王極淫，諸官妻美者，無不嘗遍，詐言妃喚，即行
無禮。時，典籤崔簡妻鄭氏初到，王遣喚，欲不去，則怕王
之威；去，則被王所辱。鄭曰：“昔愍懷之妃不受賊胡之逼，
當今清泰，敢行此事邪！”遂入王中門外小閣，王在其中，鄭
入，欲逼之。鄭大叫，左右曰：“王也。”鄭曰：“大王豈作
如是，必家奴耳。”以一隻履擊王頭破，抓面血流，妃聞而
出，鄭氏乃得還。王慚，旬日不視事。簡每日參候，不敢離

① “綾羅”，《古今説海》本、《歷代小史》本均作“錦綉”。
② 此條又見《紺珠集》卷三、《類説》卷四〇，但文字較《説郛》卷二爲略，故
此條從《説郛》補輯。

門。後，王衙坐，簡向前謝過，王慚卻入，月餘日乃出。諸官之妻曾被王喚入者，莫不羞之。其婿問之，無辭以對。（《説郛》卷二）

　　唐垂拱四年，安撫大使狄仁傑檄告西楚霸王項君將校等，略曰："鴻名不可以謬假，神器不可以力爭。應天者膺樂推之名，背時者非見機之主。自祖龍御宇，横噬諸侯，任趙高以當軸，棄蒙恬而齒劍。沙丘抃禍於前，望夷覆滅於後，七廟墮圮，萬姓屠原，鳥思靜于飛塵，① 魚豈安于沸水。赫矣皇漢，受命玄穹，膺赤帝之鎮符，當素靈之缺運。俯張地紐，彰鳳舉之符，仰緝天網，鬱龍興之兆。而君潛游澤國，嘯聚水郷，矜扛鼎之雄，逞拔山之力，莫測天符之所會，不知曆數之有歸。遂奮關中之翼，竟垂垓下之翅，蓋盡由於人事，焉有屬於天亡。雖驅百萬之兵，終棄八千之子。以爲殷鑑，豈不惜哉！固當匿魄東峰，② 收魂北極，豈合虚承廟食，③ 廣費牲牢。仁傑受命方隅，循革攸寄，今遣焚燎祠宇，削平臺室，使蕙縣銷爐，羽帳隨烟，君宜速遷，勿爲人患。檄到如律令。"遂除項羽廟，餘小神並盡，惟會稽禹廟存焉。（《説郛》卷二）

---

① "鳥"，《説郛》卷二作"岳"，據《古今説海》本、《歷代小史》本改。
② "固"，《説郛》卷二無此字，據《古今説海》本、《歷代小史》本補。
③ "虚承"，《説郛》卷二作"虎豕"，據《古今説海》本、《歷代小史》本改。

　　唐張狗兒亦名懷慶，愛偷人文章，與冀州棗強尉。① 才士製述，多翻用之。時爲之語曰："活剥張昌齡，生吞郭正一。"諒不誣也。②（《説郛》卷二）

　　俗例，春雷始鳴記其日，計其數滿一百八十日，霜必降。又曰：雁從北來記其日，後十八日，霜必降。（《説郛》卷二）

　　周舒州刺史張懷肅好食人精，③ 唐左司郎中任正名亦有此病。（《説郛》卷二）

　　周滄州南皮縣丞郭務靜每巡鄉，喚百姓婦，托以縫補而奸之。其夫至，縛靜鞭數十。④ 主簿李悊往救解之，靜羞諱其事，低身答云"忍痛不得"，口唱"阿瘡瘡"，"靜不被打，阿瘡瘡"。（《説郛》卷二，亦見《南村輟耕録》卷一一）

　　唐宜城公主駙馬裴巽有外寵一人，公主遣閹人執之，截其耳鼻，剥其陰皮漫駙馬面上，並截其髮，令廳上判事，集僚吏共觀之。駙馬、公主一時皆被奏，降公主爲郡主，駙馬左遷也。（《説郛》卷二）

　　唐開元二年，衡州五月頻有火災。其時，人盡皆見物大

────────────

　　①　"與"，中華本趙校云"'與'字當誤"。
　　②　此條，又見今本《大唐新語》卷一三"諧謔第二十八"（中華書局 1984 年版）。按，《廣記》卷二六〇"張懷慶"條亦云出《大唐新語》。另，劉克莊《後村詩話續集》亦引此條，云"見《朝野僉載》"。
　　③　"食"，《古今説海》本、《歷代小史》本作"服"。
　　④　"十"下，原有"步"字，據《南村輟耕録》卷一一删。

如瓮，亦如燈籠，所指之處，尋而火起。百姓咸謂之"火殃"。(《説郛》卷二)

　　内官過武三思宅，三思曲意祗承，恣其所欲。裝束少年男子，衣以羅綺，出入行觴，馳驅不食，淫戲忘反，倡蕩不歸。爭稱三思之忠節，共譽三思之才賢。外受來婆之奸，内構逆韋之釁。① (《説郛》卷二)

　　周如意中，洛下有牛三足。(《説郛》卷二)

　　郴州，古桂陽郡也。有曹泰年八十五，偶少妻生子，名曰曹日中，② 無影焉，③ 年七十方卒。親見其孫子具説。④ 道士曹體一即其從孫侄云。的不虛。故知邴吉驗影不虛也。(《説郛》卷二)

---

① "逆"，原作"送"，形近而誤，據文意改。
② "曹"，原作"曾"，據上句"曹泰"改。
③ "無影"上，《天中記》有"日中"二字。
④ "孫子"上，原有"道士"二字，據《古今説海》本、《歷代小史》本删。